UMA LONGA FILA DE HOMENS MORTOS

Outros títulos desta série

O inimigo imediato — Ross Macdonald
Um tom cinzento de culpa — John D. Macdonald
Fletch venceu — Gregory Macdonald
A tragédia Blackwell — Ross Macdonald
Continental Op — Dashiell Hamrnett
A noiva estava de preto — Cornell Woolrich
Dinheiro sujo — Ross Macdonald
Clientes demais — Rex Stout
É sempre noite — Léo Malet
Sexta-feira o rabino acordou tarde — Harry Kemelman
Cozinheiros demais — Rex Stout
Sábado o rabino passou fome — Harry Kemelman
Aranhas de ouro — Rex Stout
O labirinto grego — Manuel Vásquez Montalbán
Também se morre assim — Ross Macdonald
Mulheres demais — Rex Stout
Neutralidade suspeita — Jean-Pierre Gattégno
Edições perigosas — John Dunning
O diabo vestia azul — Walter Mosley
A noite do professor — Jean-Pierre Gattégno
Domingo o rabino ficou em casa — Harry Kemelman
Pecado original — P. D. James
Ser canalha — Rex Stout
Impressões e provas — John Dunning

LAWRENCE BLOCK

UMA LONGA FILA DE HOMENS MORTOS

Tradução:
BETH VIEIRA

1ª reimpressão

COMPANHIA DAS LETRAS

Publicado de acordo com o autor por meio de Baror International, Inc., Armonk, Nova York, EUA

Título original:
A long line of dead men
A Matthew Scudder Novel

Capa:
Ettore Bottini

Foto da capa:
Hilton Ribeiro

Preparação:
Isabel Cury

Tradução do poema de William Dunbar (epígrafe):
Sérgio Duarte

Revisão:
Cecília Madarás
Ana Paula Castellani

Dados Internacionais de Catalogação na Publicação (CIP)
(Câmara Brasileira do Livro, SP, Brasil)

Block, Lawrence
Uma longa fila de homens mortos / Lawrence Block; tradução Beth Vieira. — São Paulo : Companhia das Letras, 1996

Título original: A long line of dead men : a Matthew Scudder novel.

ISBN 85-7164-599-X

1. Ficção norte-americana I. Título

96-3822 CDD-813.5

Índices para catálogo sistemático:

1. Ficção : Século 20 : Literatura norte-americana 813.5
2. Século 20 : Ficção : Literatura norte-americana 813.5

1997

EDITORA SCHWARCZ LTDA.
Rua Bandeira Paulista, 702, cj. 72
04532-002 — São Paulo — SP
Telefone: (011) 866-0801
Fax: (011) 866-0814

Este livro é para Jerrold Mundis.

É também para Phil Brothman, Jerry Carp, Jerry Carrel, Joel Daniels, Eddie Fischman, Paul Gandel, Steve Greenberg, Mel Hurwitz, Symmie Jacobson, Artie Judelsohn, Don Kohnstamm, Bruce Kramer, Dave Krantz, Lew Lansky, Dick Lederman, Dave Leff e Dave Stiller, e em memória de Rett Goldberg e Mike Woldman.

Eu que feliz andava, e satisfeito,
Por grande mal me vejo perturbado
E enfraquecido pela enfermidade;
Timor mortis conturbat me.

Nosso prazer na Terra é glória vã
O mentiroso mundo é transitório
A carne é débil, o inimigo astuto;
Timor mortis conturbat me.

A todo instante muda o ser humano
Ora doente ou são, alegre ou triste,
Dança contente ou clama pela morte;
Timor mortis conturbat me.

Em canto algum da Terra está-se imune.
Tal qual o vento agita o bambuzal
Também a pompa deste mundo verga;
Timor mortis conturbat me.

À morte chegaremos todos nós
Reis ou prelados, homens poderosos
Ricos ou pobres, todos por igual;
Timor mortis conturbat me.

Ela não poupa o nobre fidalgo
Nem o plebeu por sua inteligência
Ninguém se esquiva a seu terrível golpe;
Timor mortis conturbat me.

Se meus irmãos a morte já ceifou
Não há de me deixar viver sozinho;
Sua próxima presa eu sou, por certo;
Timor mortis conturbat me.

Willian Dunbar,
"Lamento para as Giadores"

Olha só o pessoal no velório:
Grandessíssimos hipócritas!
Não é fantástico, rapazes, estar mortinho da Silva?
Mas não vamos dar só uma choradinha,
Vamos é abrir o berreiro!
Sem nunca esquecer que quanto mais tempo se vive,
Mais cedo se morre!

Canção de ninar irlandesa

1

Deviam ser umas nove horas quando o velho se levantou e bateu no bojo do copo d'água com a colher. As conversas cessaram. Ele esperou até que o silêncio fosse total e levou mais um bom tempo vistoriando a sala. Tomou um golinho do mesmo copo em que tinha batido, ajeitou-o a sua frente e pôs as mãos com as palmas voltadas para baixo, uma de cada lado do copo, sobre a mesa.

Assim de pé, com a silhueta angulosa inclinada para a frente, o nariz fino e pontudo proeminente, o cabelo branco esticado para trás, colado à cabeça, os olhos de um azul-pálido aumentados pelas lentes grossas, lembrava a Lewis Hildebrand uma figura entalhada na proa de alguma nau viking. Algum pássaro idealizado de rapina, inspecionando o horizonte, enxergando quilômetros e quilômetros, anos e anos adiante.

— Cavalheiros — falou. — Amigos. — Silenciou e, de novo, correu a vista pelas quatro mesas da sala. — Meus irmãos.

Deixou que a frase ecoasse, depois temperou a solenidade com um sorriso rápido.

— Mas como poderíamos ser irmãos? A idade de vocês varia de vinte e dois a trinta e três anos, ao passo que eu consegui, sabe-se lá como, chegar aos oitenta e cinco. Tenho idade para ser avô do mais velho aqui. Esta noite, porém, vocês passam a fazer parte, junto comigo, de algo que remonta a anos, séculos atrás. E haveremos, de fato, de sair desta sala como irmãos.

Teria então feito uma pausa para tomar um gole de água? Suponhamos que sim. Em seguida enfiou a mão num dos bolsos do paletó e pegou um papel.

— Tenho algo para ler a vocês — anunciou. — Não vai tomar muito tempo. É uma lista de nomes. Trinta nomes. — Limpou a garganta e depois inclinou a cabeça para enxergar a lista com a metade inferior das lentes bifocais. — Douglas Atwood — começou. — Raymond Andrew White. Lyman Baldridge. John Peter Garrity. Paul Goldenberg. John Mercer...

Eu inventei os nomes. A lista não tem cópia e Lewis Hildebrand não lembrava de nenhum dos que o velho recitou. Ficara com a impressão de que a maior parte eram nomes de ascendência inglesa ou de irlandeses do norte descendentes de escoceses, com alguns judeus, alguns irlandeses e um punhado de holandeses ou alemães no meio. Os nomes não estavam em ordem alfabética nem tinham um esquema visível; mais tarde saberia que a leitura seguira a ordem em que esses homens haviam morrido. O primeiro nome lido — não Douglas Atwood, embora assim eu o tenha chamado — fora o primeiro a morrer.

Ouvindo o velho, escutando os nomes ecoarem nos lambris da sala como se fossem torrões de terra caindo sobre a tampa de um caixão, Lewis Hildebrand pegou-se comovido quase até às lágrimas. Sentiu como se a terra tivesse rachado a seus pés e olhasse para um vazio infinito. Houve uma pausa considerável após a leitura do último nome e pareceu-lhe então que o próprio tempo parara, que a quietude se estenderia para sempre.

O velho rompeu-a. Pegou um isqueiro Zippo do bolso, abriu a tampa, girou a rosca. Ateou fogo numa das pontas da folha de papel, segurando a outra extremidade enquanto queimava. Depois que a chama consumiu um bom pedaço do papel, pôs o que sobrou num cinzeiro e esperou até que tudo fossem cinzas.

— Vocês nunca mais ouvirão esses nomes — disse ele. — Eles se foram, foram-se para onde quer que seja que os mortos vão. O grupo deles terminou. O nosso acaba de começar.

Ainda segurava o Zippo. Acendeu-o, depois apagou-o.

— Hoje é 4 de maio — disse ele — do ano de 1961. Quando me sentei pela primeira vez com os trinta homens cujos nomes acabo de ler a vocês, estávamos a 3 de maio do ano de 1899. A Guerra Hispano-Americana terminara dez meses antes, apenas. Eu mesmo tinha vinte e três anos, só um ano mais velho do que o mais novo de vocês. Eu não cheguei a lutar, mas havia alguns homens na sala que participaram da guerra. E um deles serviu junto com Zachary Taylor na guerra com o México. Estava com setenta e oito anos, se bem me lembro, e foi ele quem leu o nome de trinta homens de quem eu jamais ouvira falar. Fiquei observando enquanto queimava aqueles nomes, só que, é claro, encostou um palito de fósforo na lista. Não existiam isqueiros Zippo naquela época. E aquele cavalheiro (eu poderia, mas não vou dizer a vocês qual era seu nome, acabei de dizê-lo alguns minutos atrás) aquele cavalheiro tinha vinte ou vinte e cinco anos quando viu um outro velho pôr fogo numa outra lista de nomes, e isso teria sido quando? Por volta de 1840, imagino. Será que havia palitos de madeira, naquele tempo? Não creio. Mas haveria uma lareira acesa e suponho que o sujeito (o nome *dele* eu não saberia dizer, mesmo que quisesse) suponho que tenha jogado a lista no fogo. Não sei dizer qual teria sido a data daquele encontro, nem onde ocorreu. Minha primeira reunião, como eu lhes disse, foi em 1899, e havia trinta e um de nós, num salão privado no segundo andar do restaurante John Durlach's, na Union Square. Já não existe mais faz tempo; o lugar agora está ocupado pela loja de departamentos Klein's. Quando o Durlach's fechou, tentamos um restaurante diferente todo ano, até que nos acomodamos no Ben Zeller's. Ali ficamos durante muitos anos, até haver uma mudança de dono, vinte anos atrás, que não nos agradou. Viemos aqui para o Cunningham's e aqui estamos desde então. No ano passado éramos dois. Este ano somos trinta e um.

E onde estava Matthew Scudder a 4 de maio do ano do Senhor de 1961?

Eu podia estar no Cunningham's. Não num dos salões privados com o velho e seus trinta novos irmãos, mas ali de pé no balcão, quem sabe numa das mesas do restaurante principal, ou então no grill-room, menor, que Vince Mahaffey preferia. Teria então vinte e dois anos, a menos de duas semanas do meu vigésimo terceiro aniversário. Seis meses antes eu votara pela primeira vez na vida. (Ainda não haviam reduzido a idade para dezoito.) Votei em Kennedy. Aparentemente como fizeram muitos túmulos e terrenos baldios na comarca de Cook, Illinois, e ele venceu por um triz.

Ainda estava solteiro, embora já tivesse conhecido a moça com quem me casaria em breve e de quem acabaria me divorciando. Saíra havia pouco da Academia de Polícia e eles me mandaram para uma das delegacias do Brooklyn, para fazer parceria com Mahaffey, achando que eu aprenderia alguma coisa com ele. Aprendi um bocado de coisas, algumas que eles não queriam que eu aprendesse.

O Cunningham's era o tipo do lugar para Mahaffey, com muita madeira escura encerada, muito couro vermelho e latão polido, fumaça de cigarro no ar e bebida forte na maioria dos copos. Havia uma variedade decente de carnes e peixes no cardápio, mas acho que sempre pedi a mesma coisa, todas as vezes que fui lá — coquetel de camarão, um filé grosso e uma batata assada com creme azedo. De sobremesa, torta, de pecã ou de maçã, e um café forte o bastante para se poder patinar por cima. E bebida, claro. Um martíni para começar, geladíssimo, sequíssimo, sem nada, só uma casquinha de limão, e um conhaque depois, para ajudar na digestão. Por fim uísque, para clarear as idéias.

Mahaffey me ensinou como comer bem com o salário de patrulheiro: "Quando uma nota cair do céu e calhar de aterrissar na sua mão estendida, feche os dedos e agradeça ao Senhor", ele disse. Uma quantia razoável de dólares choveu sobre a gente e fizemos várias boas refeições juntos. E mais teriam sido feitas no Cunningham's, não fosse a sua localização. Ficava em Chelsea, na esquina da Sétima Avenida com a rua 23, e nós estávamos do outro lado do rio, no Brooklyn, a cinco minutos do Peter Luger's. Lá se podia comer a mesma comida, praticamente na mesma atmosfera.

Ainda se pode, mas o Cunningham's se foi. Serviram o último filé por volta do início dos anos setenta. Alguém comprou o edifício, derrubou-o e construiu um prédio de apartamentos de vinte e dois andares. Durante alguns anos, depois que cheguei a detetive, fiquei servindo na Sexta Delegacia, em Greenwich Village, mais ou menos a um quilômetro e meio do Cunningham's. Acho que naquela época eu comia lá uma ou duas vezes por mês. Mas na altura em que fecharam o restaurante, eu já tinha entregue meu distintivo de ouro e me mudado para um pequeno quarto de hotel na rua 57 Oeste. Passava boa parte do tempo no bilhar de Jimmy Armstrong, na esquina. Fazia as refeições lá, encontrava os amigos lá, entabulava negócios na minha mesa cativa, nos fundos, e lá preenchia minha cota de bebida. De modo que nem reparei quando o Cunningham's Steak House, fundado em 1918, fechou as portas e apagou as luzes. Algum tempo depois suponho que alguém deva ter me contado e suponho que a notícia pediu uma bebida. Naquela época, quase tudo pedia.

Mas vamos voltar ao Cunningham's e à primeira quinta-feira de maio de 1961. O velho — por que continuar a chamá-lo desse modo? Seu nome era Homer Champney, e estava contando a eles sobre o começo.

— Somos um clube de trinta e um — falou. — Já contei a vocês que entrei no último ano do século passado e que o homem que falou em minha primeira reunião nascera oito anos após a guerra de 1812. E quem falou durante a primeira reunião *dele*? E quando foi que o primeiro grupo dos trinta e um se reuniu e jurou encontrar-se anualmente até que só restasse um sócio vivo? Eu não sei. Ninguém sabe. Há referências vagas, em relatos antiqüíssimos, da existência de clubes dos trinta e um ao longo dos séculos. Minhas próprias pesquisas sugerem que o primeiro clube dos trinta e um foi uma ramificação da franco-maçonaria, há mais de quatrocentos anos, mas é possível, com base numa seção do Código de Hamurabi, que tenha havido um clube dos trinta e um na antiga Babilônia, e que um outro, ou talvez uma filial do mesmo grupo, tenha existido entre os judeus essênios, na época de Cristo. Uma fonte indica que Mozart era membro de um clube assim, e há rumores semelhantes envolvendo Benjamin Franklin, sir Isaac Newton e o doutor Samuel Johnson. Não há como saber quantos clubes surgiram com o correr dos anos, nem quantas correntes mantiveram sua continuidade ao longo das gerações.

— A estrutura é muito simples — ele continuou. — Trinta e um homens de bem comprometem-se a se reunir anualmente na primeira quinta-feira de maio. Eles comem e bebem, contam as mudanças que o ano trouxe a suas vidas e registram respeitosamente o falecimento dos sócios que a morte convocou. Todo ano lemos o nome dos mortos. Quando resta apenas um dos trinta e um membros, ele faz como eu fiz. Acha trinta candidatos ideais para o clube e reúne todos eles numa determinada noite. Ele lê, como eu fiz, o nome dos trinta irmãos que partiram. Queima a lista dos nomes, encerra um grupo e inicia outro. E assim continuamos, meus irmãos. Continuamos.

Segundo Lewis Hildebrand, o mais inesquecível a respeito de Homer Champney era sua intensidade. Ele se aposentara trinta anos antes daquela noite de 1961, vendera a pequena indústria que ele mesmo fundara e vivia visivelmente de maneira muito confortável. Começara em vendas, porém, e Hildebrand não tinha a menor dúvida de que fora um vendedor excelente. Alguma coisa fazia com que as pessoas prestassem atenção a cada palavra sua, e quanto mais falava mais ardente se tornava, mais você queria ouvir o que ele tinha a dizer.

— Vocês não se conhecem muito bem — disse-lhes ele. — Talvez já conhecessem um ou dois dos presentes. Talvez até haja três ou quatro que vocês consideram amigos. Amizades anteriores à parte, é improvável que encontrem alguém de seu círculo social nesta sala. Porque esta organização, esta estrutura, não está preocupada com amizade no sentido habitual do termo. Não se trata de promover interação social ou vantagens mútuas. Não estamos aqui para trocar dicas sobre o mercado de ações ou vender apólices de seguro uns aos outros. Estamos bem ligados, meus irmãos, mas percorrendo uma trilha muito estreita em direção a um objetivo muito específico. Nós marcamos os progressos uns dos outros na longa marcha rumo à cova. As demandas feitas aos membros são poucas. Não há reuniões mensais a que assistir nem comitês nos quais servir. Não há carteirinha de sócio para carregar nem taxas a pagar, exceto sua cota do jantar anual. O único compromisso de vocês, e eu lhes peço que sejam totalmente fiéis, é o comparecimento anual na primeira quinta-feira de maio.

— Haverá anos em que vocês não terão vontade de aparecer — ele prosseguiu —, quando o comparecimento parecerá extremamente inconveniente. Peço-lhes encarecidamente que considerem este compromisso como inalterável. Alguns de vocês terão saído de Nova York e talvez encarem como cansativa a perspectiva de um regresso anual. E talvez haja momentos em que considerem o próprio clube uma tolice, uma coisa que já não é mais para sua idade, uma parte da vida que prefeririam descartar. Não façam isso! O clube dos trinta e um ocupa apenas uma pequena parcela da vida de seus sócios. Não toma mais do que uma noite por ano. E no entanto dá a nossa vida um enfoque que outros homens jamais conhecerão. Meus jovens irmãos, vocês são elos numa corrente que remonta, sem ruptura alguma, à fundação desta república, parte de uma tradição que tem suas raízes na antiga Babilônia. Todos os aqui presentes, e todos os homens que nasceram, passam a vida aproximando-se da morte. A cada dia que passa o homem dá um novo passo em direção à morte. É uma estrada difícil de percorrer sozinho, uma estrada muito mais fácil de atravessar em boa companhia. E àquele cujo caminho for o mais longo e acabar sendo o último a chegar ao destino, àquele caberá outra obrigação. Deverá encontrar trinta rapazes, trinta bons rapazes de futuro, e reuni-los como eu fiz com vocês esta noite, para forjar mais um elo da corrente.

Repetindo as palavras de Champney três décadas depois, Lewis Hildebrand parecia um pouco constrangido por elas. Disse que provavelmente soavam idiotas, mas não quando se ouvia Homer Champney dizê-las.

A energia do velho era contagiante, segundo Hildebrand. Você pegava a febre dele, mas não era mera questão de se deixar arrastar pelo entusiasmo. Mais tarde, depois de ter tido a chance de esfriar, você continuava comprando o que ele lhe tinha vendido. Porque de um jeito ou de outro ele o fizera entender algo que, de outra forma, você jamais teria compreendido.

— Há ainda uma parte do programa a cumprir — Champney disse a eles. — Cada um vai se levantar e nos contar quatro coisas sobre si. O nome, a idade atual, o fato mais interessante que puder nos relatar a seu respeito e como se sente agora, neste momento, ao embarcar nesta grande jornada com seus trinta companheiros. Eu começo, embora provavelmente já tenha coberto os quatro pontos. Vejamos. Meu nome é Homer Gray Champney. Tenho oitenta e cinco anos de idade. A coisa mais interessante que posso imaginar a meu respeito, fora o fato de ser o sócio sobrevivente do grupo anterior, é que vi a Exposição Pan-americana em Buffalo, em 1901, e apertei a mão do presidente William McKinley menos de uma hora antes de ele ser assassinado por aquele anarquista, como era o nome? Czolgosz, claro, Leon Czolgosz. Quem poderia esquecer daquele pobre desorientado? E como me sinto sobre o que estamos fazendo esta noite? Bom, rapazes, estou emocionado. Estou entregando a tocha e sei que a estou passando a mãos capazes e boas. Desde que o último homem do antigo grupo morreu, desde que fiquei sabendo, senti um medo tremendo de morrer antes de completar minha missão. De modo que estou tirando um imenso peso da cabeça e tendo uma sensação de, bem, de um grande começo. Mas estou falando pelos cotovelos. Quatro frases, na verdade, é tudo de que precisamos, nome, idade, fato e sensação. Começaremos com esta mesa, acho, com você, Ken, e depois continuamos na mesma direção...

— Meu nome é Kendall McGarry, tenho vinte e quatro anos, e o fato mais interessante a meu respeito é que um antepassado meu assinou a Declaração de Independência. Não sei como me sinto entrando para o clube. Emocionado, acho, e também que é um grande passo, embora eu não saiba direito por quê. Quer dizer, é só uma noite por ano...

— John Youngdahl, vinte e sete anos. O mais interessante... bom, acho que a *única* coisa interessante sobre mim, a única em que consigo pensar, no momento, é que vou me casar no próximo domingo, sem ser este. Isso me deixou tão confuso que não sei como me sinto a respeito de nada, mas devo dizer que estou contente de estar aqui e de fazer parte disto tudo...

— Meu nome é Bob Berk. É B-e-r-k, não B-u-r-k-e, de modo que sou judeu, e não irlandês, e nem sei por que me sinto levado a mencionar o fato. Talvez *essa* seja a coisa mais interessante a meu respeito. Não o fato de ser judeu, mas que seja a primeira coisa a sair da minha boca. Ah, tenho vinte e cinco anos, e como me sinto? Como se todos vocês pertencessem a este clube e eu não, mas sempre me sinto assim e talvez nem seja a única pessoa aqui a sentir isso, certo? Ou talvez eu seja, não sei...

— Brian O'Hara, e é com apóstrofo e *H* maiúsculo, portanto eu sou irlandês e não japonês...

— Meu nome é Lewis Hildebrand. Tenho vinte e cinco anos. Não sei se é interessante, mas tenho um oitavo de sangue Cherokee. Quanto a como estou me sentindo, acho difícil dizer. Tenho a sensação de fazer parte de algo muito maior do que eu, algo que começou antes de mim e que continuará depois que eu morrer...

— Meu nome é Gordon Walser, trinta anos. Sou contador executivo da Stilwell Reade and Young, mas se essa é a parte mais interessante a meu respeito, estou frito... Bem, eis aqui algo que pouca gente sabe a meu respeito. Eu nasci com um sexto dedo em cada mão. Fui operado com seis meses de idade. Dá para ver a cicatriz na mão esquerda, mas não na direita...

— Meu nome é James Severance... Não sei o que seria interessante a meu respeito. Talvez o mais interessante seja que estou aqui com todos vocês, neste exato momento. Não sei o que estou fazendo aqui, mas parece uma espécie de momento decisivo...

— Eu me chamo Bob Ripley e já ouvi todas as piadas de *Acredite se quiser*... Uma coisa que eu pensava antes de vir aqui esta noite é que é mórbido ter um clube de pessoas que estão só à espera da morte. Mas não é assim que eu me sinto agora. Concordo com Lew, tenho a sensação de ter me tornado parte de algo importante...

— ...sei que é superstição, mas não consigo deixar de pensar que se a gente se obriga a ter consciência da inevitabilidade da morte, isso só fará com que ela chegue mais cedo...

— ...um acidente de carro na noite da minha formatura. Éramos seis no Chevrolet Impala do meu melhor amigo e todos morreram. Eu quebrei a clavícula e sofri alguns cortes superficiais. Essa é a coisa mais interessante a meu respeito e é também como me sinto com relação a esta noite. Isso foi há oito anos e eu estou com a morte na cabeça desde aquela época.

— ...acho que a única forma de expressar o que sinto é dizer que a única outra vez em que me senti assim foi quando minha filha nasceu...

Trinta homens, com idades variando de vinte e dois a trinta e dois anos. Todos eles brancos, todos eles vivendo em Nova York ou nos arredores da cidade. Todos com alguns anos de faculdade, a maioria deles formados. Mais da metade casados. Mais de um terço com filhos. Um ou dois divorciados.

Agora, trinta e dois anos depois, mais da metade deles estavam mortos.

2

À época em que o conheci, trinta e dois anos e seis semanas depois de ter se tornado sócio do clube dos trinta e um, Lewis Hildebrand já perdera um bocado de cabelo na frente e engrossara consideravelmente no meio. O cabelo loiro, repartido do lado e puxado para trás, estava prateado nas têmporas. Tinha um rosto franco, inteligente, mãos grandes e um aperto firme mas não agressivo. O terno azul de risca de giz devia ter custado mil dólares. O relógio era um Timex de vinte dólares.

Ligara para mim um dia antes, no final da tarde, para meu quarto no hotel. Eu ainda tinha o quarto, embora havia pouco mais de um ano estivesse vivendo com Elaine num apartamento bem em frente, do outro lado da rua. O quarto de hotel servia de escritório, ainda que não fosse em hipótese alguma um lugar conveniente para receber clientes. Mas eu morara sozinho ali por uns bons pares de anos. Relutava em abrir mão dele.

Ele me deu seu nome e disse que pegara o meu com Irwin Meisner.

— Queria conversar com você. Acha que daria para almoçarmos juntos? Será que amanhã é cedo demais?

— Amanhã está ótimo — eu disse —, mas se for alguma coisa extremamente urgente, eu acho uma brecha esta noite.

— Não é assim tão urgente. Não tenho nem certeza se é urgente. Mas não me sai da cabeça e não queria adiar. — Ele podia estar falando de seu exame médico anual ou marcando uma consulta com o dentista. — Conhece o Addison Club? Na 67 Leste? Digamos... ao meio-dia e meia?

* * *

O Addison Club, assim chamado por causa de Joseph Addison, o ensaísta do século XVIII, ocupa um palacete de pedra de cinco andares, no lado sul da rua 67, entre as avenidas Park e Lexington. Hildebrand havia parado bem perto da recepção e, quando dei meu nome ao funcionário desinformado, aproximou-se e apresentou-se. Na sala de refeições do primeiro andar recusou a primeira mesa que nos ofereceram e escolheu uma no canto do fundo.

— San Giorgio com gelo e uma casquinha de limão — pediu ao garçom e, para mim, ele disse: — Gosta de San Giorgio? Aproveito para tomar aqui porque nem todo restaurante tem. Conhece? É basicamente um vermute seco italiano com algumas ervas exóticas dentro. É bem leve. Para mim, o tempo dos martínis antes do almoço já acabou, infelizmente.

— Terei que experimentar um dia desses — eu disse. — Mas hoje acho que vou tomar uma Perrier.

Ele desculpou-se de antemão pela comida.

— É uma sala agradável, não é? É claro que aqui eles não apressam ninguém, e com as mesas assim tão distantes e metade delas vazia... Bom, achei que você gostaria da privacidade. A cozinha não é de todo má, se ficar no básico. Em geral peço um grelhado misto.

— Parece uma boa idéia.

— E uma salada verde?

— Ótimo.

Ele escreveu o pedido e entregou o cartão ao garçom. — Clubes privados. Uma espécie ameaçada. O Addison seria um clube para escritores e jornalistas, mas já faz muitos anos que a maioria dos sócios vem das agências de publicidade e das editoras. Hoje em dia eu desconfio que eles aceitam praticamente qualquer um que ainda tenha pulsação, um talão de cheques e nenhuma condenação muito séria por delito grave. Eu entrei faz uns quinze anos, quando minha mulher e eu mudamos para Stamford, Connecticut. Muitas noites eu ficava trabalhando até tarde, perdia o último trem e tinha que passar a noite na cidade. Os hotéis saem uma fortuna e eu sempre me sentia meio suspeito entrando num hotel sem bagagem. Eles têm quartos no último andar, aqui, muito razoáveis, e não é preciso reservar com antecedência. Eu andava pensando em me associar mesmo, e isso me deu um incentivo.

— Quer dizer que mora em Connecticut?

Ele abanou a cabeça.

— Voltamos faz uns cinco anos, quando o caçula acabou a faculdade. Bom, largou, melhor dizendo. Estamos morando a umas seis quadras daqui, e eu vou a pé para o escritório quando faz um tempo como hoje. Está bonito lá fora, não está?

— Está.

— É, Nova York em junho. Nunca passei abril em Paris, mas pelo que sei costuma ser chuvoso e triste. Paris é muito mais agradável em maio, mas a música funciona melhor com *April*. Precisa da sílaba extra; com *May* não dá certo. Mas Nova York em junho... dá para entender por que eles escrevem músicas a respeito.

Quando o garçom trouxe os pratos, Hildebrand perguntou se eu queria uma cerveja. Respondi que estava bem com a água. Ele disse:

— Vou tomar uma daquelas cervejas sem álcool. Esqueci quais vocês têm. Têm O'Doul's?

Tinham e ele pediu uma, olhando para mim, interrogativamente. Eu recusei com a cabeça. As cervejas e os vinhos sem álcool têm, todos eles, um traço de álcool. Se é ou não suficiente para afetar um alcoólatra sóbrio eu não sei, mas todo mundo que eu conheci no AA que jurou ser capaz de tomar uma Moussy, uma O'Doul's ou uma Sharp's impunemente mais cedo ou mais tarde acabou pedindo alguma coisa mais forte.

Além do mais, que diabos eu havia de querer com uma cerveja que não dá barato nenhum?

Falamos de seu trabalho — era sócio de uma pequena companhia de relações públicas — e sobre os prazeres de morar na cidade de novo, depois de um período fora. Se tivéssemos nos reunido no escritório dele, teríamos ido direto ao assunto, mas estávamos seguindo as regras tradicionais de um almoço de negócios, adiando a porção negócios para depois da comida.

Quando veio o café, ele bateu no bolso do paletó e soltou uma risada irônica.

— Olha só que engraçado. Viu o que eu acabei de fazer?

— Ia pegar um cigarro.

— É exatamente o que eu ia fazer, e larguei os malditos há mais de doze anos. Você já foi fumante?

— Não exatamente.

— Não exatamente?

— Nunca tive o hábito — expliquei. — Às vezes, num ano inteiro eu comprava um maço, fumava cinco ou seis, um atrás do outro. Depois jogava o maço fora e não fumava durante mais um ano.

— Meu Deus. Nunca ouvi falar de alguém que pudesse fumar tabaco e não ficar viciado. Suponho que você não tenha uma personalidade propensa ao vício e pronto. — Deixei passar esse comentário em branco. — Largar foi a coisa mais difícil que fiz na vida. Às vezes acho que foi a única coisa dura de fato que eu já fiz. Ainda sonho que voltei a fumar de novo. Você ainda faz isso? Uma farrinha de cigarro uma vez por ano?

— Não, não. Já faz mais de dez anos que eu não fumo um cigarro.

— Bom, tudo que eu posso dizer é que me alegra que não haja um maço aberto em cima da mesa, Matt. — Éramos Matt e Lew, àquela altura. — Deixe-me perguntar-lhe uma coisa. Alguma vez já ouviu falar em clube dos trinta e um?

— Clube dos trinta e um? Desconfio que não deve ter nada a ver com este clube, certo?

— Não.

— Já ouvi falar em vinte e um, claro, no restaurante Twenty-one. Acho que não...

— Não é um clube específico, como o Harvard Club ou o Addison. Ou um restaurante como o Twenty-one. É um tipo especial de clube. Mas eu explico.

A explicação foi longa e completa. Depois que começou, narrou aquela noite em 1961 com detalhes. Era um bom contador de histórias; me fez ver a sala privada do restaurante, as quatro mesas redondas (oito homens em três delas, seis mais Champney na quarta). E eu pude ver e ouvir o velho, pude sentir a paixão que o embalava e que cativou a platéia.

Eu disse que nunca tinha ouvido falar de nenhuma organização nem parecida com a que me descrevera.

— Desconfio que você não circulou muito com Mozart nem com Ben Franklin — ele disse, com um sorriso curto. — Ou com os essênios e babilônios. Estava pensando nisso outro dia, tentando decidir no quanto disso tudo eu acredito. Nunca cheguei a pesquisar de fato o assunto, além de uma horinha ou outra, sem compromisso, numa biblioteca qualquer. E nunca topei com nenhuma organização remotamente parecida com a nossa.

— E as pessoas com quem você tocou no assunto também não conhecem nada parecido?

— Nunca toquei muito no assunto. — Ele franziu a testa. — Para ser sincero, esta é a primeira conversa detalhada que eu tenho sobre o assunto com alguém que não seja um dos sócios. Há algumas pessoas que sabem que eu me reúno com um grupo de sujeitos uma vez por ano, para jantar e tomar uns drinques, mas nunca comentei sobre os laços do grupo com o passado. Ou sobre o aspecto de velório da coisa toda. — Ele me olhou. — Nunca contei a minha mulher nem aos meus filhos. Meu melhor amigo, e somos amicíssimos há mais de vinte anos, não tem a menor idéia a respeito do que é o clube. Ele acha que é como uma reunião de confraternização.

— Foi o velho que mandou todo mundo guardar segredo?

— Não explicitamente. Não é uma sociedade secreta, longe disso, se é o que está pensando. Mas eu saí do Cunningham's, aquela noite, com a nítida sensação de que essa coisa a que eu me filiara devia ser algo privado. E essa convicção, aliás, foi se aprofundando com o tempo. Ficou subentendido, logo no começo, que você podia dizer qualquer coisa naquela sala com a certeza absoluta de que não seria repetida. Eu contei àqueles caras coisas que nunca mencionei com mais ninguém neste mundo. Não que eu seja um homem cheio de segredos para contar ou deixar de contar, mas eu diria que sou basicamente uma pessoa muito privada e acho que escondo um bocado de coisas a meu respeito das pessoas com quem convivo. Santo Deus, estou com cinqüenta e sete anos. Você deve estar por aí também, não está?

— Cinqüenta e cinco.

— Então sabe do que estou falando. Nós, gente da nossa idade, crescemos sabendo que devíamos guardar nossos pensamentos mais íntimos para nós mesmos. Nem toda a psicologia pop do mundo é capaz de mudar isso. Mas uma vez por ano eu me sento com um punhado de homens que ainda hoje são praticamente estranhos para mim e quase sempre acabo me abrindo a respeito de algo que eu não planejava nem mencionar. — Baixou os olhos, pegou o saleiro, girou-o nas mãos. — Eu tive um caso, uns anos atrás. Não foi uma escapadinha rápida numa viagem de negócios, dessas houve algumas ao longo dos anos, mas um caso de amor de verdade. Durou quase três anos.

— E ninguém sabia?

— Está entendendo agora aonde estou querendo chegar? Não, ninguém nunca soube. Não fui pego e não contei a ninguém. Se ela falou para alguém, e eu suponho que deva ter falado... Bom, não tínhamos amigos em comum, portanto não vem ao caso. A questão é que eu contei sobre esse caso na primeira quinta-feira de maio. E mais de uma vez, também. — Devolveu o saleiro à mesa, com força. — Para *ela* eu contei sobre o clube. Ela achou mórbido, odiava a idéia toda. Mas gostou muito do fato de ser a única pessoa a quem eu já tinha falado do assunto. Dessa parte ela gostou muito.

Calou-se enquanto eu tomava meu café e esperava por ele. Lentamente, disse:

— Não a vejo há cinco anos. Que inferno, eu não fumo há doze mas bem que, por um instante, eu quis fumar um, não foi? Às vezes eu acho que ninguém supera nada.

— Às vezes eu acho que você tem razão.

— Matt, você se incomoda se eu pedir um conhaque?

— Por que me incomodaria?

— Bom, não é da minha conta, mas é difícil não fazer deduções. Foi Irwin Meisner quem me recomendou você. Conheço Irwin há anos. Eu o conhecia quando bebia e sei que ele parou. Quando lhe perguntei como é que conhecia você, ele disse algo vago e, com base nisso, não me surpreendi quando não pediu nada alcoólico. Daí...

— Me incomodaria se *eu* pedisse um conhaque. Não me incomoda se você pedir um.

— Então acho que vou tomar — e pegou o garçom com o olhar. Depois que o garçom anotou o pedido e saiu, Hildebrand apanhou de novo o saleiro, pôs de volta sobre a mesa e tomou um rápido fôlego. — O clube dos trinta e um. Eu acho que alguém está tentando apressar as coisas.

— Apressar as coisas?

— Matar os sócios. Todos nós. Um a um.

3

— Nós nos reunimos o mês passado — disse ele. — No Keens, na rua 36 Oeste. É lá que a gente vem fazendo os jantares desde que o Cunningham's fechou, no começo dos anos setenta. Eles nos dão sempre a mesma sala. Fica no segundo andar e parece uma biblioteca particular. As paredes são forradas de estantes e de retratos dos antepassados de alguém. E tem uma lareira que eles acendem para nós, não que seja exatamente o que se quer em maio. Mas para criar atmosfera é bom. Faz vinte anos que nos reunimos ali. O Keens quase fechou, sabia, justamente quando estávamos começando a nos acomodar. Teria sido uma tragédia, o restaurante é uma instituição em Nova York. Mas conseguiu sobreviver. Continua lá, e, bom, nós também. — Silenciou, pensou e depois disse: — Alguns de nós.

O Courvoisier estava na mesa, diante dele. Ainda não tinha tomado nem um gole. De vez em quando pegava no cálice copado, envolvia o bojo com a mão, pegava na haste com o polegar e o indicador, mexia o copo alguns centímetros para cá, puxava para lá.

— No jantar do mês passado anunciamos que dois sócios haviam morrido nos últimos doze meses. Frank DiGiulio sofreu um ataque cardíaco fulminante em setembro e, em fevereiro, Alan Watson foi morto a facadas a caminho de casa, na volta do trabalho. De modo que tivemos duas mortes no último ano. Isso lhe parece significativo?

— Bom...

— Claro que não. Estamos numa idade em que a morte acontece. Que significado se poderia atribuir a duas mortes num período de doze meses? — Pegou o copo pela haste, deu um quarto de volta, no sentido horário. — Então vamos pensar no seguinte. Nos últimos sete anos, morreram nove do grupo.

— Esse número já me parece um pouco alto.

— Isso nos últimos sete anos. Antes, já tínhamos perdido oito homens. Matt, sobraram apenas catorze.

Homer Champney dissera que provavelmente seria o primeiro a ir. — E é assim que tem que ser, rapazes. Essa é a ordem natural das coisas. Mas espero estar com vocês ainda por um tempinho, pelo menos. Para ter a oportunidade de conhecer vocês e ver todo mundo começando com o pé direito.

No fim das contas, o velho durou até o nonagésimo quarto aniversário. Nunca faltou a um jantar anual, permanecendo fisicamente em forma e mentalmente lúcido até o final.

Nem foi o primeiro deles a morrer. Os dois primeiros encontros do grupo transcorreram sem novidades, mas em 1964 foi lido o nome e marcado o falecimento de Philip Kalish, morto com a mulher e a filha pequena três meses antes num acidente de carro na via expressa de Long Island.

Dois anos depois James Severance morreu no Vietnã. Faltara ao jantar do ano anterior, seu pelotão da reserva fora chamada à ativa, e os sócios haviam brincado que uma guerra na Ásia era uma desculpa muito esfarrapada para romper compromisso tão solene. Em maio do ano seguinte, quando leram o nome de Severance junto com o de Phil Kalish, quase se podia ouvir as piadas do ano anterior ecoando nos lambris das paredes.

Em março de 1969, menos de dois meses antes do jantar anual, Homer Champney morrera dormindo. Deixara instruções aos funcionários do hotel-residência onde morava: "Se algum dia vocês não me virem de pé às nove horas, liguem para minha suíte e, se eu não atender, venham dar uma espiada". O recepcionista fez a ligação, mandou o porteiro ficar na recepção e subiu ele mesmo até o quarto de Champney. Quando achou o que temia achar, ligou para o sobrinho do velho.

O sobrinho por sua vez fez as ligações que o tio instruíra a fazer. Na lista havia vinte e oito sobreviventes dos trinta e um sócios do clube. Champney não deixou nada ao acaso. Quis ter certeza de que todos soubessem que partira.

O enterro fora na funerária Campbell's, o primeiro enterro do clube a que Lewis Hildebrand comparecia. Havia pouca gente. Champney sobrevivera a seus contemporâneos, e o sobrinho — um sobrinho-neto, na verdade, uns cinqüenta anos mais novo que Champney — era o único parente vivo que ele tinha na região de Nova York. Além de Hildebrand, o contingente de acompanhantes incluía cerca de meia dúzia dos outros trinta e um.

Depois do enterro alguns deles saíram juntos para tomar um drinque. Bill Ludgate, vendedor de materiais de impressão, disse:

— Bom, é o primeiro a que eu assisto e vai ser o último. Daqui a algumas semanas estaremos todos juntos no Cunningham's, o nome de Homer vai ser lido junto com os outros e provavelmente vamos falar dele. E basta. Acho que não devíamos ir ao enterro dos sócios. Acho que não é lugar para nós.

— Eu senti que queria estar aqui hoje — disse alguém.

— Todos nós sentimos, senão não estaríamos aqui. Mas conversei com Frank DiGiulio outro dia e ele disse que não viria, que não achava apropriado. E agora cheguei à conclusão de que concordo com ele. Sabe de uma coisa? Quando isso tudo começou, havia alguns sócios que eu costumava ver socialmente. Um almoço de vez em quando, um aperitivo depois do expediente, ou até mesmo sair com as esposas, para jantar ou ir a um cinema. Mas parei com isso e, quando falei com Frank, me dei conta de que era a primeira vez que eu conversava com alguém do grupo desde o jantar de maio passado.

— Não gosta mais da gente, Bill?

— Gosto muito de vocês todos, mas me sinto inclinado a

manter as coisas separadas. Puxa vida, eu nem entrei mais no Cunningham's desde a última reunião. Nem sei quantas vezes alguém já sugeriu que fôssemos jantar ou almoçar lá, e eu sempre dou um jeito de acabar indo a outro lugar. Ainda na semana passada eu disse a um companheiro que preferia outro restaurante. "Não comi muito bem da última vez em que estive lá. O lugar já não é mais o que era."

— Jesus, Billy — alguém comentou —, tenha um pouco de compaixão. Você vai levá-los à falência.

— Bom, eu detestaria que isso acontecesse, mas percebe o que quero dizer? Uma vez por ano é suficiente para mim. Eu gosto de ter trinta caras que vejo apenas uma vez por ano, num lugar aonde eu vou só uma vez por ano.

— Agora são vinte e sete caras, vinte e oito incluindo você.

— Pois é — ele disse, solenemente. — Pois é. Mas entendem minha posição, certo? Não estou dizendo o que devem fazer, eu gosto de todos, mas não irei ao enterro de vocês.

— Tudo bem, Billy — retrucou Bob Ripley. — A gente vai ao seu.

— Trinta homens em 1961, variando de vinte e dois a trinta e dois anos, com uma idade média de vinte e seis. Trinta e dois anos depois, quantos você esperaria encontrar vivos?

— Não sei.

— Nem eu — Hildebrand disse. — Depois do jantar do mês passado, voltei para casa com dor de cabeça e rolei na cama a noite inteira. Acordei sabendo que havia algo muito errado. Num grupo de cinqüentões, entrando nos sessenta, algumas baixas têm que haver. A morte vai começar a chamada. Mas me pareceu que estávamos bem acima das probabilidades. E o tempo todo me ocorrendo uma série de explicações diferentes, até que eu decidi que a primeira coisa a fazer era descobrir se minha percepção das coisas estava certa. Então liguei para um sujeito que vive tentando me vender mais seguro de vida e disse que tinha um problema atuarial para ele. Dei os números e perguntei que porcentagem de mortes se poderia esperar dentro de um grupo assim, nesse período. Ele falou que faria alguns telefonemas e me daria o retorno. Chuta, Matt. Quantas mortes seria de esperar num grupo de trinta?

— Não sei. Oito ou dez?

— Quatro ou cinco. Devia haver vinte e cinco de nós vivos, mas estamos reduzidos a catorze. O que lhe diz isso?

— Não estou certo — respondi —, mas com certeza chama a atenção. A primeira coisa que eu faria seria perguntar uma outra coisa a seu amigo.

— Foi o que eu fiz. Diga qual é a sua pergunta.

— Eu lhe pediria para avaliar o significado de uma amostra com um número de mortes três a quatro vezes maior do que o esperado.

— Foi a minha pergunta e ele teve que ligar para alguém para saber. E a resposta foi que dezesseis mortes em trinta era notável mas não expressivo. Sabe o que ele quis dizer com isso?

— Não.

— Segundo ele, a amostragem é muito pequena para revelar *qualquer* resultado expressivo. Podíamos ter cem por cento de sobreviventes ou cem por cento de mortes que não significariam nada, na verdade. Agora, se tivéssemos a mesma porcentagem num grupo substancialmente maior de pessoas, aí sim haveria algum significado da perspectiva atuarial. Os atuários gostam de números altos, percebe? Quanto maior o grupo, mais eles conseguem ler nas estatísticas. Se tivéssemos cento e quarenta sobreviventes num grupo de trezentas pessoas, a porcentagem seria expressiva. Mil e quatrocentos em três mil seria ainda mais expressivo. Cento e quarenta mil em trezentas mil pessoas, aí sim, começariam as suspeitas de que o grupo fosse composto de gente que morou em Chernobyl ou cujas mães tomaram DES na gravidez. Aí alarmes começariam a tocar.

— Entendo.

— Tenho alguma experiência com propaganda via mala direta. Testamos tudo. Você é obrigado. Numa lista com meio milhão de nomes, fazíamos um teste postal com mil desses nomes e sabíamos que a cota de respostas apresentaria um ou dois pontos de diferença da lista inteira. Mas jamais faríamos um teste de mala direta com trinta nomes, porque os resultados não teriam o menor significado.

— E aonde é que isso o leva?

— Isso me leva a achar que a porcentagem é muito alta, e que se dane o tamanho da amostragem. Não consigo superar o fato de que, estatisticamente, deveríamos ter tido quatro ou cinco mortes; mas não, sofremos baixas três ou quatro vezes mais pesadas. O que você acha disso, Matt?

Pensei um pouco.

— Não entendo nada de estatística.

— Não, mas você é um ex-policial e detetive. Deve ter instinto.

— Acho que tenho.

— E que diz seu instinto?

— Para procurar por circunstâncias especiais. Você mencionou um homem que morreu no Vietnã. Houve outras mortes em combate?

— Não, só Jim Severance.

— E de Aids?

Ele abanou a cabeça.

— Tivemos dois sócios gays, se bem que eu acho que ninguém sabia que eles eram gays quando o grupo foi fundado. Eu me pergunto se teria feito alguma diferença. Em 1961? Com certeza sim, não tem dúvida, e quando nos levantamos para contar o fato mais interessante a nosso respeito, naquela primeira reunião, isso não veio à tona. Mas mais tarde os dois sujeitos acharam que deviam contar ao grupo a respeito de sua sexualidade. Não me lembro mais quando foi que a bomba caiu, mas ainda estávamos nos encontrando no Cunningham's, disso eu me lembro, portanto já faz um bom tempo. De todo modo, nenhum deles morreu de Aids. Lowell Hunter talvez até venha a morrer disso. Ele nos contou que é HIV positivo, mas no nosso encontro do mês passado ainda não tinha desenvolvido nenhum sintoma. E Carl Uhl morreu em 1981, antes que qualquer pessoa neste mundo tivesse ouvido falar na palavra AIDS. Suponho que a doença já existisse na época, mas eu pelo menos nunca tinha ouvido falar dela. Seja como for, Carl foi assassinado.

— É?

— Foi encontrado no apartamento dele, em Chelsea. Morava a uma quadra do Cunningham's, mas é claro que o restaurante já tinha desaparecido fazia muito tempo quando Carl foi assassinado. Acho que foi um assassinato sexual, algum tipo de jogo sadomasoquista que fugiu ao controle. Ele estava amarrado, algemado, com um capuz de couro, fora estripado e vítima de mutilações sexuais. É um mundinho e tanto, este nosso, não é?

— É.

— Depois que eu conversei com meu agente de seguros, passei algumas noites acordado até tarde, tentando achar alguma explicação. A primeira, claro, é o puro acaso. As chances de um número assim tão alto de mortes são pequenas, mas como qualquer apostador pode lhe dizer, os azarões vivem ganhando. A longo prazo você vai à falência apostando neles, mas como é mesmo que dizem? A longo prazo estamos todos mortos, o que, quando paramos para pensar, é um dos princípios subjacentes do clube. — Apanhou o copo, mas ainda assim não bebeu a maldita coisa. — Onde eu estava?

— No puro acaso.

— É. Não tem como eliminar o acaso, mas deixei essa hipótese de lado e procurei outras explicações. Uma delas foi a de que o grupo talvez seja constituído de homens com uma forte predisposição para a morte precoce. Daria pelo menos para argumentar que talvez a seleção natural tenha feito uma manobra para conduzir esses indivíduos ao nosso clube. Uma pessoa geneticamente marcada para uma cova prematura talvez se dê conta de seu destino em algum nível do inconsciente e, portanto, pode estar mais predisposta a aceitar o convite e entrar num grupo preocupado com a morte. Não sei se acredito ou não em destino, provavelmente depende do momento em que a pergunta é feita, mas com certeza acredito em predisposição genética. De modo que essa é uma possibilidade.

— Fale das outras.

— Bom, a outra que me passou pela cabeça é um pouco mais cerebral. Ocorreu-me que talvez seja possível que o próprio clube contribua para aumentar as chances de morte prematura entre os sócios.

— Como?

— Concentrando a atenção em nossa própria mortalidade de forma até certo ponto anormal. Eu detestaria dizer que um homem consegue prolongar a vida negando sistematicamente a própria mortalidade mas, ainda assim, pode ser que estejamos apressando o momento com essa história de nos reunirmos uma vez por ano para saber quem tomou o bonde. Tenho certeza de que há uma parte em mim que anseia pela morte, assim como há outra que deseja viver para sempre. Talvez nossas reuniões reforcem o desejo de morte às custas do ímpeto de viver. A conexão entre mente e corpo já está suficientemente estabelecida, até os médicos, ainda que de modo muito relutante, estão cientes disso. As pessoas ficam vulneráveis à doença por causa de seu estado mental, tornam-se propensas a sofrer acidentes, tomam decisões perigosas. Pode ser um fator.

— Suponho que sim. — Eu queria mais café e mal erguera a cabeça para tentar chamar a atenção do garçom quando ele se adiantou para encher minha xícara. — Homer Champney me pareceu um sujeito com um ímpeto de viver bem razoável.

— Ele era um sujeito extraordinário. Tinha mais energia e prazer de viver aos noventa anos do que a maioria dos homens já teve. E não esqueça que era de uma geração que não vivia tanto quanto nós vivemos hoje em dia, nem permanecia tão ativa. Um homem da nossa idade já estava pronto para a cadeira de balanço, presumindo-se que ainda estivesse vivo.

— E os outros do grupo dele?

— Morreram — disse pesaroso —, e é tudo que sei sobre eles. Não lembro de nome nenhum. Só ouvi os nomes uma vez, quando Homer leu a lista e queimou o papel em que estavam escritos. Ele fez questão de nunca mais mencionar nenhum deles. No que lhe dizia respeito, o grupo estava encerrado, e ponto final. Não sei quantos anos viveram nem como morreram. — Soltou uma risada curta. — Pelo tanto que eu sei a respeito, eles podem nem ter existido.

— Como assim?

— É uma idéia que não me passa pela cabeça faz anos, que me ocorreu um dia, tarde da noite, mas nunca mais esqueci completamente dela. Suponhamos que nunca tenha havido um grupo antes do nosso. Suponhamos que Homer tenha apanhado os trinta nomes de uma lista telefônica. Suponhamos que ele tenha inventado Deus e o mundo, inclusive o sujeito que lutou na guerra com o México, e mais todas as lendas sobre Mozart, Isaac Newton e os jardins suspensos da Babilônia. Suponhamos que ele fosse apenas um doido varrido com o dom da lábia que achou que seria interessante comer bife uma vez por ano com um grupo de companheiros jovens enquanto esperava pelo sujeito da foice.

— Você não acredita nisso de verdade.

— Não, claro que não. Mas o interessante é que não há nenhuma forma de negar. Se Homer tinha algum registro escrito do grupo anterior, tenho certeza de que destruiu tudo depois da nossa primeira reunião. Se alguns dos irmãos do grupo anterior deixaram alguma coisa no papel, eu imagino que aquilo que os herdeiros não jogaram fora esteja embolorando em algum sótão. Mas como é que alguém vai saber onde procurar?

— De todo modo — disse eu —, isso não tem importância, tem?

— Não. Se há algum tipo de destino operando, genético ou não, acho que não se pode fazer coisa alguma a respeito. Se participar do clube está nos envenenando a psique e nos matando à traição, bom, provavelmente agora já é tarde demais para buscar um antídoto. Se Homer era um velho mascate malandro e se o nosso for o primeiro clube dos trinta e um em toda a história, bom, e daí? Continuarei aparecendo no

Keens toda primeira quinta-feira de maio e, se por acaso vier a ser o último homem vivo, vou tomar providências para escolher trinta homens honrados e manter a velha chama acesa. — Soltou uma risadinha. — Eu poderia dizer que está ficando cada vez mais difícil, a cada ano que passa, encontrar trinta homens honrados, mas não sei se é verdade. Tenho a impressão de que nunca foi fácil.

— Acha que os sócios estão sendo assassinados?

— Acho.

— Porque as mortes superaram em muito a probabilidade.

— Em parte. Foi isso que me levou à procura de uma explicação.

— E...?

— Sentei e fiz uma lista dos sócios que morreram e das várias maneiras como eles morreram. Alguns obviamente não foram assassinados, morreram em conseqüência de causas que só podem ter sido naturais. Phil Kalish, por exemplo, morto numa colisão frontal na estrada de Long Island. O outro motorista estava bêbado, conseguiu passar por cima do canteiro, estava indo a toda na direção leste, na via oeste. Se tivesse sobrevivido, poderia ter sido processado por homicídio, mas não me parece uma coisa que um errante assassino em série fosse capaz de preparar.

— Não.

— E Jim Severance foi morto por algum soldado vietcongue. Morte em combate não é uma coisa normalmente considerada causa natural, mas eu também não chamaria de assassinato. — Os dedos apenas tocaram no bojo do cálice, depois recuaram. — Houve algumas mortes naturais que não poderiam ter sido outra coisa. Roger Bookspan teve um câncer de próstata, já metastático quando descobriram. Tentaram um transplante de medula óssea, mas ele não sobreviveu à operação. — O rosto anuviou-se com a lembrança. — Tinha apenas trinta e sete anos, o infeliz. Casado, dois guris com menos de cinco anos, um primeiro romance escrito e aceito para publicação e, de repente, foi-se.

— Isso já deve fazer um bom tempo.

— Perto de vinte anos. Uma de nossas primeiras mortes. Mais recentemente houve um par de ataques cardíacos. Já mencionei Frank DiGiulio e, dois anos atrás, Victor Falch caiu morto no campo de golfe. Estava com sessenta anos, com vinte quilos acima do peso e era diabético, de modo que acho que não se pode dizer que tenha sido morte em circunstâncias suspeitas.

— Não.

— Por outro lado, vários sócios foram assassinados e houve outras mortes que poderiam ter sido assassinatos, embora as autoridades digam coisa diferente. Falei de Alan Watson, esfaqueado num assalto.

— E do sujeito em Chelsea que foi morto por um parceiro sexual — eu disse, varrendo a memória à cata do nome. — Carl Uhl?

— Isso. E depois, claro, foi Boyd Shipton.

— Boyd Shipton, o pintor?

— É.

— Ele era sócio do seu clube?

Ele fez que sim com a cabeça.

— No nosso primeiro encontro ele disse que o fato mais interessante a seu respeito é que pintara uma das paredes do seu apartamento de modo a parecer tijolo aparente. Estava estagiando em Wall Street, na época, e deu a impressão de que pintura era apenas um passatempo para ele. Mais tarde, depois que largou o emprego e fez os primeiros contatos com as galerias, admitiu que sentira medo de contar o quão importante era a carreira de artista para ele.

— Ele ficou famoso.

— Extremamente famoso, com uma casa de frente para o mar em East Hampton e uma cobertura que era o máximo em Tribeca. Sabe que eu sempre tive vontade de saber o que houve com aquela parede parecendo tijolo que Boyd pintou? Ele cobriu com tinta branca antes de se mudar, para o proprietário não ter um ataque. Bom, seja lá quem for, quem estiver morando ali agora tem um mural *trompe-l'oeil* original de Boyd

Shipton debaixo de sabe Deus quantas mãos de tinta látex. Acho que daria para restaurar, se alguém soubesse onde está.

— Lembro de quando foi morto — eu disse. — Cinco anos atrás, não foi?

— Seis, em outubro. Ele e a mulher tinham vindo à cidade para a inauguração da exposição de um amigo e depois saíram para jantar. Quando voltaram para o apartamento, pelo visto interromperam um roubo em andamento.

— A mulher foi estuprada, eu me lembro.

— Estuprada e estrangulada, e Boyd foi espancado até morrer. E o caso nunca foi solucionado.

— Quer dizer que vocês tiveram três assassinatos.

— Quatro. Em 1989, Tom Cloonan foi baleado dentro do táxi que ele dirigia. Era escritor, tinha uma série de contos publicados e uma ou duas peças produzidas Off-Off-Broadway, mas não conseguia viver das letras. Completava o orçamento trabalhando para uma companhia de mudanças e de vez em quando pintava apartamentos para um empreiteiro que não era registrado. E às vezes trabalhava como motorista de praça, e era isso que estava fazendo quando morreu.

— E também nunca solucionaram o caso?

— Acho que a polícia prendeu alguém. Mas que eu saiba o caso nunca foi a julgamento.

Não seria difícil descobrir.

— Trinta homens — eu disse — e quatro deles foram vítimas de homicídio. Acho que isso é ainda mais extraordinário do que o fato de dezesseis do grupo terem morrido.

— Estava pensando nisso também, Matt. Sabe, quando eu era garoto, acho que meus pais nunca conheceram uma única pessoa que tivesse morrido assassinada. E eu não cresci em nenhuma cidade de livro de histórias de Dakota do Sul, não. Cresci em Queens, primeiro em Richmond Hill, depois em Woodhaven. — Franziu a testa. — Estou mentindo, porque nós conhecíamos, sim, alguém que morreu assassinado, se bem que não saberia dizer o nome. Tinha uma loja de bebidas na avenida Jamaica e foi baleado durante um assalto. Lembro de como meus pais ficaram perturbados.

— Provavelmente houve outros — sugeri. — A gente tem menos consciência dessas coisas quando é criança, e os pais também costumam esconder. Mas, claro, não resta a menor dúvida de que o índice de homicídios é muito mais alto hoje do que quando éramos crianças. Só que as pessoas vêm se matando desde Caim e Abel. Sabia que em meados do século passado havia um enorme prédio de apartamentos em Five Points, chamado Old Brewery, e que quando resolveram derrubar o prédio os operários retiraram sacos e mais sacos de ossos humanos do porão? Segundo cálculos feitos por quem entende, aquele prédio, sozinho, teve em média um assassinato por noite, durante anos.

— Num só prédio?

— Bom, era um prédio bem grandinho. E a vizinhança não devia ser das melhores.

4

Além dos casos de homicídio, Lew também me contou que houve suicídios e mortes acidentais. Podia haver no meio alguns assassinatos disfarçados. Ele preparara duas listas. Tirou-as do bolso do paletó e desdobrou para eu ler. Uma trazia o nome dos catorze sócios sobreviventes, em ordem alfabética, juntamente com o endereço e número de telefone. A outra era uma lista dos mortos — todos os dezessete, inclusive Homer Champney. Estavam enumerados por ordem de falecimento, com a presumida causa da morte de cada um anotada ao lado.

Li as duas listas, tomei mais um pouco de café e olhei para ele. — Não estou muito certo do papel que você tem em mente para mim. Se queria só uma consulta, eu vou lhe dizer o seguinte. Seu clube está tendo um índice de mortalidade bem alto e minha impressão, sem dúvida, é de que um número desproporcional de mortes resultou de outras causas que não doença. Qualquer um desses suicídios poderia ter sido forjado, da mesma forma que os acidentes. Até algumas das mortes que parecem ter sido naturais poderiam ter sido homicídio disfarçado. Por exemplo, esse cara que morreu sufocado com o próprio vômito — há um jeito de fazer isso acontecer.

— Como, santo Deus?

— A vítima tem que estar inconsciente. Você bota um travesseiro ou uma toalha na cara da pessoa e segura firme enquanto induz o vômito. Existe um vomitivo que se aplica com injeção subcutânea, mas que pode aparecer numa autópsia, se alguém tiver cabeça para procurar. Uma joelhada na boca do estômago é quase tão eficaz quanto. A vítima vomita, a coisa não tem como sair e o sujeito automaticamente aspira para os pulmões. É um jeito muito fácil de acabar com um bêbado, você só espera até o cara apagar e pegar no sono. E bêbado costuma sufocar no próprio vômito, de modo que é uma morte acidental muito plausível.

— Isso me parece absolutamente diabólico.

— Provavelmente. Teve um senador, lá pelos anos sessenta, que morreu assim. Circularam fortes boatos de que fora assassinado, pelos cubanos ou pela CIA, dependendo de quem estivesse contando a história. Mas isso foi na esteira do assassinato de Kennedy, quando todas as mortes públicas provocavam boatos de assassinato e conspiração. Se alguma figura política importante morresse de Alzheimer, diziam que a Illuminati andava pondo sais de alumínio nos sucrilhos do cara.

— Eu me lembro. — Respirou fundo. — Mas eu imaginava que tivessem feito alguma coisa muito elaborada para provocar a morte de Eddie Szabo. Não fazia a menor idéia de que pudesse ser assim tão simples.

— E também pode ter sido exatamente o que pareceu.

— Um acidente.

— Isso.

— Mas no cômputo geral você acha que eu tenho motivos para estar preocupado.

— Eu acho que a coisa pede uma investigação.

— Estaria disposto a fazer essa investigação?

Eu estava esperando pela pergunta e tinha a resposta pronta.

— Se isso for o que está parecendo que é, você está lidando com um assassino serial que tem uma dose extraordinária de paciência e organização. Aqui não é um vagabundo qualquer que atravessa o país pegando vadias ao acaso em restaurantes de caminhoneiro e espalhando os cadáveres pela I-80. Ele está na mira de alvos específicos e levando tempo para derrubá-los. Provavelmente já matou oito pessoas, quem sabe mais. Tudo isso pede uma investigação em grande escala e eu sou um cara só. Se só fosse uma investigação do Departamento de Polícia de Nova York, eles estariam com uma sala inteira de detetives trabalhando no caso.

— Acha que eu devia levar o caso para a polícia?

— Num mundo ideal, sim. No mundo real, porém, eu acho que iam lhe dar um chá de cansaço. Do modo como a burocracia funciona, tira nenhum ia ficar muito satisfeito de abrir esse saco de gatos. Você tem aqui uma colcha maluca de retalhos de jurisdições conflitantes e alguns homicídios com mais de vinte anos. Se eu fosse um policial e isso aterrissasse na minha mesa, eu teria todos os motivos do mundo para enfiar numa pasta e esquecer o assunto. — Tomei um gole de café. — Se você quer mesmo botar a polícia para trabalhar, o melhor jeito é por intermédio da mídia.

— Como assim?

— Simplesmente conte para algum jornalista empenhado o que você me contou. O caso por si só já tem valor de notícia, mas fica ainda mais quente quando você mete alguns nomes famosos na dança. Boyd Shipton, por exemplo. E a sua lista de sobreviventes exibe um Raymond Gruliow na rua Commerce. Eu suponho que seja o advogado.

— O advogado de defesa. É ele, sim.

— "O polêmico advogado de defesa", é como a imprensa costuma chamá-lo. Se você saísse por aí pelas delegacias contando que "Hard-Way" Ray está na lista negra de alguém, nove entre dez policiais tentariam encontrar o cara só para poder lhe pagar uma bebida e lhe desejar boa sorte. Mas, se contasse a um repórter, teria toneladas de cobertura.

— A idéia de publicidade — disse, franzindo a testa, — é algo que eu considero muito perturbador.

— Imagino.

— Se a minha suspeita for verdadeira, se houver um assassino de tocaia, esvaziando nossas fileiras, então eu faria o que fosse preciso para pegá-lo. Eu iria até a *Oprah*, se chegasse a esse ponto.

— Acho que não chega a tanto.

— Mas se eu estiver apenas exagerando minhas reações a uma coincidência estatística, bom, seria uma pena destruir o anonimato do clube sem necessidade. E a atenção que receberíamos como indivíduos também seria muito indesejável.

— Para a maioria de vocês, sim — eu disse. — Mas para Ray Gruliow provavelmente "atenção indesejável" é uma contradição em si. De qualquer modo, é uma decisão dura. O jeito mais rápido de abrir uma investigação em grande escala é sentar com um repórter e contar-lhe a mesma história que você me contou. Meu palpite é que você teria cobertura nacional em vinte e quatro horas e uma força policial destacada para o caso em quarenta e oito. Com homens mortos em vários Estados, mais o elemento de assassino em série, você talvez veja até o FBI entrar em cena, se houver divulgação demais.

— Está começando a me parecer um circo.

— Bom, se você me contratasse, a sua privacidade continuaria quase intata. Eu não tenho nem licença de detetive particular, que dirá influência nas altas esferas. Qualquer investigação que eu comece a fazer seguiria um ritmo relativamente lento e eu não sei até onde isso poderia ser um fator negativo. Já discutiu o assunto com algum outro sócio?

— Não disse uma palavra a ninguém.

— É mesmo? Estou surpreso. Era de imaginar que... Bom.

Ele fez um longo e lento meneio de cabeça.

— O clube não é uma verdadeira sociedade secreta, mas não resta dúvida de que nós a mantivemos em segredo. Ninguém mais sabe que ele existe. — Pegou o copo de conhaque. — Portanto, se há um assassino — falou sem se alterar —, teria praticamente que ser um de nós.

5

— Nossa, é uma coisa tão de homem — disse Elaine. — Trinta e um marmanjos sentados em volta de mesas de madeira, comendo e conferindo se estão com dores no peito. Quase que dá para sentir o cheiro da testosterona, não dá?

— Estou começando a entender por que eles não contaram nada para as mulheres deles.

— Não estou fazendo pouco-caso — insistiu ela. — Só estou ressaltando o quão intrinsecamente masculina é essa coisa toda. Mantendo tudo em segredo, se encontrando só uma vez por ano, falando solenemente de Assuntos Importantes. Você imagina um clube desses constituído de mulheres?

— Deixaria o restaurante maluco. Trinta e uma contas separadas.

— Uma conta só, mas com certeza dividida igualmente. "Vejamos, Mary Beth pediu uma torta de maçã à la mode, de modo que ela paga um dólar a mais, e Rosalie, você pediu molho roquefort, que custa setenta e cinco centavos a mais." Por que será, hein?

— Dividir a conta item por item? Sempre quis saber.

— Não, cobrar a mais por uma colherada de roquefort. Quando você está pagando vinte ou trinta dólares por uma refeição, já devia vir incluído o molho de salada que a pessoa quisesse. Por que está me olhando desse jeito?

— Porque eu acho você fascinante.

— Depois de todos esses anos?

— Provavelmente não é normal, mas eu não consigo evitar.

* * *

Era final de tarde quando saí do Addison Club. Voltei a pé para casa, tomei uma chuveirada, depois sentei para repassar minhas anotações. Quando ela ligou para dizer que não voltaria para o jantar eram umas seis horas.

— Tem um artista que vem às sete para me mostrar uns slides e à noite eu tenho aula, a menos que você queira que eu falte.

— Não faça isso.

— Sobrou comida chinesa, está na geladeira, mas você provavelmente vai querer comer fora. Não jogue a sobra no lixo, eu como quando chegar em casa.

— Tenho uma idéia melhor. Estou querendo ir a uma reunião. Vá para sua aula e me encontre depois no Paris Green.

— Combinado.

Fui à reunião das oito e meia da St. Paul, depois desci pela Nona Avenida e cheguei ao Paris Green por volta das quinze para as dez. Elaine estava numa banqueta, no balcão, conversando com Gary, acompanhada de um suco de uva com água gaseificada. Fui apanhá-la e Gary me pegou pelo braço.

— Graças a Deus que você chegou — disse brincalhão. — Já bebeu três desses e você sabe em que estado ela fica com isso.

Bryce nos deu uma mesa encostada à janela e, durante o jantar, Elaine me contou sobre o artista que fora vê-la, um negro jamaicano, zelador de um pequeno prédio em Murray Hill e pintor autodidata.

— Ele pinta cenas rurais, a óleo em madeira prensada, e os quadros têm um ar interessante de arte folclórica, mas não me impressionaram muito. Quem sabe por já ter visto muito esse tipo de coisa. Ou quem sabe *ele* viu, porque foi essa a sensação que eu tive, que ele foi buscar inspiração não tanto nas lembranças de infância, mas mais no trabalho de outros artistas. — Elaine fez uma careta. — Mas isso é Nova York, certo? Ele nunca fez um curso, nunca vendeu um quadro, mas entende de slides. Quem é que já ouviu falar num artista folclórico com slides? Aposto que você não vê esse disparate nos Apalaches.

— Não esteja tão certa.

— Provavelmente você tem razão. De todo modo eu disse que poria o nome dele no arquivo. Em outras palavras, não entre em contato; nós ligamos. Sei lá, vai ver ele é o filho bastardo de Grandma Moses e de Howard Finster que sumiu há um tempão e eu acabei com a grande oportunidade da minha vida. Mas tenho que ir pelos meus instintos, você não acha?

Instintos que lhe serviram muito bem ao longo dos anos. Quando nos conhecemos, eu era um tira com um distintivo de ouro novo em folha no bolso e uma mulher e dois filhos em Syosset, e ela era uma garota de programa, inteligente, engraçada e linda. Nós dois nos fizemos felizes durante alguns anos, depois eu comecei a beber, até cair fora do casamento e da polícia, e perdemos contato. Ela continuou fazendo o que fazia, guardando dinheiro e investindo em imóveis, mantendo-se em forma numa academia e alongando a mente em cursos noturnos.

Uns anos atrás, as circunstâncias nos juntaram de novo e o que tínhamos tido ainda estava lá, mais forte que nunca e mais rico pelos anos vividos. De início ela continuou vendo os clientes e nós dois fingindo que estava tudo bem, mas claro que não estava e no fim eu não agüentei mais, falei, e ela admitiu que já era hora de se aposentar.

Continuávamos nos aproximando mais e mais do casamento. Em abril do ano anterior ela vendera o antigo apartamento na rua 50 Leste, comprara outro no Parc Vendôme e fomos morar juntos. Foi o dinheiro dela que comprou o apartamento e não deixei que pusesse meu nome na escritura.

Eu pagava o condomínio do apartamento e bancava as contas quando saíamos para jantar. Ela cobria as despesas da casa. Acabaríamos pondo todo nosso dinheiro numa só conta, mas ainda não tínhamos chegado lá.

Acabaríamos casando, também, e eu não sabia direito por que estávamos demorando tanto. Continuávamos não marcando bem uma data. Continuávamos deixando passar.

Enquanto isso, Elaine abrira uma galeria. Primeiro fora trabalhar numa na avenida Madison, com a intenção de aprender o negócio. Teve uma discussão com a mulher que dirigia o lugar e largou dois meses depois; em seguida arrumou um emprego parecido na rua Spring. Não ia muito com a cara da arte nesses dois estabelecimentos; achava os hiper-realistas das galerias da zona chique estéreis e as telas comerciais das galerias do SoHo para ela eram clichês piegas, o equivalente caro das marinhas e touradas de um Holiday Inn.

Mais especificamente, achava o negócio em si desagradável, o esnobismo, os ciúmes mesquinhos, a bajulação incansável dos investidores e das empresas que colecionavam arte.

— Pensei que tivesse largado a prostituição — me disse uma noite — e cá estou eu me fazendo de gigolô para um punhado de maus artistas. Não entendo. — Na manhã seguinte pediu demissão.

O que ela queria, decidiu, era uma espécie de cruzamento entre uma galeria e uma loja de curiosidades. Montaria o estoque com coisas de que gostava e tentaria vendê-las a pessoas que estavam em busca de alguma coisa para pendurar na parede ou pôr em cima da mesinha de centro. Tinha bom olho, todo mundo lhe dizia isso, e fizera mais cursos na Hunter, na Universidade de Nova York e na New School do que o historiador de arte de plantão; portanto, por que não fazer seu melhor lance?

Acabou sendo muito fácil começar. Naquela época, havia um bocado de lojas vazias nas redondezas. Foi ver todas e enfeitiçou o proprietário de um prédio na Nona com a 57; conseguiu um bom contrato a um aluguel razoável. Ao longo do tempo lotara um armário num depósito da Décima Primeira Avenida com coisas que havia comprado e das quais enjoara; nós dois vistoriamos tudo, enchemos a traseira de uma caminhonete emprestada com gravuras e telas e isso lhe deu um estoque suficiente para abrir.

Lá pelo final do primeiro mês de operações, ela fez uma segunda visita à exposição de Matisse no Museu de Arte Moderna e voltou com os olhos esbugalhados.

— É uma experiência que enaltece, mais do que da primeira vez, e eu fiquei chapada, mas sabe o que mais? Percebi uma coisa. Alguns dos trabalhos mais antigos, os retratos e naturezas-mortas, se você os tirasse totalmente do contexto e esquecesse que foram pintados por um gênio, você pensaria estar olhando para alguma coisa saída de um brique.

— Entendo o que está dizendo — eu disse —, mas não seria mais ou menos como olhar um Jackson Pollock e dizer: "Meu filho também é capaz de fazer isso"?

— Não, porque eu não estou desmerecendo Matisse. Estou dando valor para o amador anônimo, sem glórias.

— O que significa isso?

— Significa que o contexto é tudo.

No dia seguinte chamou TJ pelo bip e contratou-o para ficar cuidando da loja enquanto ela percorria todos os briques que pudesse encontrar na cidade. Quando a semana terminou tinha visitado quase todos os de Manhattan, espiado centenas e centenas de pinturas e comprado quase trinta, a um preço médio de oito dólares e setenta e cinco cada. Alinhou-as e me perguntou o que eu achava. Respondi que achava que Matisse não tinha com que se preocupar.

— Acho que são incríveis — ela insistiu. — Não são necessariamente boas, mas são incríveis.

Pegou as seis favoritas e mandou pôr uma moldura simples, preta, no estilo das galerias. Vendeu dois quadros na primeira semana, um por trezentos dólares, outro por quatrocentos e cinqüenta.

— Viu só? — disse ela, triunfante. — Bota os quadros numa lata do Exército da Salvação, a dez dólares cada, e vira brique, ninguém olha duas vezes. Você trata com respeito, aumenta trezentos por cento o preço e vira arte folclórica e todo mundo acha uma pechincha. Apareceu uma mulher hoje, pouco antes de fechar, que se apaixonou pelo pôr-do-sol no deserto. "Mas isso parece um quadro meio mecânico, de alguém que seguiu o bê-á-bá", me disse ela. "E é justamente isso", eu respondi. "Era o meio favorito do artista. Ele só trabalhava assim, seguindo o bê-á-bá." Quer apostar que ela volta amanhã e compra o quadro?

Era quase meia-noite quando saímos do Paris Green e voltamos a pé para casa, pela Nona Avenida. A previsão do tempo era de chuva, mas nem parecia. O ar estava fresco e seco, e havia uma aragem vindo do Hudson.

— Hildebrand me deu um cheque. Vou depositar amanhã.

— A menos que queira usar o caixa eletrônico.

— Não, quero ir direto para casa. Estou meio cansado. E queria dar uma repassada nos meus apontamentos antes de deitar.

— Você acha mesmo...

— ...que alguém anda derrubando a turma como se fossem pombos de estande de tiro ao alvo? Isso ainda não me cabe dizer. Fui contratado para descobrir, não para decidir de antemão.

— Então está aberto para qualquer suposição.

— Não exatamente — admiti. — Acho difícil escapar dos números. Houve mortes demais. Tem que haver uma explicação. Tudo que eu tenho a fazer é descobri-la.

Paramos numa esquina, esperando o sinal abrir.

— Por que alguém haveria de querer fazer uma coisa dessas? — ela disse.

— Não sei.

— Vai ver eles todos fizeram faculdade juntos e estupraram alguma moça numa festa de confraternização, todo mundo bêbado, e agora o irmão dela está se vingando.

— É uma boa história.

— Ou é o filho dela, a mãe morreu dando à luz, e ele quer vingança, mas também tem que descobrir quem é o pai. Que lhe parece?

— Um filme da Sessão de Gala.

— Suponho que o assassino teria que ser um dos sobreviventes, certo?

— Bom, desconfio que uma das vítimas não é.

— Eu quero dizer, em oposição a...

— ...alguém de fora — falei. — Esse é o receio de Hildebrand, claro. É por isso que teve que guardar as suspeitas consigo. Gostaria de ter comentado suas preocupações com algum outro sócio, mas e se tivesse escolhido o cara errado para se abrir? Segundo ele, ninguém de fora sequer sabe da existência do clube.

— Parece que você tem dúvidas.

— Bom, eles vêm fazendo isso há trinta e dois anos. Acha mesmo que ninguém deixou escapar uma coisinha ou outra nesse tempo todo? — Sacudi os ombros. — Ainda assim, os catorze sobreviventes teriam que estar entre os principais suspeitos.

— Mas por que um deles iria querer matar os outros?

— Não sei.

— Quer dizer, se alguém se enchesse da coisa toda, não seria suficiente sair? Falando nisso, já houve alguma desistência?

— Depois de uns dois ou três anos, Homer Champney leu para o grupo uma carta de um dos sócios, explicando que não queria mais participar. Mudara-se para a Califórnia e não via muito sentido em voar cinco mil quilômetros para comer filé. Escrevera para sugerir que talvez quisessem substituí-lo. Todos concordaram com Champney que era contra o espírito da coisa introduzir sócios substitutos e alguém — Hildebrand acha que deve ter sido Champney — ficou de lhe escrever uma carta para levá-lo de volta ao seio da turma.

— O que aconteceu?

— Acho que a carta foi escrita e parece que funcionou. Um ano mais tarde o ex-futuro-desistente estava de volta à mesa de jantar.

— Bem a tempo para uma vitela cevada — disse Elaine. — Bom, aí está. Eles não o deixaram sair, de modo que por dentro estava espumando de raiva. Desde então vem se vingando dos outros, matando um homem por vez.

— Minha nossa. Eu acho que você resolveu de vez a charada.

— Não, né?

— Esqueci o nome do sujeito, mas tenho anotado. Nunca mais faltou a uma reunião e, se tinha algum ressentimento, conseguiu escondê-lo muitíssimo bem. Wayne Fletcher, era esse o nome. Hildebrand diz que ele costumava fazer piada desse episódio, dizendo que teria sido mais fácil se desligar da Máfia.

— Costumava?

— Morreu há uns oito ou nove anos, se não me falha a memória. Não lembro em que circunstâncias, mas está anotado. É difícil manter tudo em ordem. Tantos homens, e tantos homens mortos.

— É tão triste. Você não acha triste?

— Acho.

— Mesmo que ninguém esteja matando ninguém, mesmo que todas as mortes sejam perfeitamente naturais, tem alguma coisa de muito dolorida na idéia de esse grupo ir mirrando. São coisas da vida, imagino, mas isso torna a vida bem chata.

— Bom — disse eu —, e quem alguma vez falou que não era?

Passando pela portaria, acenamos ao porteiro. Tínhamos nosso nome individual na caixa do correio e na lista dos moradores do prédio, mas, no que dizia respeito aos funcionários, éramos sr. e sra. Scudder.

ELAINE MARDELL, diz a placa de sua loja.

Lá em cima ela fez café enquanto eu repassava meus apontamentos. Wayne Fletcher morrera havia seis anos, e não oito ou nove, de complicações de uma cirurgia de ponte de safena. Contei isso para Elaine quando ela entrou na sala com seu chá e meu café.

— Pode ter esbarrado em erro médico, segundo me disse Hildebrand, mas chamar de assassinato é ir longe demais.

— Já é alguma coisa. O pobre coitado não assinou sua própria sentença de morte quando se deixou convencer a voltar ao grupo.

— A menos que alguém o tenha visitado no hospital — continuei — e mexido nos tubos.

— Nem me passou pela cabeça, isso. Meu bem, você vai conseguir verificar tudo sozinho? Está me parecendo que vai ter que partir para uma dúzia de direções diferentes, todas de uma vez. E o quanto TJ vai poder ajudar?

TJ é um adolescente negro sem endereço fixo exceto pelo número do bip.

— Ele é habilidoso — lembrei a Elaine.

— É o que ele diz, e é mesmo, mas não sei por que não consigo imaginá-lo entrevistando empresários de meia-idade no Addison Club.

— Ele pode bater um pouco de perna por mim. Quanto ao resto, eu não vou ter que repassar todas as dezessete mortes com uma lupa e um par de pinças. Tudo que tenho a fazer é descobrir se existe, de fato, um padrão de assassinatos em série, ser capaz de sustentar meu argumento com provas suficientes para então entregar o caso à polícia na certeza de que vou ter a atenção total deles. Se eu conseguir, teremos a vantagem de uma investigação oficial em grande escala sem detonar o circo da mídia.

— Nossa, quando a imprensa tomar conhecimento...

— Eu sei.

— Você consegue imaginar o que não vão fazer com isso no *Inside Edition* ou no *Hard Copy*? O clube vai acabar parecendo uma seita de adoradores da Lua.

— Eu sei.

— E Boyd Shipton era sócio. Isso não diminuiria propriamente o interesse deles.

— Não, ele ainda é notícia. E não é o único sócio famoso, não. Ray Gruliow é primeira página na certa. E Avery Davis é sócio.

— O incorporador imobiliário?

— É. E dois dos mortos eram escritores, um deles teve algumas peças produzidas. — Espiei meus apontamentos. — Gerard Billings.

— Ele era dramaturgo?

— Não, esse era Tom Cloonan. Billings trabalha na televisão, ele é o homem do tempo do Canal Nove.

— Ah, Gerry Billings, o das gravatas-borboleta. Nossa, quem sabe você consegue um autógrafo dele.

— Só estou dizendo que ele está no olho do público.

— Um cisco no olho do público — ela falou. — Mas percebo o que quer dizer. — Ficou em silêncio e eu voltei aos meus apontamentos. Depois de alguns minutos, ela disse: — Por quê?

— Hein?

— Me ocorreu agora. Todas essas mortes, durante todos esses anos. É diferente de um funcionário dos correios aparecendo no emprego com uma AK-47. Quem quer que seja que está fazendo isso, deve ter um motivo.

— É de se imaginar.

— Tem dinheiro no meio?

— Por enquanto tem dois mil e quinhentos para mim. Se o cheque de Hildebrand tiver fundos e se eu lembrar de depositar.

— Estou falando do assassino.

— Imaginei que estivesse. Bom, se ele arranjar um agente que preste, talvez se dê bem quando fizerem a minissérie. Mas se ele escapar, não vai haver minissérie, e aí como é que ele fica?

— Encalhado. Não sobra nada para quem for o último homem vivo?

— Sobra começar o grupo seguinte. Sobra o direito de ler o nome dos mortos.

— Tem certeza de que eles não deixam o dinheiro que têm uns para os outros?

— Absoluta.

— Eles não botaram mil dólares cada um para começar a vida e investiram o dinheiro numa companhia pequena, no interior do estado, que mudou o nome para Xerox? Não?

— Receio que não.

— E o clube não é uma espécie de tantã?

— Hein?

— Errei a palavra — disse ela. — Tantã é um tambor. Droga, qual é a palavra mesmo que eu quero?

— Aonde você vai?

— Procurar no dicionário.

— Como é que você vai procurar se não sabe qual é?

Ela não respondeu, eu tomei o resto do café e voltei às anotações.

— Ah! — falou ela, alguns minutos depois, e eu ergui a cabeça. — Tontina. Essa é a palavra. É um epônimo.

— Não me diga.

Ela me deu uma olhada.

— Significa que a palavra vem do nome de alguém. Lorenzo Tonti, para ser exata. Era um banqueiro napolitano, e foi ele que imaginou a coisa, no século XVII.

— Imaginou que coisa?

— A tontina, mas acho que ele não devia chamá-la desse jeito. Era uma espécie de seguro de vida misturado com loteria. Você reunia um punhado de assinantes e cada um deles depositava uma soma num fundo comum.

— E o ganhador ficava com o bolo?

— Não necessariamente. Às vezes era organizada de modo que os fundos fossem distribuídos quando os sobreviventes estivessem reduzidos a cinco ou dez por cento do número original. Outras vezes eram quantias menores que ficavam no cofre até que houvesse uma só pessoa viva. As pessoas eram inscritas pelos pais já na infância e, se os investimentos rendessem bem, podiam acabar com uma fortuna. Mas não podiam receber a menos que sobrevivessem a todo mundo.

— Tirou tudo isso do dicionário?

— Peguei a palavra no dicionário, para saber o que procurar na enciclopédia. Eu conhecia a palavra, só não estava lembrando. Uns quinze ou vinte anos atrás, passei um fim de semana num hotel nos montes Berkshire. Havia um romance histórico sobre o assunto, acho que inclusive se chamava *A tontina*, alguém tinha deixado o livro lá e eu peguei para ler. Só tinha lido um terço e, na hora de ir embora, acabei enfiando na mala.

— Acho que Deus vai perdoá-la por isso.

— Ele já me castigou. Eu li o livro inteirinho e sabe o que dizia no final da última página?

— "Aí ela acordou e descobriu que tudo não passara de um pesadelo horrível."

— Pior que isso. Dizia: "Fim do primeiro volume".

— E você nunca conseguiu achar o segundo.

— Nunca. Não que eu tenha feito disso minha razão de viver. Mas bem que gostaria de saber como foi que tudo terminou. Houve épocas, nos anos seguintes, que foi isso que me impediu de me atirar pela janela. Não estou falando do livro, estou falando da vida. Querendo saber como tudo termina.

— Você está realmente linda hoje — eu disse.

— Ora, muito obrigada. A que vem isso?

— Fiquei impressionado, só isso. Vendo o jogo de emoções no seu rosto. Você *é* uma mulher linda, mas às vezes tudo se mostra, a força, a doçura, tudo.

— Seu urso velho — ela disse, sentando-se no sofá a meu lado. — Continue dizendo essas coisas desse jeito e eu sei muito bem como é que esta noite vai acabar.

— Eu também.

— É? Então me dá um beijo e vamos ver se você tem razão.

Mais tarde, deitados lado a lado, Elaine disse:

— Sabe, quando eu disse que o clube é uma coisa típica de homens, não estava só fazendo piadinha a respeito da guerra dos sexos. É um território bem masculino, juntar-se para trabalhar um relacionamento com a mortalidade. Vocês, rapazes, gostam de olhar para o grande quadro.

— E as meninas só querem se divertir?

— E escolher cortinas, trocar receitas e falar de homem.

— E de sapatos.

— Bom, os sapatos são importantes. Você é um urso velho. O que sabe sobre sapatos?

— Pouquíssimo.

— Exatamente. — Bocejou. — Estou dando a impressão de que as preocupações femininas são triviais e não acho isso, nunca achei. Mas acredito que nossa visão é mais curta. Lembra-se de uma única mulher filósofa? Porque eu não consigo.

— Por que será?

— Provavelmente é biológico, ou antropológico, de todo modo. Quando vocês terminavam de caçar e colher frutos, podiam sentar-se em volta da fogueira e pensar grande. As mulheres não tinham tempo para isso. Tínhamos que nos concentrar mais no lar. — Bocejou de novo. — Eu podia formular uma teoria, mas sou uma dessas garotas pragmáticas e vou dormir. Você resolve, está bem?

Não sei se resolvi alguma coisa, mas alguns minutos mais tarde eu disse:

— E Hannah Arendt? E Susan Sontag? Você não diria que são filósofas?

Não obtive resposta. Dona Pragmatismo estava dormindo.

6

Na manhã seguinte depositei o cheque de Lewis Hildebrand e fui a pé para a biblioteca central, na Quinta com a 42. Uma moça com a energia sem foco de quem fuma maconha me colocou numa mesa e me mostrou como encaixar os rolos de microfilme na máquina. Precisei de um pouco de treino para pegar o jeito, mas logo já estava mergulhado naquilo, perdido nas notícias de ontem.

Quando dei por mim, já eram duas e meia da tarde. Comprei um pão sírio recheado de um vendedor ambulante, chá gelado de outro e sentei-me num banco do parque Bryant, bem atrás da biblioteca. Durante vários anos o pequeno parque prosperara como epicentro do comércio de drogas da região de Midtown. Chegou uma hora em que ninguém mais entrava ali, a não ser os traficantes e seus fregueses, e o parque degenerou, virou um lugar desagradável e perigoso.

Havia pouco mais de um ano nascera de novo, graças a alguns milhões de dólares gastos para restaurá-lo. A visão heróica de algum arquiteto tomou forma e o parque agora era visitadíssimo, um oásis naquela parte da cidade. Os drogados sumiram, os traficantes sumiram, a grama ficou viçosa, farta, e os canteiros de tulipas amarelas e vermelhas faziam você esquecer de onde estava.

A cidade está entrando em colapso. As tubulações de água vivem estourando, o metrô enguiça, as ruas estão todas esburacadas. Grande parte da população mora em conjuntos habitacionais caindo aos pedaços, que já estavam condenados à demolição anos atrás porém continuam de pé. Os projetos feitos depois da guerra também já estão deteriorando, em pior estado até do que os cortiços em lugar dos quais foram construídos. Morando aqui, é muito fácil se pegar vendo o declínio urbano como uma rua de mão única, uma estrada sem retorno.

Mas isso é só a metade. Se a cidade morre um pouco a cada dia, por outro lado está sempre renascendo. Você vê os sinais por toda parte. Tem a estação de metrô na Broadway com a 86, as paredes de ladrilhos iluminadas pelos desenhos de escolares. Tem o jardim em forma de cunha da praça Sheridan, parques portáteis brotando por toda a cidade.

E tem as árvores. Quando eu era garoto a gente precisava ir até o Central Park se quisesse ficar debaixo de uma árvore. Agora metade das ruas da cidade tem árvores. A municipalidade planta algumas e os donos dos imóveis e as associações de moradores plantam o restante. Não é fácil para as árvores, por aqui. É como criar filhos na Idade Média, você tem de plantar meia dúzia para crescer uma. Morrem por falta de água, ou são esfoladas no tronco por caminhões descuidados, ou sufocam no ar poluído. Nem todas, porém. Algumas sobrevivem.

Era um privilégio sentar num banco naquele parque de bolso e pensar que a cidade talvez não fosse um lugar tão ruim assim. Nunca fui muito bom em ver o melhor lado das coisas. Em geral costumo reparar na podridão, no colapso, na entropia urbana. É minha natureza, acho. Alguns de nós enxergam o copo metade cheio. Eu o vejo três quartos vazio, e tem dias que é o máximo que consigo fazer para manter minhas mãos longe de um.

Voltei à biblioteca depois do almoço, trabalhei mais três horas, e essa foi minha rotina durante uma semana inteira, longas sessões à procura de velhas notícias de jornal interrompidas por almoços no parque. De início concentrei-me nos sócios que haviam sido decididamente assassinados, Boyd Shipton, Carl Uhl, Alan Watson e Tom Cloonan. Depois comecei a procurar qualquer tipo de cobertura sobre os outros treze mortos, em seguida passei para os vivos.

Tirei folga no fim de semana. No sábado à tarde dei uma força a Elaine na loja enquanto ela vasculhava os brechós de Chelsea e um bazar de quinquilharias no pátio de uma escola na avenida Greenwich. Vendi umas coisinhas baratas, no meio da tarde Ray Galindez apareceu com dois cafés para viagem, sentamos e conversamos um pouco. Ele é um artista da polícia com uma habilidade fenomenal de retratar gente que nunca viu e Elaine pendurou alguns esboços seus, junto com um aviso dizendo que ele aceitava encomendas para fazer retratos a partir de descrições. Fizera um desenho notável do pai de Elaine, trabalhando com ela durante várias sessões; fora meu presente de Natal e não estava em exposição na galeria, e sim numa moldura dourada, em cima da cômoda dela.

No sábado à noite assistimos a uma peça num dos pequenos teatros bem a oeste da rua 42. No domingo à tarde eu vi três jogos de beisebol ao mesmo tempo, mudando de um canal para outro, mexendo no controle como um moleque jogando videogame, e mais ou menos com os mesmos propósitos. Domingo à noite, como de hábito, jantei comida chinesa com Jim Faber, meu padrinho no AA. Depois fomos à reunião de estudo no hospital St. Clare. Durante os depoimentos um sujeito disse:

— Eu vou dizer para vocês o que significa ser um alcoólatra. Se eu entrasse num bar e tivesse uma placa dizendo "Beba quanto quiser por um dólar", eu diria: "Ótimo, me dá aí dois dólares".

Na segunda de manhã eu estava de volta à biblioteca.

Segunda à noite parei no meu hotel e apanhei um recado de Wally, da Reliable, uma agência que me dá uns trabalhos de vez em quando. Liguei na manhã seguinte. Queriam que eu trabalhasse para eles alguns dias, vigiando umas testemunhas de um caso de responsabilidade industrial. Aceitei. O trabalho que eu estava fazendo para Hildebrand não era assim tão urgente que não desse para encaixar outros compromissos no meio.

O queixoso no processo de responsabilidade industrial alegava que sua espreguiçadeira desmontara, com dolorosos resultados e conseqüências terríveis a longo prazo. Estávamos trabalhando para a companhia que fabricara a cadeira.

— A cadeira é uma boa de uma merda — Wally me disse —, mas isso não quer dizer que o cara esteja jogando limpo. E arrumou esse advogado especialista em danos pessoais, Anthony Cerutti. O mequetrefe sai dando parte das calçadas defeituosas na quinta e manda reclamações à prefeitura, assim os clientes dele podem tropeçar na sexta e mover um processo. Mas esse nosso cliente está louco para enfiar no rabo de Cerutti, então vê o que dá para você fazer.

A parte queixosa era motorista de caminhão da UPS antes do acidente e não voltara a trabalhar desde então. Descobri que dificilmente saía de casa antes das duas da tarde e adeqüei meus horários. Trabalhava algumas horas na biblioteca de manhã, depois pegava o trem F até a parada de Parsons Boulevard. Em geral dava um jeito de estar chocando uma Coca, no bar McAnn's Hillside, quando ele parava na entrada, passava as duas bengalas de plástico para a mão esquerda, empurrava a porta com a direita, depois entrava mancando, uma bengala em cada mão.

— Ei, Charlie — o garçom no balcão lhe dizia todas as vezes, sem falhar uma —, sabe de uma coisa? Acho que você está andando muito melhor.

Eu dava uma saída, encontrava alguém com quem conversar e antes de voltar para casa passava de novo no McAnn's para mais uma Coca. Depois de alguns dias nisso, disse a Wally que tinha certeza de que Charlie não estava trabalhando em parte alguma, nem por cima nem por baixo do pano.

— Merda. Você acha que o cara falou a verdade?

— Não, eu acho que ele está fingindo. Deixa eu vigiar mais um dia ou dois.

Na segunda-feira seguinte apareci na hora do almoço no escritório da Reliable, no edifício Flatiron.

— Eu tive um palpite — disse a Wally. — No sábado à noite eu levei Elaine até Jackson Heights, para comer num indiano, e depois fomos procurar Charlie.

— Você levou Elaine ao McAnn's Hillside? Deve ter sido uma noitada e tanto para ela.

— Charlie não estava lá, mas o garçom me falou que ele podia estar no Wallbanger's. "Foi um bando deles para lá", ele disse. "Eles estavam com aquela porra de velcro."

— Que porra de velcro?

— É o seguinte, tem um pedaço desse material adesivo, desse velcro, na parede, aí você enrola outro no corpo, sai correndo e se atira. O objetivo é acabar grudado na parede, geralmente de cabeça para baixo.

— Jesus Cristo. E para quê, santo Deus?

— Essa não é a pergunta que você devia estar fazendo.

— Não é? — Pensou a respeito e o rosto iluminou-se. Parecia um garoto contemplando um presente de aniversário embrulhado em papel colorido. — Rapaz! Este é o filho da puta que não dá um passo sem as duas bengalas, certo? E ele fez, Matt? Ele se embrulhou todo na porra do velcro e deu um salto-mortal feito uma rosquinha girante? Me diga que sim.

— Chegou em segundo.

— Não brinca.

— O pessoal o incentivou — contei. — "Vamos lá, Charlie, meu velho, você tem que tentar!" E ele o tempo todo dizendo que eles tinham que ser sérios, que ele não podia nem andar, como é que ia se grudar na parede? Finalmente alguém levou para ele um copo com uns quatro ou cinco dedos de uma bebida transparente. Vodca, eu acho, ou quem sabe Aquavit. Disseram que era água benta direto de Lourdes. "Beba que vai ficar curado, Charlie. Hora de milagre." Ele disse: "Bom, quem sabe, contanto que fique bem claro para todos que se trata de uma cura temporária. Uma cura de cinco minutos, feito Cinderela, depois todos nós viramos abóbora de novo".

— Abóbora. Tenha paciência.

— Ele é um cara alto, magricela — expliquei —, com uma barriga de cerveja. Nos documentos, tem trinta e oito anos, mas olhando para ele você daria uns trinta e pouquinho, no máximo. A coisa funciona assim, você dá uma corrida, chega na marca e pula. E, na hora em que ele se aproximou, parecia um colegial em salto de obstáculo, do jeito que mexia aquelas pernas compridas. Não ganhou por uns cinco ou seis centímetros, e eles tentaram convencê-lo a dar mais um salto, mas Charlie não quis saber. "Estão me gozando? Eu sou aleijado. Agora ouçam bem, vocês todos. Ninguém viu nada, certo? Nunca aconteceu."

— Ah, Matty, você é lindo. Você viu tudo isso, pessoalmente, certo? E Elaine? Ela podia fazer um depoimento ou testemunhar em tribunal, se chegar a isso?

Pus um envelope sobre a mesa de Wally.

— Que droga é essa? — Abriu. — Eu não acredito.

— Eu teria vindo antes — disse eu —, mas parei na loja que faz revelação em uma hora. A luz não é grande coisa e não era o momento de começar a estourar flashes, de modo que não saiu de primeira. Mas...

— Eu diria que é de primeiríssima — Wally falou. — Se eu fosse juiz, daria o Primeiro Puta Prêmio, e de lambuja pode botar também o Prêmio Humanitário Jean Hersholt. É ele, Cristo. De ponta-cabeça e grudado na parede, como se estivesse pregado ali. Bom, apaga um processo. Que filho da puta idiota.

— Ele achou que estava seguro. Conhecia todo mundo ali no pedaço, a não ser eu e Elaine, e já tinha se acostumado a me ver no McAnn's.

— Ainda não estou acreditando que você conseguiu uma foto. Estou surpreso inclusive com o fato de você estar com uma máquina, que dirá com ter tido a chance de usá-la. — Segurou a fotografia na luz. — Não está tão ruim — disse. — Quando eu tiro foto dos meus netos, ponho todo mundo na posição certa, com a luz certa, e não sai melhor que isso. As crianças sempre dão um jeito de se mexer na hora em que estou batendo.

— Você devia experimentar velcro.

— É assim que eu gosto. Grude os desgraçadinhos na parede. — Pôs a foto de volta sobre a mesa. — Essa foi bem na fuça do doutor Tony. Ele já pode ir ligando e dizendo ao cliente dele para ver se consegue o emprego de volta na UPS, porque seus dias de inválido profissional terminaram. Bom trabalho, Matt.

— Acho que eu devia ganhar uma gratificação.

Wally pensou a respeito.

— Sabe de uma coisa? Eu acho que devia, sim. Isso é com o cliente, mas com certeza vou recomendar. No caso aqui não foi só uma questão de desenterrar uma testemunha qualquer, uma vizinha ressentida disposta a jurar que o viu andando até a esquina sem as bengalas. Com isto aqui, tudo que a gente precisa fazer é mostrar a Tony Cerutti o que você conseguiu e ele larga o caso feito uma batata quente.

— Imagine o que Cerutti não pagaria pela foto.

— Olha, não vamos nem entrar nesse assunto. O que você tinha em mente?

— Isso é com o cliente — eu disse. — Ele mesmo pode calcular quanto vale. Mas eu quero também uma carta endereçada a mim, pessoalmente, manifestando satisfação pelo trabalho que fiz.

Wally acenou com a cabeça.

— Certo, isso não é problema. E é uma boa coisa para ter à mão quando você for tirar a licença de detetive, não é? Na verdade é mais importante que o dinheiro.

— Provavelmente — respondi. — Mas não significa que eu não queira o dinheiro.

— Bom, e por que não ter tudo? O elogio, a gratificação e a satisfação de desmascarar o sem-vergonha.

— Ele não é um mau sujeito.

— Quem? Charlie?

— Provavelmente ele se machucou mesmo quando a cadeira desabou debaixo dele. E quando contou para os camaradas o que tinha acontecido, todo mundo disse que ele devia processar, aí alguém o levou até Cerutti. E Cerutti o mandou para um de seus médicos de estimação, fazer exames e hidroterapia, depois lhe ensinou a jamais sair de casa sem as muletas, ou pelo menos um par de bengalas. Claro, ele foi obrigado a largar o emprego, mas era um investimento que valia a pena, se conseguisse uma bela indenização. Mas a esta altura ficou sem trabalhar dois meses e está criando barriga porque todo o exercício que faz é ir mancando até o McAnn's, e dali para casa, e agora não vai conseguir indenização nenhuma e quem é que sabe se a UPS vai aceitá-lo de volta?

— Parece que está com pena dele.

— Bom, eu acabo de botar o rapaz de quatro no chão. Posso me dar ao luxo de ter um pouco de simpatia.

Eu disse a Wally que queria algo mais, não do cliente, mas dele. Queria o cadastro de crédito da agência TRW referente a catorze indivíduos. Pagaria por ele, eu disse, mas preço de custo. Garantiu-me que não seria problema e eu lhe dei a lista dos sobreviventes.

— Ray Gruliow? — Wally disse. — Acho que o crédito dele está ótimo. E Avery Davis podia preencher um cheque agora e comprar o prédio inteiro onde estamos, se é que é o mesmo Avery Davis, e deve ser, se ele mora na Quinta, número 888. Na verdade eu acho que ele *foi* dono do Flatiron, por uns tempos, não foi? Não, espera aí, esse foi um que pulou da sacada do prédio, uns dois anos atrás. Como era mesmo a droga do nome?

— Harmon Ruttenstein.

— Esse mesmo. Tinha tudo pelo que viver, mas a gente nunca sabe, não é?

— Acho que não.

Três, possivelmente quatro, dos sócios tinham cometido suicídio. Nedrick Bayliss dera um tiro na cabeça durante uma viagem de negócios a Atlanta. Hal Gabriel se enforcara em seu apartamento na avenida West End. Fred Karp, após trabalhar até tarde no escritório, pulou da janela. Ian Heller pulou ou caiu de uma plataforma lotada do metrô.

A gente nunca sabe, não é?

Uma série de telefonemas me pusera em contato com um dos guardas de trânsito que estavam lá para tirar o corpo de Ian Heller de sob as rodas. Houve um longo silêncio quando eu lhe disse que queria conversar sobre um acidente ocorrido havia quase quinze anos.

— Sabe — disse ele —, eu guardo meus blocos de anotações e provavelmente vou conseguir achar alguma coisa, mas não pode esperar que eu me lembre com muita clareza, depois desse tempo todo. Lembro do primeiro, dizem que a gente sempre se lembra. Mas estou nisso há quase dezenove anos, de modo que já tinha visto um bocado quando esse cara empacotou. Portanto, não espere grande coisa.

Encontrei-o no bar Pete's, em Irving Place. Chamava-se Arthur Matuszak e disse-me para chamá-lo de Artie.

— Você foi da polícia de Nova York. Estou certo?

— Está.

— Completou os vinte e entrou com a papelada, hein?

— Não deu tempo para isso.

— É, eu mesmo quase pendurei as chuteiras algumas vezes. Mas aí fui ficando, o tempo passa e a gente nem percebe. Vai fazer dezenove anos em setembro e eu juro que não sei onde eles foram parar. Passei para a administração há dois anos, trabalho de escritório, e é bem mais fácil, mas confesso que sinto falta dos túneis. Lá embaixo você fica ligado cada minuto, sabe o que estou querendo dizer?

— Claro.

— Não dá para a gente não se perguntar se teria sido diferente aqui em cima. No Departamento de Polícia de Nova York, em vez de ficar na Polícia de Trânsito. Não tem muito glamour nos túneis. Quantas vezes você tem um Bernie Goestz, alguma coisa pitoresca o bastante para ficar mais de um dia ou dois na primeira página? Ele era um em um milhão. — Soltou um suspiro. — Foram dezenove anos de malandros, bêbados, batedores de carteiras e birutas. Ah, claro, e um monte de gente que pulou ou caiu. Eu falei para você que do primeiro eu lembro.

— Falou.

— Era uma moça, uma menina, na verdade, ela perdeu metade da perna, do joelho para baixo, e parte do outro pé. Tinha pulado mesmo, não há dúvida, admitiu de cara. Eu a visitei no hospital e ela me olhou bem no olho e disse que na próxima vez ia acertar. Não sei se conseguiu. Por uns tempos, toda vez que tínhamos um acidente na linha, fosse meu turno ou não, eu ficava procurando saber se tinha sido ela. Podia ser um homem ali deitado, um metro e noventa, cento e cinqüenta quilos, e eu esperando ver o rosto dela nele quando o virassem de frente. Mas se ela fez de novo, deve ter guardado para o turno de um outro guarda.

— Gentileza da parte dela.

— É, certo. Matt, eu repassei minhas anotações e lembro do seu sujeito. Ian Robinson Heller, morto pelo trem Número Um, na direção sul, entrando na estação da IRT da Broadway com a 50, aproximadamente às 5h45 num sábado à tarde. A data foi 15 de outubro de 1988. Que por acaso é o dia do aniversário do meu sogro, só que ele já morreu faz uns dez anos e eu estou divorciado há seis, de modo que acho que não preciso lembrar disso tudo, preciso? Heller estava voltando do trabalho para casa. Era o seu trem de hábito. Trabalhava a duas quadras da estação e normalmente ia de trem até a Times Square e dali tomava o expresso até o Brooklyn, onde ele morava. A questão é que era normal para ele estar ali. Eu estou supondo que está tentando verificar se foi suicídio ou morte acidental.

— Ou homicídio.

Ele inclinou a cabeça.

— Bom, não se pode descartar — respondeu depois de um momento de reflexão. — Era horário de pico, a plataforma estava lotada de passageiros voltando para casa, o sujeito estava na beira da plataforma com um trem entrando. Quem sabe parou para tomar um trago depois do trabalho, quem sabe estava entupido de anti-histamínicos e isso prejudicou seu equilíbrio. Quem sabe alguém recuou para cima dele, acidentalmente.

— Ou quem sabe pulou.

— Certo, e quem é que vai saber? Às vezes eles planejam a coisa. Às vezes sobrevivem e você descobre depois que não tinham planejado nada, que nem tinham pensado no assunto, mas na hora veio um impulso que tomou conta deles e levou-os até a beirada. Quem sabe foi isso que aconteceu com

Heller. Ou quem sabe alguém se aproximou dele e cronometrou direitinho para lhe dar um empurrão, um encontrão, e ele voou. Mas eu repito: com planejamento ou não, acontece uma porrada desses casos.

— De gente que morre assim?

— Pode apostar o rabo. — Levantou-se, abriu passagem entre as pessoas aglomeradas no balcão e voltou com mais um gim-tônica para ele e outra Coca para mim. Tentei pagar pela rodada mas ele não permitiu. — Por favor, estou me divertindo. Sabe quem bebia aqui? O. Henry. Você sabe, o escritor. São muito orgulhosos disso, não deixam ninguém se esquecer, mas eu reconheço que adoro beber em bares assim, mais velhos que Deus. Conhece o McSorley's, lá em East Village? "Estávamos aqui antes de você nascer", esse é o lema deles. Hoje em dia ali só tem rapaziada universitária, nossa, o Trade Center já existia antes de eles nascerem.

— E ainda existe.

— Pois é, e não foi graças aos nossos irmãos árabes. — Conversamos sobre a bomba recente, depois ele disse: — Voltando às pessoas que são jogadas na frente do trem, pois é, eu acho que isso acontece bastante. Pessoas que agem no impulso, estão maconhadas ou algo assim, ou são loucas mesmo, não precisam de droga para pirar. É o jeito mais fácil do mundo de matar alguém e se safar.

— Mas seria um jeito bem difícil de matar alguém específico, não acha?

— Você fala alguém que você tem um motivo para matar? — Pensou a respeito. — Você podia seguir o indivíduo até o metrô, mas suponhamos que ele não ficasse na beirada da plataforma. Numa estação lotada, haveria algumas dezenas de pessoas amontoadas entre o sujeito e os trilhos. A menos que você e ele fossem amigos.

— Como assim?

— Como era mesmo o nome dele? Ian? "Ei, Ian, que bom ver você de novo. Como vão as coisas, companheiro?" E você põe o braço no ombro do sujeito, anda para cá, anda para lá e acaba dando um jeito de parar bem na beirada da plataforma quando o trem vem chegando. Se ele acha que você é amigo, não vai se afastar, não vai ter receio e quando se der conta já estará debaixo das rodas. Acha que foi isso que aconteceu?

— Não faço idéia.

— Quinze anos depois e alguém está começando a se perguntar? Mantenha-me a par dos resultados, certo? *Se* houver resultados. — Eu disse que sim. — Olha, eu, por exemplo, tomo o metrô sempre. Vou ser sincero com você, eu amo o metrô, acho que é um sistema de transporte urbano maravilhoso e emocionante. Mas eu tomo muito cuidado lá embaixo. Vejo um cara que não me parece muito certo, não deixo que ele fique entre mim e a quina. Se tenho que passar na frente de alguém e isso vai me botar bem na beirada da plataforma, espero até poder passar por trás. Quando quero me aventurar, vou até uma lotérica e compro um bilhete. Ou passo numa OTB e aposto dois dólares num cavalo. Eu adoro os túneis, mas não me aventuro lá embaixo. — Sacudiu a cabeça. — Eu não. Já vi coisas demais.

7

Hal Gabriel vivera na avenida West End, altura da 92. No 24º distrito, na rua 100 Oeste, sentei em frente da mesa de um policial jovem ainda, chamado Michael Selig. Andava pela casa dos vinte anos, mas já estava perdendo cabelo e tinha aquele ar ansioso dos carecas prematuros.

— Isso tudo devia estar no computador — disse, comentando sobre a ficha de Gabriel. — Estamos trabalhando de trás para a frente, copiando os arquivos, mas leva a vida toda.

Hal Gabriel, quarenta e seis anos, casado mas separado da mulher, fora encontrado enforcado em seu apartamento do oitavo andar, num dia de semana à tarde, em outubro de 1981. Evidentemente subira numa cadeira, afivelara um cinto de couro em volta do pescoço, enfiara a lingüeta do cinto entre o topo da porta do armário e o batente e chutara a cadeira.

— Dose alta de álcool no sangue — Selig disse.

— Nenhum bilhete?

— Nem sempre eles deixam bilhete, concorda? Principalmente quando ficam bêbados e começam a se condoer da própria sorte. Veja só isso, a data provável da morte foi calculada como tendo ocorrido entre cinco e sete dias antes da descoberta do corpo. Devia estar bem madurinho, hein?

— Foi por isso que arrombaram a porta.

— Nem precisariam ter arrombado. Aqui diz que o zelador tinha uma chave. A vizinha da frente sentiu o cheiro.

A vizinha também contara aos policiais que investigaram o caso que Gabriel parecia ter ficado desarvorado depois que a mulher o largara, anos antes, e que só recebia a visita dos entregadores da loja de bebidas e do restaurante chinês. Até uns dois meses antes da morte trabalhara como gerente de um laboratório de filmes, na altura da rua 40 Oeste, mas depois ficou desempregado.

— Muito provavelmente bebeu até ser mandado embora — Selig comentou.

Sua mulher, notificada da morte, dissera que não via Gabriel desde a assinatura do divórcio, em junho de 1980. Descreveu o ex-marido como um homem triste e solitário e parece que ela também ficou triste mas não muito surpresa com a notícia.

Fred Karp deixara um bilhete. Digitou a nota no computador, imprimiu duas cópias, deixou uma sobre a escrivaninha e enfiou a outra, cuidadosamente dobrada, no bolso da camisa. *Eu sinto muito*, dizia. *Não agüento mais. Por favor, perdoem-me.* Em seguida abriu a janela de seu escritório no décimo quinto andar e saiu.

Fica mais difícil fazer isso nos prédios modernos porque em geral não dá para abrir as janelas. Muitas vezes nem são janelas, só umas paredes de vidro. Um dia, numa reunião do AA, eu ouvi um arquiteto contando como ele tranqüilizava os funcionários que tinham fobia de paredes de vidro. Costumava correr a toda a velocidade e entrar de cabeça no vidro para demonstrar sua solidez.

— As pessoas entendiam — ele disse —, mas eu me senti um perfeito idiota no dia em que quebrei a clavícula.

No prédio de Karp, as janelas abriam. Era um prédio de vinte e dois andares, do pré-guerra, na avenida Lexington, alguns quarteirões ao norte da Grand Central Station e do prédio da Chrysler. Karp era importador, lidava principalmente com mercadorias de Cingapura e da Indonésia. Mandara a secretária embora às cinco da tarde, ligara para a mulher e dissera que ficaria trabalhando até tarde. Uma *deli* da Terceira Avenida entregou dois sanduíches e um café por volta das sete. Às dez para as nove ele pulou da janela; e foi fácil determinar a hora da morte porque havia gente na rua que o viu aterrissar. Houve uma pessoa que desmaiou e foi atendida no local pelos paramédicos.

Isso fazia apenas três anos. O policial com quem eu falei ainda estava trabalhando na 17ª Delegacia e não teve dificuldade em lembrar do caso.

— Uma confusão dos diabos — disse ele. — E um jeito infernal de fazer a coisa. Imagine se você muda de idéia no meio do caminho. "Ei. Eu desisto! Só estava brincando!" É, sei, vai esperando.

Ele não tinha a menor dúvida de que fora suicídio. Havia o bilhete, sobre a escrivaninha de Karp, dentro do bolso dele e bem ali na tela ainda acesa do monitor do computador. E nenhum sinal de qualquer ferimento incoerente com uma queda de grandes alturas, se bem que ele concordou que a própria queda teria apagado evidências de um golpe anterior na cabeça ou, na verdade, de qualquer coisa menos óbvia que um ferimento a bala.

— Seria melhor se o bilhete tivesse sido escrito a mão — falei. — Quem é que vai digitar um bilhete suicida num computador?

— É um novo mundo — ele disse. — Você se acostuma com o computador, quer usá-lo para tudo. Pagar as contas, conferir os talões de cheques, manter os compromissos em dia. Eis aí um sujeito que controla todo o negócio dele por computador. Ele quer que o bilhete fique certinho, pode alterar aqui e ali, redigir do jeito que quiser. Aí pode imprimir quantas cópias quiser apertando um botão só, e ainda pode salvar na memória do disco rígido. — Tinha uns trinta anos, integrante ele próprio da geração dos computadores, e estava ansioso para me contar como os computadores da delegacia tinham acelerado a parte da papelada e facilitado as coisas. — Computador é uma maravilha. Mas acostuma mal a gente. O problema com o resto da vida é que não tem uma tecla VOLTAR.

Fui até o escritório de Karp, agora ocupado por um advogado especializado em patentes, um homem mais ou menos da minha idade, com cara de bebum, que exalava um cheiro azedo de fracasso. Estava no prédio fazia menos de dois anos e não sabia do histórico da sala. Deixou que eu espiasse pela janela, embora eu não faça idéia do que nós dois achamos que poderia ver lá fora. Não contei a ele que o inquilino anterior dera um mergulho daquela mesma janela. Não queria pôr idéias na cabeça dele.

A viúva de Karp, Felicia, morava em Forest Hills e ensinava matemática numa escola secundária em South Ozone Park. Liguei para sua casa por volta da hora do jantar e ela disse:

— Não acredito que as investigações foram reabertas. Isso tem alguma coisa a ver com o seguro?

Eu disse que tinha relação com uma outra questão e que estava tentando eliminar a possibilidade de que a morte de seu marido não tivesse sido suicídio.

— Eu nunca acreditei que fosse — ela disse, convicta. — Mas o que mais pode ter sido? Escute, quer dar uma passada aqui em casa? Eu tenho que dar duas horas de aula, esta noite, mas poderia vê-lo amanhã. Que tal às quatro e meia?

Estava esperando por mim no apartamento de cima de um sobrado convertido em duas residências da avenida Stafford, a alguns quarteirões apenas de onde costumavam fazer os torneios de tênis. Era uma mulher alta, angulosa, com cabelos lisos escuros e maxilar forte. Tinha feito café e sentamo-nos à mesa da cozinha. Havia um daqueles relógios com formato de gato preto na parede, os olhos revirando de um lado para o outro e o rabo balançando feito um pêndulo.

— Não é ridículo? — ela falou. — As crianças me deram de aniversário, uns anos atrás, e eu devo admitir que acabei me afeiçoando. Vamos falar de Fred.

— Certo.

— Nunca fez sentido para mim que ele tivesse se matado. Disseram que estava tendo problemas na empresa. Bom, ele estava nisso havia mais de vinte anos, e sempre tem problemas numa firma. Fred sempre deu um jeito de ganhar a vida. E nós tínhamos duas rendas, nunca fomos extravagantes. Veja só onde moramos.

— É uma boa casa.

— É boa, e a vizinhança é decente, mas não é um Sutton Place. A questão é que meu marido não estava passando por nenhuma crise financeira. Olha, depois que ele morreu eu mesma dirigi os negócios, até acertar as coisas e pegar alguns dólares pelo estoque e aviamento. A empresa estava em boa forma. O caos do dia-a-dia, sim, mas nada de incomum. Com certeza nada para cometer suicídio.

— É difícil saber o que se passa dentro da cabeça de uma pessoa.

— Eu sei disso. Mas por que está aqui, senhor Scudder? O senhor não se abalou até aqui só para me dizer para aceitar a tese do suicídio do meu marido.

Perguntei-lhe se sabia alguma coisa a respeito de um clube do qual o marido fora sócio.

— Que clube? — ela disse. — Ele participava do clube masculino da sinagoga, mas não era muito assíduo. Estava sempre ocupado trabalhando. Entrou para o Rotary uma vez, mas isso foi pelo menos uns dez anos atrás e eu acho que ele nem continuou freqüentando. Mas o senhor não deve estar se referindo a isso.

— Esse era um clube de indivíduos que jantavam juntos uma vez por ano. Na primavera, num restaurante em Manhattan.

— Ah, é isso — ela disse. — O que me confundiu foi a palavra "clube". Eu acho que não era assim tão formal, só um grupinho que tinha feito amizade na faculdade e queria continuar mantendo contato.

— Foi assim que ele descreveu o grupo?

— Eu acho que ele nunca fez uma "descrição" como tal. Mas com certeza era a impressão que eu tinha. Por quê?

— Pelo que sei era um pouco mais formal que isso.

— É possível. Eu sei que ele nunca faltou a um jantar. Um ano nós ganhamos entradas da escola para ir ver a Manhattan Light Opera e Fred me disse que eu teria que arranjar outra pessoa para ir comigo. E ele adorava as coisas de Gilbert e Sullivan, mas para ele o jantar anual era sacrossanto. O que o jantar tem a ver com a morte dele? Ele morreu em dezembro. O jantar era sempre por volta de abril ou maio.

— Na primeira quinta-feira de maio.

— Isso mesmo, era um dia certo todo ano. Tinha esquecido. E que mais?

Haveria algum motivo para não contar a ela?

— Houve um bocado de mortes entre o grupo, no decorrer dos anos, mais do que seria de esperar. Muitas das mortes foram suicídio.

— Quantas?

— Três ou quatro.

— Sim, mas quantas exatamente? Foram três ou foram quatro?

— Três definitivamente, uma possível.

— Entendo. Desculpe, não tive a intenção de ser agressiva. Quer mais café? — Respondi que estava satisfeito. — Três ou quatro suicídios entre quantos sócios?

— Trinta e um.

— Existe um vírus de suicídio, foi esse o termo que eu ouvi dizerem. De repente, num colégio todo certinho de alunos de classe média, em Ohio ou Wisconsin, acontece uma verdadeira epidemia de suicídios. Mas isso é entre adolescentes, não entre homens na meia-idade. Esses suicídios aconteceram todos juntos?

— Estão espaçados num período de vários anos.

— Bom, dez a quinze por cento é um índice alto de suicídios, mas não parece que... — As palavras foram morrendo e eu observei seus olhos. Quase que podia ver as engrenagens girando enquanto sua mente analisava os dados. Não era uma mulher bonita, de modo algum, mas tinha uma boa cabeça, rápida, e havia algo de muito atraente em sua inteligência.

— O senhor mencionou um alto índice de mortes no geral — ela disse. Quantas mortes, no total?

— Dezessete.

— Em trinta e um.

— Exato.

— E eram todos da idade de Fred? Deviam ser se fizeram faculdade juntos.

— Aproximadamente da mesma idade.

— O senhor acha que alguém os está matando.

— Estou investigando a possibilidade. Eu não sei o que acho.

— Claro que sabe.

— Ainda é cedo para formar uma opinião.

— Mas acha que é possível.

— Acho.

Ela virou a cabeça para olhar o gato-relógio.

— Claro que eu prefiro acreditar nisso. Nunca consegui aceitar completamente a idéia de que ele se suicidou. Mas é horrível pensar em alguém, meu Deus, *assassinando* Fred. Como será que foi feito? Suponho que o assassino o deixou inconsciente, depois digitou o bilhete no computador, abriu a janela e... e... e... — Fez um esforço visível e controlou-se. — Se ele estava inconsciente quando aconteceu — ela disse —, não deve ter sofrido muito.

— Não.

— Mas eu sim — e ficou em silêncio um bom tempo. Depois me olhou e disse: — Por que alguém haveria de querer matar um punhado de rapazes que cursaram a Faculdade do Brooklyn juntos, trinta e cinco anos atrás? Um grupo de judeus cinqüentões? Por quê?

— Só alguns eram judeus.

— É mesmo?

— E não fizeram faculdade juntos.

— Tem certeza? Fred disse...

Eu contei a ela alguma coisa sobre o clube. Queria saber quem eram os outros sócios e eu achei uma página no meu bloco de anotações onde tinha feito a lista de todos os trinta e um sócios, vivos e mortos, em ordem alfabética.

— Bom — ela disse —, aqui está um nome que não me é estranho. Philip Kalish. *Ele* era judeu e Fred o conhecia da faculdade, se é que é o mesmo Phil Kalish. Mas ele morreu, não é verdade? Muito tempo atrás.

— Num acidente de carro — eu disse. — Foi o primeiro do grupo a morrer.

— Raymond Gruliow. Esse é outro nome que eu reconheço, se é o mesmo Raymond Gruliow, e com quase toda a certeza é, certo? O advogado?

— Correto.

— Se Adolf Hitler voltasse à terra — ela disse —, e que Deus não permita, e se precisasse de um advogado, chamaria Raymond Gruliow. E Gruliow o defenderia. — Sacudiu a cabeça. — Confesso que eu o considerava um herói durante a Guerra do Vietnã, quando seus clientes eram todos radicais e rapazes que estavam resistindo à convocação. Agora são todos negros anti-semitas e terroristas árabes e eu gostaria de lhe mandar uma carta-bomba. Fred não conhecia Raymond Gruliow.

— Jantava com ele uma vez por ano.

— E nunca me disse uma palavra? Enquanto Gruliow estava papagaiando no noticiário das onze, será que ele não teria me dito, pelo menos uma vez na vida, "Ele é amigo meu" ou então "Ei, eu conheço esse cara"? Não teria sido o normal de se fazer?

— Eu suponho que eles mantinham a privacidade do clube.

— Esse clube não tinha nada a ver com sexo, tinha? — ela franziu a testa.

— Não.

— Porque eu acharia muito difícil acreditar nisso. Eu sei que vira e mexe a gente fica sabendo que as pessoas mais improváveis são gays, mas não acredito que fosse o...

— Não.

— Ou então algum tipo de noitada só para homens, com muita bebida e alguma moça saltando de dentro de um bolo? Não fazia muito o gênero de Fred.

— Não creio que houvesse nada parecido.

— "Boyd Shipton." O pintor? — Fiz que sim. — Eu sei que ele foi assassinado há vários anos, ou será que estou confundindo com outra pessoa?

Confirmei que Shipton fora assassinado e contei a ela que vários outros sócios também tinham sido vítimas de homicídio. Ela perguntou quais e eu apontei os nomes.

— Não, não conheço nenhum deles. Por que alguém haveria de querer matar esses homens? Eu não compreendo.

Na volta para Manhattan fui pensando no que eu tinha feito. Não acrescentara muita coisa ao que já sabia e deixara Felicia Karp intrigada, se perguntando que tipo de vida secreta o marido tivera. Mesmo que pudesse haver alívio em pensar que no fim das contas não fora suicídio, muito provavelmente ficaria igualmente inquieta com a probabilidade de que ele tivesse sido assassinado.

Talvez tenha sido isso o que me levou a deixar a viúva de Nedrick Bayliss em paz. Uma série de telefonemas para Atlanta, onde morrera num quarto do Marriott central, com uma única bala na cabeça, me deixou com a sensação de que já sabia tudo que tinha de saber sobre ele e sobre sua morte. Era analista da Bolsa, empregado de uma firma de Wall Street, mas morava fora de Nova York, em Hastings-on-Hudson. Especializara-se na área de indústria têxtil e fora a Atlanta para uma reunião com funcionários de uma companhia na qual estava interessado.

Uma vez mais, não havia nenhum bilhete nem indícios de como conseguira o revólver sem registro que foi encontrado a seu lado.

— Eu não sei como são as coisas por aí — um policial de Atlanta me disse —, mas não é a coisa mais difícil do mundo encontrar alguém disposto a lhe vender uma arma na cidade. — Disse-lhe que também não era muito difícil em Nova York.

Em vez de bilhete havia um papel de carta do próprio hotel, no meio da escrivaninha, com uma caneta sem tampa do lado, como se tivesse tentado escrever alguma coisa e não tivesse conseguido achar a maneira certa de dizê-lo. Tendo desistido, ele ligou para a recepção e disse ao funcionário que seria melhor mandarem um empregado até o quarto 1102.

— Estou prestes a me matar — ele anunciou e desligou.

O recepcionista não sabia se se tratava de uma tragédia ou de uma piada de mau gosto. Ligou para o quarto de Bayliss e ninguém atendeu. Estava tentando pensar no que fazer quando outra pessoa ligou para dizer que ouvira um tiro.

Com certeza dava a impressão de ter sido suicídio. Bayliss estava esparramado numa cadeira, com uma bala na têmpora, o revólver no chão, bem no lugar onde se esperaria achá-lo. Não havia nada que sugerisse a presença de mais alguém quando atirou. Não fechara a porta com a corrente de segurança, quis facilitar a entrada dos funcionários. Tinha consideração pelo próximo, afinal de contas; provou isso, quando ligou para a recepção para informar do que estava prestes a fazer.

Quão difícil teria sido montar a cena?

Você dá um jeito para que Ned Bayliss o deixe entrar no quarto. Descobrir um pretexto não seria muito mais difícil do que arranjar um revólver não registrado. Aí, quando ele estivesse sentado, digamos que examinando alguns papéis que entregou a ele, você enfia a mão no bolso do paletó, tira a arma e antes que ele se dê conta do que está acontecendo você já está com o cano na têmpora do homem, apertando o gatilho.

Depois você limpa as impressões digitais da arma, põe o revólver na mão dele e deixa que caia no tapete. Você arruma o papel de carta e a caneta em cima da mesa, pega o telefone e anuncia sua morte iminente. De volta a seu quarto, você faz outro telefonema e dá parte do tiro.

Fácil.

Um teste de parafina muito provavelmente revelaria que o morto não fizera nenhum disparo recentemente, mas quanto tempo de laboratório a polícia concederia a um caso de suicídio simples? O policial com quem eu falei não conseguiu encontrar nenhum registro de testes, mas disse que isso não provava nada. Afinal de contas, disse-me ele, tudo acontecera dezoito anos atrás, de modo que era espantoso ter conseguido encontrar a ficha.

Eu podia ter ligado para a viúva.

Dei-me ao trabalho de descobrir onde morava, o que não foi difícil, uma vez que ela não estivera tentando desaparecer. Casara de novo, divorciara-se e casara-se pela terceira vez. No momento estava morando em Niles, Michigan, e suponho que poderia ter ligado para ela e perguntado se seu primeiro marido, Ned Bayliss, andava tristonho antes da viagem fatal a Atlanta. Ele andava bebendo demais, minha senhora? Tinha algum histórico de drogas?

Decidi deixá-la em paz.

Ligara para Atlanta de meu quarto no Northwestern e, quando pus o fone no gancho, encerrando o dia, alguma coisa me manteve ali no quarto acanhado. Puxei uma cadeira para perto da janela e fiquei olhando a cidade.

Não sei quanto tempo permaneci sentado ali. Comecei refletindo sobre o caso em que estava trabalhando, no clube dos trinta e um. Pensei em como suas fileiras tinham rareado nas últimas três décadas e, antes que me desse conta, estava pensando na minha própria vida durante aquele mesmo período e no tremendo tributo que ela me cobrara. Pensei nas pessoas que perdi, algumas para a morte, outras porque nossas vidas escorregaram para rumos diferentes. Minha ex-mulher, Anita, tinha se casado de novo fazia muito tempo. A última vez em que falei com ela fora para lhe oferecer os pêsames pela morte da mãe. A última vez em que a vi, não consegui lembrar quando tinha sido.

Meus filhos, Michael e Andrew, eram ambos adultos, ambos estranhos. Michael estava morando no norte da Califórnia, representante de vendas de uma companhia que fornecia peças para fabricantes de computadores. Em quatro anos, desde a formatura na faculdade, eu falei com ele umas dez vezes, se tanto. Dois anos atrás casou-se com uma moça chamada June e me mandou uma foto do casamento. Ela é chinesa, miudinha, magra, a expressão na foto seriíssima. Mike começou a engordar já na faculdade e agora parece um vendedor muito expansivo e cordial, gordo e feliz, posando ao lado dessa inescrutável filha do Oriente.

— Precisamos nos ver qualquer dia — ele diz ao telefone quando nos falamos. — Da próxima vez que eu for a Nova York eu te aviso. Vamos jantar juntos, quem sabe pegamos um jogo do Knicks.

— Quem sabe eu podia dar um pulo até a Califórnia — sugeri no último telefonema. Houve uma pausa ligeiríssima e logo em seguida ele me garantiu que seria ótimo, realmente ótimo, mas naquele exato momento não seria uma boa idéia. Andava muito ocupado no trabalho, ultimamente, viajando muito.

Ele e June moravam num condomínio, perto de San Jose. Conversara com ela ao telefone, com essa nora que eu não conhecia. Logo mais, suponho, eles vão começar uma família e aí eu terei netos que não conheço.

E Andy? Da última vez que tive notícias dele estava em Seattle e falando em subir até Vancouver. Tive a impressão de que estava falando de um bar, com a voz pastosa de bebida. Ele não liga com muita freqüência e, quando o faz, é sempre de algum lugar novo e sempre me dá a impressão de que esteve bebendo.

— Estou me divertindo — ele me disse. — Um dia desses eu imagino que vá me acomodar, mas nesse meio tempo deixa as pedras rolarem, sem criar musgo.

Cinqüenta e cinco anos de idade e que musgo eu havia criado? O que eu fizera desses anos todos? E o que eles fizeram comigo?

E quantos me restavam? E, quando se forem, como os demais, qual será o saldo que eu terei deles? Qual é o saldo que alguém algum dia já teve dos anos que se foram?

Tem uma loja de bebidas bem em frente, do outro lado da rua. De onde estava sentado podia ver a freguesia entrando e saindo. Enquanto olhava, ocorreu-me que poderia procurar o número da loja na lista telefônica e pedir para me trazerem uma garrafa.

Isso era até onde eu deixava que o pensamento fosse. Às vezes eu me permitia imaginar que tipo de bebida eu pediria e de que marca. Dessa vez cortei o pensamento pela raiz e respirei fundo várias vezes, forçando-me a largá-lo.

Depois peguei o telefone e disquei um número que eu não precisava procurar na lista.

Tocou duas, três vezes. Eu já estava com o dedo preparado para desligar, sem vontade de falar com uma máquina, mas aí ela atendeu.

— Aqui é Matt.

— Que engraçado — ela disse. — Eu estava pensando em você neste minuto.

— E eu em você. Quer companhia?

— Será? — Levou uns segundos pensando. — Quero. Quero, sim.

8

Quando me mudei para o hotel, Jimmy Armstrong tinha um bilhar bem de esquina, na Nona Avenida, e era ali que eu passava a maior parte de minhas horas despertas. Depois que fiquei sóbrio, Jimmy perdeu o contrato de locação e reabriu uns quarteirões mais para oeste, na esquina da Décima com a 57. No AA eles sempre dizem para evitar as pessoas, os lugares e as coisas que podem lhe dar vontade de beber e por vários anos eu me mantive longe do bilhar de Jimmy. Hoje em dia eu vou de vez em quando. Elaine gosta de ir lá nos domingos à tarde, quando eles têm música de câmara, e o lugar sempre foi uma boa opção para um jantar mais tardio.

Caminhei pela 57, na direção oeste, mas em vez de fazer uma visita a Jimmy entrei no prédio de apartamentos que fica do outro lado da rua, na diagonal do bilhar. O porteiro fora avisado de que eu estaria chegando; quando lhe dei meu nome, disse que estava sendo esperado e apontou para o elevador. Subi até o vigésimo oitavo andar e a porta dela abriu-se no momento em que bati.

— Eu estava mesmo — ela disse — pensando em você quando você ligou. Parece cansado. Está tudo bem?

— Estou ótimo.

— Provavelmente é a umidade. Vai ser um daqueles verões, se já está deste jeito em junho. Acabei de ligar o ar-condicionado. Este apartamento esfria rapidinho.

— Como é que você está, Lisa?

Ela se afastou.

— Eu estou bem. Quer café? Ou prefere alguma bebida fria? Tem Pepsi, chá gelado...

— Não, obrigado.

Virando-se de frente, Lisa me disse:

— Estou contente por você ter vindo, mas acho que não quero fazer nada. Tudo bem?

— Claro.

— Podíamos sentar e conversar.

— Você manda.

Ela foi até a janela. O apartamento dá para oeste e não há nenhum edifício alto bloqueando a vista. Parei atrás dela, observando alguns veleiros no Hudson.

Estava usando perfume, o mesmo cheiro almiscarado de sempre.

— Quem é que eu estou querendo enganar, me diga? — disse ela.

Virou-se para mim de novo. Abracei-a pela cintura, cruzei as mãos por trás e ela se encostou, olhando para mim. Sua testa brilhava e havia gotas de suor sobre o lábio superior.

— Ah! — disse como se tivesse levado um susto com alguma coisa.

Puxei-a mais para perto, beijei-a, ela tremeu primeiro em meus braços, depois me abraçou e ficamos ali grudados. Sentia o corpo dela no meu, sentia seus seios, sentia o calor de sua pélvis.

Beijei-a na boca. Beijei-a no pescoço, respirando seu perfume.

— Oh! — ela fez.

Fomos para o quarto e tiramos a roupa, interrompendo o processo para nos beijarmos, nos agarrarmos. Caímos juntos na cama.

— Oh — ela fez. — Oh, oh, oh...

Seu nome era Lisa Holtzmann, e não seria absurdo descrevê-la como sendo jovem o bastante para ser minha filha, ainda que na verdade tivesse nascido quase dez anos antes de meu filho mais velho. Quando a conheci, estava casada com um advogado chamado Glenn Holtzmann e grávida dele. Perdeu o bebê ali pelo sétimo mês da gestação e não muito depois perdeu o marido; ele morreu baleado enquanto usava um telefone público a alguns quarteirões dali, na Décima Primeira Avenida.

Eu acabei envolvido com dois clientes, um deles a viúva do morto, o outro o irmão do homem acusado de matá-lo. Não creio que tenha feito grande coisa nem por um nem pelo outro. O suposto criminoso, um dos malucos do bairro, acabou morrendo em Rikers Island, esfaqueado por alguém tão louco quanto ele próprio. A viúva Holtzmann acabou na cama comigo.

Que isso tenha ocorrido não me parece extraordinário. Tradicionalmente as viúvas são consideradas vulneráveis à sedução e mais do que comumente sedutoras elas próprias. Meu papel no drama pessoal de Lisa, como o cavaleiro da armadura azinhavrada correndo em seu socorro, não foi obstáculo para cairmos juntos na cama. Embora eu estivesse profundamente apaixonado por Elaine e comprometido com ela, e de modo algum incomodado com o compromisso, tem alguma coisa na composição dos cromossomos masculinos que torna uma nova mulher tentadora simplesmente pelo fato de ela ser nova.

Não houve nenhuma outra mulher desde que Elaine e eu nos reencontramos, mas desconfio que era inevitável aparecer alguém, mais cedo ou mais tarde. A surpresa é que o caso não acabasse. Era como a pilha do coelho. Durava, durava, durava...

Não era preciso doutorado em psicologia para entender o que estava acontecendo. Obviamente eu era uma figura paterna para ela e só um teco menos disponível que o artigo original. Por vários anos, lá onde ela morava, em White Bear, Minnesota, o pai ia para a cama dela à noite. Ele a excitava com os dedos, com a boca, ensinando-a a arfar seu prazer como uma dama, baixinho, para que o ruído não ultrapassasse a porta do quarto. Ele a ensinou, também, de que forma agradá-lo e quando ela foi para a faculdade já era escolada muito além de sua idade.

E ainda virgem.

— Ele nunca me penetrou — contou ela — porque me dizia que seria pecado.

É verdade que entre nós não havia nenhum limite do tipo, mas sob outros aspectos nosso relacionamento lembrava a relação dela com o pai. Embora no início ela tivesse tomado a iniciativa, dando a entender que estava disponível para mim, dali para a frente nunca mais dera o primeiro passo. Jamais ligava para minha casa ou para o escritório. Era sempre eu que ligava, perguntando se estava a fim de companhia, e ela sempre me dizia para aparecer.

Nunca saímos juntos. Nunca andamos pela rua lado a lado, nunca tomamos um café juntos. Uma noite Elaine e eu paramos no Armstrong's, depois de um concerto no Lincoln Center, e Elaine viu Lisa junto com um pessoal no balcão. Tinha sido Elaine quem me apresentara a Lisa e ao marido; as duas haviam se conhecido num curso na faculdade Hunter.

— Aquela não é Lisa Holtzmann? — perguntou, acenando com a cabeça na direção do bar.

Eu olhei e concordei que era, mas nenhum dos dois sugeriu que fôssemos até lá dizer oi.

No apartamento dela, na cama dela, eu podia me isolar do mundo. Era como se aqueles aposentos no vigésimo oitavo andar existissem fora do tempo e do espaço. Eu tirava minha vida feito um par de botas e largava na porta.

Talvez não seja exagero demais dizer que ela era como uma droga ou uma bebida para mim. A idéia de ligar para a loja de bebidas me passava pela cabeça, de leve, eu pegava o telefone e ligava para Lisa em vez de para a loja. A conexão nem sempre era assim tão bem encadeada. Eu me pegava pensando nela e querendo estar com ela. Às vezes eu resistia ao impulso. Às vezes não.

Raramente ia vê-la mais de uma vez por mês e durante o inverno houve um período de quase três meses em que não peguei nenhuma vez no telefone. Logo depois do Ano-Novo eu pensei nela e concluí: *Bom, acabou*, sentindo uma mistura curiosa de tristeza e alívio. No começo de fevereiro eu liguei, fui até lá e voltamos exatamente ao ponto de partida.

* * *

Depois ficamos vendo o pôr-do-sol. Deviam ser umas nove da noite. A cada dia que passava estava escurecendo mais tarde, faltava menos de uma semana para a chegada do verão.

— Estou trabalhando bastante — ela disse. — Peguei uma encomenda ótima, seis capas para uma série de faroestes em brochura.

— Legal.

— A pior parte é ter que ler os livros. Eles são todos do tipo faroeste para adultos. Sabe o que é isso?

— Eu posso adivinhar.

— Provavelmente sim. O herói não diz "Tire a roupa, mulher".

— Ele diz o quê?

— No que eu acabei de ler ele diz: "Por que você não tira essa sua saia de montaria para eu poder comer essa sua linda bocetinha?".

— A conquista do Oeste.

— É chocante — ela disse —, porque você pensa que está lendo Hopalong Cassidy e quando percebe tem alguém comendo o rabo de alguém atrás do curral. O nome do herói é Cole Hardwick. Pavio duro. Já diz tudo, não diz?

— Dá para entender o recado.

— Estou fazendo uma cena diferente de faroeste para cada capa. As duas constantes são armas e decotes. Ah, e a cara malhada de Cole do pavio duro no fundo, para você saber na hora que se trata de mais um livro da série. — Esticou a mão, correu o indicador pelo meu maxilar. — Eu quase usei este rosto — ela disse.

— É?

— Comecei o esboço e o que saiu me parecia curiosamente familiar. A tentação de deixar daquele jeito foi grande. Fiquei me perguntando se algum dia você veria os livros e se iria se reconhecer.

— Não sei.

— É, mas acabei decidindo no fim que você não servia. É muito urbano, muito do asfalto.

— Muito velho.

— Não, o Cole também é bem grisalhão. Olha, lá se vai o sol. Será que algum dia vou enjoar do pôr-do-sol? Tomara que não.

O espetáculo era ainda mais majestoso depois que o sol se punha. Um arco-íris inteiro de cores manchava o perfil de Jérsei.

— Estou saindo com uma pessoa — ela falou.

— Uma boa pessoa, espero.

— Ele parece ser bom. É diretor de arte de uma revista de avião. Fui mostrar meus trabalhos para ele, mas não tinha nada para mim. Aí no dia seguinte ele ligou e me levou para jantar. É bonito, divertido e gosta de mim.

— Isso é ótimo.

— Saímos quatro vezes. Amanhã a gente vai jantar cedo e assistir a *Eleven months of winter*, no Playwrights Horizon. E depois eu suponho que vá dormir com ele.

— Ainda não dormiu?

— Não. Uns dois ou três, você sabe, beijos mais quentes. — Cruzou as mãos sobre o colo e olhou para elas. — Quando você ligou, meu primeiro pensamento foi dizer para você não vir hoje. Depois eu disse que não queria fazer nada, e quanto foi que durou? Meio minuto?

— Algo assim.

— Que será isso, entre a gente?

— Eu também queria saber.

— O que acontece se eu começar a dormir com Peter? O que vou dizer quando você ligar?

— Não sei.

— "Venha", eu vou dizer. E depois vou me sentir uma puta.

Eu não disse nada.

— Não consigo me imaginar dormindo com dois homens ao mesmo tempo. Não estou falando literalmente ao mesmo tempo, estou falando...

— Eu sei o que está querendo dizer.

— Ter um relacionamento com Peter e continuar indo para a cama com você. Não consigo me ver fazendo isso. Mas também não me imagino dizendo não para você.

— A coisa do pai?

— É, acho que é. Quando você me beijou, houve uma fração de segundo em que eu senti o gosto de bebida na sua boca. Claro que era só a memória. Ele nunca entrou no meu quarto sem estar cheirando a bebida. Eu já lhe contei que ele está fazendo tratamento?

— Não.

— Pois é, em Minnesota. Terra dos dez mil lagos e dos vinte mil centros de tratamento para alcoolismo. O médico ficou preocupado porque o fígado dele estava inchado e mandou fazer um tratamento. Minha mãe diz que ele não está bebendo nada agora, a não ser um pouco de cerveja nas refeições. Não acredito que dure muito tempo.

— Nunca dura.

— Quem sabe o fígado dele estoure e ele morra. Às vezes eu me pego torcendo para que isso aconteça. Isso deixa você chocado?

— Não.

— E em outros momentos eu quero rezar por ele. Para que ele pare de beber e não sei o quê. Fique melhor, suponho. Seja o pai que eu sempre quis. Mas talvez ele já *seja* o pai que eu sempre quis. Talvez ele sempre tenha sido.

— Talvez.

— De qualquer maneira, eu não sei rezar. Você reza?

— Uma vez ou outra. Mas não com muita freqüência.

— Como é que você faz?

— Em geral eu peço força.

— Força?

— Para fazer alguma coisa — completei —, ou para passar por alguma coisa. Esse tipo de força.

— E consegue?

— Consigo. Em geral, sim.

Tomei uma chuveirada antes de sair e cheguei ao subsolo da St. Paul a tempo para a última meia hora da reunião. Levantei a mão e contei que tinha pensado em bebida mais cedo.

— Eu estava olhando pela janela para a loja de bebidas que fica em frente, do outro lado da rua — falei —, e pensei como seria fácil dar uma ligada para eles e pedir que me levassem uma garrafa. Estou sem beber há alguns anos, já, e não tenho esse tipo de pensamento com muita freqüência, mas continuo sendo um alcoólatra e só estou sóbrio esse tempo todo porque não bebo e porque venho aqui e falo sobre isso. E estou contente de estar sóbrio e estou contente de estar aqui esta noite.

Depois fui com mais alguns do grupo até o Flame. Comi um hambúrguer e tomei um copo de café gelado. Cheguei em casa um pouco antes das onze.

— Você está com uma cara meio abatida — Elaine disse. — Graças a Deus que existe ar-condicionado, hein? Joe Durkin ligou, pediu para você ligar para ele amanhã de manhã. E tem mais uns recados, anotei tudo. Espero que seu dia tenha sido mais emocionante que o meu.

— As coisas andaram meio fracas?

— Bom, quem é que tem vontade de ficar entrando e saindo de galeria com este tempo? Mas acho que consegui uma encomenda para Ray Galindez. Uma mulher de uns setenta anos, sobrevivente de Buchenwald. A família inteira dela morreu e, claro, ela não tem uma fotografia de ninguém. Quando a guerra acabou, saiu com a roupa do corpo e só. Ela quer que Ray desenhe todos eles — os pais, os avós, a irmãzinha. Ela perdeu todo mundo, Matt.

— Ela tem dinheiro para isso?

— Ela pode comprar a loja toda com os trocados da bolsa. Casou com um outro sobrevivente do campo e abriram uma loja de doces. Os filhos montaram um negócio juntos, eles têm uma fundição de metal em Passaic. Ela tem seis netos, três são médicos e dois são advogados.

— E o sexto é a ovelha negra.

— A ovelha negra está em Harvard tirando um diploma de administração de empresas antes de voltar para Passaic e assumir a direção da fábrica. Isso se ela não se desviar da rota e não decidir virar presidente executiva da General Motors.

— Você sabe a história toda, hein?

— Completa, com imagens. Dinheiro não é problema. A única preocupação dela é não conseguir lembrar de como eles eram. "Fecho os olhos e tento vê-los, mas não vejo nada." Eu disse a ela para sentar com o artista e ver o que acontece. Ela ficou meio chorosa com a idéia. Tentei consolar a velhinha e comecei a lembrar de como foi emocionalmente a experiência que eu tive quando Ray fez o retrato do meu pai. Você devia ter visto as duas, meu bem. Duas velhotas abraçadas uma com a outra, chorando por nada.

— Você é realmente incrível.

— Eu?

— Eu te acho maravilhosa.

— Eu sou apenas mais uma ex-puta — ela disse —, com um ex-coração de ouro.

9

Joe Durkin disse:

— Eu ando curioso para saber uma coisa. Me diga como foi, exatamente, que eu virei seu rabino?

— Desconfio que você fez *yeshiva* — respondi — e estudou um tempão com muito afinco.

— Esse é o tipo de rabino que eu devia ter sido, sabe? Andar com uma daquelas boininhas na cabeça e cofiar minhas barbas toda vez que eu não souber a resposta. Será que é tarde demais para mudar de carreira?

— Acho que você tem que ser judeu.

— Eu sabia que ia ter algum enrosco. Parecia bom demais para ser verdade. — Recostou-se totalmente na cadeira, com as mãos cruzadas atrás do pescoço. — Mas falando sério agora — ele disse —, como foi que eu acabei sendo o escolhido para ser seu amigo nas altas esferas? Sua solitária pessoal lá nas profundezas intestinais da burocracia do Departamento de Polícia de Nova York?

— Solitária. Minha nossa.

— Gostou? — Ele abriu um sorriso. — Eu tinha certeza. Minha outra opção era ser a pata do gato, tirando suas castanhas do fogo. Mas acho que gosto mais da solitária.

Estávamos na sala da delegacia de Midtown Norte. A mesa pegada a de Joe estava vazia. Duas mesas adiante, um detetive negro, parrudo, chamado Bellamy, interrogava um garoto hispânico esquelético, com uma barbicha de bode no queixo pontudo. O garoto estava fumando e Bellamy abanando a fumaça, tentando não deixar que chegasse até seu rosto.

— Quatro investigações de homicídio — Durkin disse. — A mais antiga de doze anos atrás, a mais recente em fevereiro último. Quatro homens e uma mulher assassinados de modos diferentes em regiões completamente diversas da cidade num período de doze anos. O que, eu fiquei me perguntando, esses casos poderiam ter em comum? Sabe qual a minha conclusão?

— Qual?

— Todas as vítimas estão mortas. Ainda mortas, feito o general Franco. Lembra-se disso, do *Saturday night live*?

— Vagamente.

— "Acabamos de receber esta notícia de Madri — o generalíssimo Francisco Franco ainda está morto." — Fez uma grande encenação com os papéis sobre a mesa. — Lá vamos nós. Carl Uhl, assassinado pelo amante em seu apartamento da rua 22 Oeste. A vítima era gay, o apartamento exibia evidências de um estilo de vida sadomasoquista, vítima atada com algemas e correias de couro, blá, blá, blá, feridas múltiplas provocadas por faca, mutilação genital e peitoral. Precisa disso tudo?

— Não — respondi. — Sei quase tudo, exceto os detalhes, e posso conferir as anotações mais tarde. O que eu quero saber...

— Você quer saber se o caso ainda está aberto, certo? A resposta é sim. O pessoal da décima cercou um punhado de conhecidos de Uhl, mas a história de todos eles batia. De vez em quando eles encanam um elemento desses, que gosta de apagar gays assim, desse jeito, pegando as bichas nos bares de couro da rua West e dando-lhes mais emoção do que elas queriam. Aí a polícia vai e desencava todos os casos abertos que tiveram um modus operandi parecido para ver se encaixa. Por enquanto Carl Uhl continua órfão. Por quê? O que você sabe que a décima não sabe?

— Nada — respondi. — Foi assim que o assassino chegou até Uhl? Ele o pegou na rua West?

— Ninguém sabe. Vai ver, entrou pela chaminé. E quanto a descobrir quem foi, isso não vai acontecer. A menos que seja apanhado fazendo de novo. Mas ele não vai fazer de novo e sabe por quê? Porque provavelmente a esta altura já está morto.

— Como é que chegou a essa conclusão?

— Como? Eu cheguei porque há doze anos ele devia ter um comportamento sexual de alto risco, numa época em que a Aids estava se espalhando pelas saunas e inferninhos, mas ninguém sabia o que era nem pensava em tomar precauções. O cara que matou Uhl provavelmente matou umas cinqüenta vezes mais com o vírus do que com a tal faca e, depois que terminou de espalhar a coisa, ele morreu disso também.

— Ele deixou algum sêmen?

— Não, levou para a casa dele num saquinho de recolher cocô de cachorro. — Ele apanhou o relatório e leu por alto. — Vestígios de sêmen no abdômen da vítima, diz aqui. Provavelmente de Uhl. O mesmo tipo de sangue, de toda forma. Claro, isso foi antes dos testes de DNA. A medicina legal avançou muito, meu caro.

— Com certeza.

— E é por isso que ninguém mais sai impune de um homicídio. De onde é que veio essa pergunta, se ele deixou algum sêmen? O que você tem?

— Nada — respondi. — Estava só me perguntando se havia alguma prova concreta de que eles tiveram relações sexuais.

— Bom, não me parece que estivessem falando sobre o tempo. Mas com esses moços de couro preto, o que eles chamam de sexo pode não ser o que você e eu chamamos de sexo. Eu tive um caso em que dois rapazes tinham um relacionamento e o que eles faziam era o seguinte: um ia ao apartamento do outro, aí esse um tinha que ficar pelado e limpar a privada do outro. Não que fosse com a língua, ou qualquer coisa parecida, não, só pegar uma lata de Comet e um rolo de papel-toalha e limpar a privada. Enquanto isso, o outro ficava na sala vendo a *Oprah*. Depois ia inspecionar o banheiro, xingava o que tinha feito a limpeza e mandava o cara para casa.

Mais ou menos como se você ou eu chamássemos a faxineira e, depois de acabado o serviço, em vez de pagar você a xingasse de vaca cretina e a mandasse para o inferno.

— Eu não ousaria — falei. — Já foi difícil o suficiente no dia em que eu pedi para ela limpar as janelas.

— Quanto ao que se refere a Uhl, *alguém* fez sexo, porque o sêmen na barriga dele não brotou ali. Ou o sêmen era o próprio porque ele se divertiu antes que o amigo começasse a brincar para valer com a faca, ou era do assassino e ele tinha o mesmo tipo de sangue. Faz alguma diferença?

— Para mim não — admiti.

— Então podemos ir adiante? Seis anos depois, 1987, e temos Boyd e Diana Shipton assassinados na cobertura deles na rua Hubert. Duas teorias neste aqui. Uma delas é que eles atrapalharam um roubo.

— Essa foi a minha impressão pela cobertura da imprensa.

— Bom, teve coisas que a imprensa não ficou sabendo. A brutalidade do crime sugeria um motivo mais pessoal.

— Ele foi espancado até morrer, ela foi estuprada e estrangulada.

— Ele foi espancado, mas não apenas até morrer. Sua cabeça foi transformada numa papa, o crânio totalmente despedaçado, o rosto completamente irreconhecível.

— Mas era ele, com certeza.

— Era, tiraram as impressões digitais, mas o que o faz perguntar uma coisa dessas?

— Nada em particular. Quando alguém me diz que o rosto de um cadáver ficou completamente irreconhecível, é a primeira pergunta que me vem à cabeça.

— Sei, entendo o que está dizendo. Mas não há a menor dúvida de que era ele. No caso da mulher, ela foi estrangulada com um pedaço de arame. A cara ficou roxa e inchou como uma bola de vôlei. Quanto ao estupro, bom, eu não sei se chamaria assim, mas sem dúvida foi uma violação. Enfiaram o atiçador de brasa da lareira na vagina dela, até o abdômen.

— Jesus.

— Ela já estava morta quando aconteceu, se é que faz alguma diferença. Essa parte do atiçador não foi passada para a imprensa, por motivos óbvios, mas mesmo que eles soubessem não teriam podido publicar. Embora hoje em dia eu não tenha mais tanta certeza.

— Hoje em dia eles publicam qualquer coisa.

— Por acaso as notícias falaram que alguns dos quadros foram danificados? Mas o que eles não divulgaram é que foram desfigurados com símbolos satânicos. A opinião dos especialistas — ele girou os olhos — é que não foi trabalho de autênticos satanistas. Suponho que um satanista teria feito algo horrível com os Shipton, ao passo que os falsos satanistas só estavam lá para se divertir um pouco.

— Quantos assassinos?

— O melhor palpite é que seriam dois ou três.

— Seria possível uma pessoa ter feito tudo sem ajuda?

— Não se pode eliminar a possibilidade — ele disse. — A polícia de East Hampton apostou num favorito lá deles, um empreiteiro que estava tendo um caso com a senhora Shipton, ou então era ao contrário, Boyd estava transando com a mulher do sujeito. Com um golpe na cabeça, ele derruba Boyd, depois bota o arame em volta do pescoço dela e estrangula a mulher, depois amassa a cabeça de Boyd e aí finalmente faz a sua ceninha cretina com o atiçador da lareira.

— Eles acertaram com o empreiteiro?

— Não, o álibi dele era bom, não dava para derrubar. Houve uma tonelada de teorias. O cara era um artista famoso, a mulher era ex-bailarina, eles tinham dinheiro a rodo, uma cobertura na cidade, a casa de praia em East Hampton, eles circulavam com gente endinheirada, talentosa. O que isso lhe sugere?

— Não sei. Cocaína?

— Uma grande cobertura nos noticiários e uma batelada de policiais destacados para o caso, tanto aqui quanto na ilha, era a isso que eu estava querendo chegar. Cocaína? Eu suponho que dessem suas cheiradinhas, de vez em quando, mas, se houve algum envolvimento forte com droga no caso, eu nunca fiquei sabendo e o cara com quem falei ontem não mencionou. Por quê?

— Razão nenhuma. Eu sei que não houve nenhuma prisão, mas a polícia acha que sabe quem foi?

— Não tem idéia. Bom, idéia tem muitas, mas nenhuma levou a parte alguma. Por quê? O que é que seu informante lhe diz?

— Que informante?

— O seu informante, esse que botou você latindo para quatro postes diferentes. Em quem é que ele aposta para os Shipton?

— Eu não tenho um informante, Joe.

Ele me olhou. Duas mesas adiante, Bellamy apanhou um cigarro queimando que estava no cinzeiro e apagou-o.

— Ei — o garoto da barbicha chiou —, eu ainda não tinha terminado, cara. — Bellamy respondeu que ele estava com sorte, porque podia ter apagado o cigarro na testa dele.

— Certo — Durkin falou —, vamos deixar como está por enquanto. O seguinte da lista foi há quatro anos, 1989, Thomas P. Cloonan. Um irlandês decente, dirigindo um táxi, tentando levar comida para casa. Ninguém o amarrou, ninguém esporrou em cima dele, ninguém meteu um ferro no cu do sujeito. Olha, estou muito surpreso que um cara como você tenha algum interesse por ele.

De acordo com o livro de registro de corridas, Tom Cloonan apanhou o último passageiro de sua vida às dez e trinta e cinco da noite, numa terça-feira. Acabara de deixar um passageiro no hotel Sherry-Netherland e pegou o seguinte alguns quarteirões adiante na Quinta Avenida, em frente à catedral de St. Patrick. O destino que ele registrou no livro era o centro médico Columbia Presbyterian, em Washington Heights.

Impossível saber se conseguira chegar lá. Por volta da meia-noite e quinze, acionada por informações recebidas num telefonema anônimo, uma radiopatrulha da 34ª Delegacia encontrou o táxi de Cloonan estacionado perto de um hidrante, na avenida Audubon com a rua 147. Cloonan, cinqüenta e quatro anos, estava caído sobre a direção, com ferimentos a bala na cabeça e no pescoço. Foi declarado morto no local pelos paramédicos.

— Dois tiros disparados à queima-roupa, a arma era uma nove milímetros, e a morte foi instantânea, ou quase. A carteira sumiu, o moedeiro sumiu, a arma do crime não foi deixada no local, até aí nenhuma novidade. A única dúvida é se o assassino viajou com ele da igreja de Saint Patrick até Washington Heights ou se primeiro Cloonan fez toda a corrida até o centro médico, deixou o passageiro lá e pegou outro nas imediações, um que não teve chance de registrar no livro. E a resposta é, ninguém está nem aí porque o caso foi encerrado e o assassino está cumprindo vinte e cinco anos em Attica.

A surpresa devia estar estampada na minha cara, porque ele respondeu à pergunta seguinte antes que eu pudesse fazê-la.

— Ele não foi enquadrado por causa da morte de Cloonan. O que aconteceu é que houve uma epidemia de casos assim, em 90 e 91, taxistas clandestinos mortos a tiro no Harlem, no Bronx, nos terceiros mundos da cidade. Montaram uma força-tarefa com tiras de cinco delegacias diferentes, do Bronx e zona norte de Manhattan, eles puseram iscas por toda parte e pegaram Eldoniah Mims. Um norueguês, claro.

— É, de fato sempre foram uma raça de encrenqueiros.

— Eu sei, eles e os porras dos estonianos. A polícia tinha meia dúzia de assassinatos na conta de Mims e levou o caso mais sólido a tribunal, um para o qual havia provas físicas e testemunha. A atenuante que deram para ele foi a seguinte: ele admitia seis homicídios de segundo grau e em troca cumpriria todas as sentenças concomitantemente.

— Muito generosos.

— De modo que ele foi obrigado a recusar a proposta. O que eles levaram a julgamento foi um homicídio em Manhattan, assim não haveria um daqueles júris do Bronx prontos para se vingar de trezentos anos de opressão racista. O juiz e os jurados fizeram a coisa certa e Eldoniah vai ter que cumprir vinte anos de cadeia antes de poder pedir a condicional, e, se algum dia ele sair, poderá ser julgado pelos outros taxistas que matou, o filho da puta inútil.

— Poderiam julgá-lo pela morte de Cloonan?

— Ele seria um dos últimos da lista. Sabe como é, você pega alguém assim com a mão na massa, você quer mais é encerrar quantos casos puder.

— Mas você não sabe se foi ele.

— Eu não sei picas, isso tudo foi lá em Washington Heights e na porra do Bronx, portanto que sei eu? O que *ouvi* dizer, e não é a mesma coisa, é que ninguém tem certeza de que Mims acabou com Cloonan, mas que mal há em deixar que ele carregue o peso até aparecer alguém melhor?

— Você falou em taxistas clandestinos — eu disse. — Se Cloonan estava pegando passageiros na Quinta Avenida, ele não teria que estar dirigindo um carro com taxímetro?

Ele fez que sim.

— Estava num táxi amarelo, os outros todos eram piratas. Também foi baleado com uma nove milímetros, os outros com uma vinte e dois. As armas não eram todas iguais, mas eram todas do mesmo calibre.

— Me dá a impressão de que eles extrapolaram um pouco para incluir Cloonan na lista de Mims.

— Ah, isso eu não sei — ele disse. — De qualquer maneira, havia semelhanças. Todos eles estavam dirigindo um táxi e todos acabaram mortos.

— Claro que Mims disse que não foi ele.

— Mims disse que não fez nada. Se Mims fosse confessar, tudo que ele conseguiria dizer para o padre é que teve pensamentos impuros e pronunciou o nome do Senhor em vão. Matt, é a mesma coisa que assalto e roubo. Até você botar a mão em cima do cara, ele já se safou da cana umas cinqüenta vezes. Então você tira cinqüenta probabilidades do meio e amarra todas no rabo dele. As coisas acabam se equilibrando, e, se você não faz isso, sua ficha de serviço fica uma merda.

— Eu sei como funciona.

— Claro que sabe.

— Só pensei que homicídio fosse diferente.

— E é — ele disse —, e a coisa é bem mais rígida do que com arrombamento e arrastão. Neste caso aqui, é batata que Eldoniah acabou com cinco dos seis taxistas, não há dúvida nenhuma. No caso de Cloonan, provavelmente não foi ele que matou o homem, e se algum dia aparecer alguém mais qualificado, bom, ninguém lá do DP vai protestar contra a reabertura do caso. — Apanhou um lápis, bateu com a borracha três vezes sobre a mesa e largou-o novamente. — Portanto, se você sabe de alguma coisa — ele disse, casualmente —, eu ficaria feliz de passar adiante.

— E por que eu saberia de alguma coisa?

— Bom, você não tem carro, de modo que eu imagino que tome muito táxi. Quem sabe algum motorista lhe disse alguma coisa.

— Como o quê?

— Como, por exemplo, "Ei, doutor, o senhor tem cara de quem já foi tira, não é o fim o que aconteceu com Tommy Cloonan?".

— Ninguém nunca me disse nada parecido.

— Não?

— Não. Na verdade eu nem tomo tanto táxi assim. Quando é muito longe para ir a pé, eu tomo o metrô.

— Ônibus não?

— Às vezes eu tomo o ônibus. Às vezes fico em casa. Aonde é que vamos chegar com esta conversa, você saberia me dizer?

— Alan Watson deveria ter tomado um táxi. Ele trabalhava no World Trade Center e morava em Forest Hills. Na volta para casa em geral tomava o trem E. Mas quando ficava no escritório até tarde costumava pegar um ônibus expresso porque não gostava nem da longa caminhada à noite nem de ficar parado na plataforma do trem. De modo que tomou o ônibus, com todo o conforto, ar-condicionado e tudo, comeu uma fatia de pizza na rua Austin e estava a um quarteirão de casa, em Beechknoll Place, quando alguém lhe enfiou uma faca.

— O que foi que ele fez, resistiu a um assalto?

— É o que parece, não é mesmo? O sujeito com quem eu conversei disse que as coisas não batiam. Aliás, ele tinha mais perguntas do que respostas para mim. Watson era um corretor de commodities muito bem de vida, dois filhos na faculdade, com uma bela casa num ótimo bairro. A polícia quer solucionar esse caso, que por sinal só tem quatro meses, de modo que ainda não estão dispostos a desistir. Então, conclusão, por que o meu interesse, o que é que eu sei que ele não sabe?

— O que foi que você disse?

— Não estou bem lembrado, alguma coisa sobre um caso nosso com um modus operandi parecido. Segundo ele, o laudo pericial sugere que o assassino de Watson o surpreendeu por trás e o imobilizou com uma gravata.

— Assaltantes fazem isso.

— E aí prontamente esfaqueou o pobre coitado. Lâmina de quase onze centímetros e meio de comprimento, ou pelo menos foi até onde ele enfiou. Apunhalou uma vez só, pegou o coração na primeira, e a morte deve ter sido instantânea, ou quase. Watson estava sem a carteira, de modo que ou foi assalto ou então era para dar a impressão de ter sido.

— Imagino que ninguém tenha presenciado.

Ele balançou a cabeça, negativamente.

— Mas não ficou muito tempo na rua. Um segurança de uma firma particular o encontrou, deu parte na hora.

— Por que esfaquear um cara se você já está com ele imobilizado numa gravata?

— Eles estão se perguntando a mesma coisa em Forest Hills. Foi por isso que o indivíduo ficou tão interessado quando eu falei num m.o. semelhante, e aí tive que esfriar o cara, dizer que nosso elemento é de dar navalhadas, não esfaqueia direto, não dá gravata, patati, patatá. Falando nisso, por que será que as pessoas se espantam quando um policial mente de vez em quando no tribunal? A gente mente o dia todo, faz parte das incumbências do cargo. Se você não mentisse, não faria porra nenhuma.

— Eu sei. É a mesma coisa no serviço particular. Na verdade é pior, você não tem poder para ameaçar ou intimidar porque não tem autorização legal. E aí precisa enganar todo mundo.

— Em nome da verdade e da justiça.

— E a serviço do bem maior. Não se esqueça disso.

— Jamais.

— O que eles acham, Joe? Crime comum de rua?

— É o melhor palpite que têm, mas não descartaram os outros. É difícil achar alguém com um motivo para matar Watson. Estava casado com a mesma mulher fazia vinte e cinco anos, e se algum dos dois andava pulando a cerca, ninguém sabe de nada. Ambos eram benquistos, ambos ativos na comunidade. Cerca de um ano atrás ele andou recebendo ameaças por telefone de um cliente que culpava Watson pela surra que levou. Surra financeira, não dois babacas te segurando num beco enquanto o coleguinha deles faz o serviço nas tuas costelas.

— Conferiram o cliente?

— O cliente se mudou para Denver. E de qualquer maneira, que jeito é esse de acertar as contas, uma facada ligeirinha no coração, depois fingir que foi assalto? Quando você quer dar o troco em alguém ou puxa o revólver e faz um pouco de escândalo ou pula para cima do sujeito com um taco de beisebol, esmigalha os ossos do cara, faz uma papa dos miolos dele. O que foi?

— Preciso lembrar de nunca deixá-lo furioso.

— Por quê? Você achou que eu me animei demais? — Abriu um sorriso. — Faz dez dias que eu não fumo.

— Percebi que o cinzeiro sumiu.

— Aquele informante do Bellamy, minha vontade era pedir para ele soprar um pouco da fumaça para o meu lado. Mas não desta vez. Desta vez eu não estou pedindo tragadas do cigarro dos outros nem revistando os cinzeiros para ver se encontro uma guimba que dê para acender de novo. Desta vez estou fazendo certo.

— Isso é bom.

— Mas tem horas em que podia matar o mundo inteiro.

— Bom, então é melhor eu ficar em paz com você — falei, tirando um envelope aberto do bolso da calça e enfiando-o em meio aos papéis sobre a mesa. Ele deu uma olhada em volta, levantou a aba, contou o que havia dentro, sem tirar as notas de dentro.

Havia duas notas de cem.

— Duas de naipe igual.

— Se for baixo...

— Não, está ótimo — ele disse. — O que foi que eu fiz, usei o telefone no horário de trabalho? Mas isso não basta, Matt.

— Como assim?

— Como assim? Eu quero saber de que se trata. Você está pedindo informações sobre quatro homicídios ocorridos num espaço de doze anos, todos eles sem solução.

— O de Cloonan foi resolvido.

Ele me deu uma olhada.

— Eu meti meu pescoço no meio — ele disse —, e os naipes vêm a calhar, mas quero saber o que está havendo. Se você sabe de alguma coisa capaz de solucionar esses casos, não pode sentar em cima e guardar com você.

— Eu não sei de nada, Joe.

— Em que caso está trabalhando? Quem é seu cliente?

— Você sabe muito bem que um dos motivos de alguém procurar uma pessoa como eu é manter as coisas confidenciais.

— Estou achando — ele disse, me olhando cuidadosamente —, que é coisa do AA.

— Hein?

— Não seria a primeira vez que você arranja um cliente que te conheceu nas reuniões do AA. Tem coisas que é preciso fazer quando se fica sóbrio, certo?

— Tudo que você tem a fazer é não beber.

— Sei, mas não tem todo um programa? Quase como fazer uma confissão, só que em vez de duas ave-marias você retribui, põe as coisas em ordem.

— "Removendo as ruínas do passado" — eu disse —, citando uma das frases imortais da literatura. — Escuta, Joe, se acha que está interessado, eu ficaria muito satisfeito de levá-lo a uma reunião, um dia desses.

— Vai se foder, tá ouvindo?

— Bom, se quiser só ver como é.

— Eu repito, vai se foder. E larga a mão de mudar de assunto.

— Foi você que trouxe o AA à baila. Eu nunca percebi que você tinha um problema, mas...

— Jesus, como é que eu tolero você? O que eu ia dizendo é que desconfio que você conhece alguém do AA que sabe de alguns crimes, inclusive dos quatro homicídios de que a gente esteve falando, alguém que está se sentindo culpado. Eu não gostaria de pensar que você vai manter em segredo uma coisa que deveria ser divulgada e examinada. Seja lá quem for que tenha acabado com o cara gay, o tal Uhl, já deve estar morto a esta altura, e o caso de Cloonan está fechado, por enquanto, mas os rapazes da Décima adorariam encontrar um filão qualquer no caso dos Shipton, e Watson, santo Deus, o corpo ainda mal esfriou, a investigação continua aberta. Se você sabe de alguma coisa, você tem que entrar em contato com as pessoas certas.

— Eu não sei de nada.

— Provavelmente tem algum jeito de manter seu cliente fora disso, pelo menos nos estágios iniciais.

— Estou a par disso.

Ele me olhou.

— Não foi seu cliente que acabou com todos os quatro, foi?

— Não.

— Essa você respondeu rápido demais.

— Bom, eu sabia que você ia perguntar. E a resposta não exigiu uma meditação muito profunda.

— Suponho que não. Matt...

Eu tinha de lhe dar alguma coisa. Sem planejar, eu disse:

— Eles se conheciam.

— Eles? Quer dizer, seu cliente e quem mais? Espere um pouco. As vítimas se conheciam?

— Exato.

— O que foi que eles fizeram, arrasaram alguma aldeia vietnamita juntos e tem um china tentando se vingar?

— Faziam parte de um grupo.

— Um grupo? Que tipo de grupo?

— Como uma confraria — respondi. — Eles se reuniam de vez em quando para jantar e trocar idéias.

— "Aposto que a minha idéia é melhor que a sua." Vejamos, você tem um corretor, um artista famoso, um taxista e uma bicha. É uma confraria e tanto. Espere aí, isso era coisa de gay?

— Não.

— Tem certeza? Shipton e a mulher circulavam com um pessoal meio esquisito. Não me espantaria se me dissessem que ele jogava nos dois times.

— Não me espantaria ouvir isso a respeito de ninguém — falei —, mas isso não tem nada a ver com sexo. Eu não posso entrar em detalhes sem antes consultar meu cliente, mas não há nada de extraordinário sobre o grupo. A única coisa estranha é que quatro deles tenham sido assassinados.

— De quantos era o grupo?

— Uns trinta.

— Trinta homens e quatro deles assassinados, puxa, isso é bastante até para Nova York. — Ele apertou os olhos. — Mesmo assassino?

— Não há motivo para se imaginar que sim.

— É, mas você imagina que sim, não é? Você perguntou se uma pessoa só poderia ter acabado com os Shipton.

— Você nunca esquece nada, não é mesmo?

— Não, se puder evitar. Tem um suspeito? Um motivo? Alguma coisa?

— Nada.

— Não vou dizer para você me contar tudo, Matt, mas não me esconda o ouro todo, certo?

— Não estou escondendo nada concreto.

— Sei, e o que vem a significar isso? Qual é o oposto de concreto?

— Asfalto — eu sugeri. — Gesso de Paris.

— Doze anos entre Uhl e Watson — ele pensou alto. — Você está falando de um assassino que não tem a menor pressa. Os outros vinte e seis, quando ele conseguir chegar perto dos caras eles já vão estar velhos demais para se importar. Sabe o que ele parece, esse cara? Câncer de próstata. Até ele te matar, você já morreu de outra coisa.

10

Havia um recado de Wally Donn na recepção do hotel.

— Eu ainda fico por aqui mais uma hora — ele disse quando liguei. — Estou com aqueles seus relatórios de crédito, e tem mais uma coisa que você vai gostar.

Primeiro chamei TJ pelo bip. Ele devia estar perto de algum telefone; ligou de volta em menos de cinco minutos.

— Quem procura TJ? — perguntou ele.

— Ninguém com a cabeça no lugar — respondi. — Será que você ainda precisa perguntar uma coisa dessas? Se não reconhece minha voz, pelo menos já devia ter aprendido o número.

— Claro que sim, Tim. "Quem procura TJ" é só a marca registrada. Faz tipo parte do meu rap.

— É, eu entendo por que um cara como você precisa de uma marca registrada — falei. — Alguma coisa para distingui-lo do anonimato das massas.

— Se a gente estivesse num daqueles videofones — ele disse —, ia dar pra me ver girando os olhos.

— Que pena estar perdendo isso. Pode me encontrar? Talvez tenha um serviço para você.

— Diz onde e quando.

Dei o nome de um café na rua 23, a meio quarteirão do edifício Flatiron.

— Digamos às quinze para o meio-dia, mas talvez me atrase uns minutos.

— Mas eu não. Encontro em restaurante para mim é sagrado.

* * *

— O cliente — Wally disse — acabou se mostrando um puta unha-de-fome.

— Não seria o primeiro.

— Deus meu, não mesmo. O mundo está cheio desses filhos da puta unhas-de-fome. O negócio foi assim, eu contei a ele o bom trabalho que você tinha feito, e falei que você merecia uma gratificação. Disse que nós, como agência, não esperávamos nada além do honorário padrão, e não mesmo, mas que quando um cara trabalhando por dia resolve as coisas como você resolveu, ele devia ganhar um extra pelo esforço. Aí então ele me perguntou quanto seria razoável. Sabe o que me passou pela cabeça? Aquele velho ditado, de que uma imagem vale por mil palavras. Bom, muito bem, digamos um dólar por palavra, e então eu falei que mil dólares me pareciam uma soma razoável. O que de fato me parecia.

— Obrigado, Wally.

— Bom, não estava saindo do meu bolso, de modo que eu podia bancar o gesto. E o que são mil dólares para esse puto? O valor de cinco horas de trabalho do advogado dele? Se tanto. De modo que eis aqui o cheque dele. Quinhentos dólares.

— Ele falou que achava mil muita coisa?

— Ele não disse merda nenhuma. Só foi lá e fez um cheque pela metade do valor que eu dei. Ah, e aqui está a carta de recomendação, agradecendo pelo trabalho que fez para nós etc. etc. Dá uma olhada, vê se está boa.

Passei os olhos por um testemunho apaixonado, no papel timbrado do cliente.

— Está ótimo — eu disse.

— Ele tem um belo estilo, você não acha?

— Você que escreveu?

— Ditei. Não há outra forma de conseguir esse tipo de coisa do jeito que se quer. Pelo menos o filho da puta escreveu tudo, palavra por palavra. Já pensou se resolvesse achar que palavra é dinheiro e ficasse com a metade para ele? —

Sacudiu a cabeça. — Se quer saber, acho que ele me daria simplesmente metade de quanto eu resolvesse pedir. Se eu tivesse dito dois mil ele teria dado mil, e se eu tivesse pedido quinhentos teria saído de lá com duzentos e cinqüenta. Pensei em mandar isso de volta, dizendo para ele pagar a quantia toda ou esquecer o assunto. Ainda posso fazer isso, se você quiser.

Fiz que não com a cabeça.

— Quinhentos está bom. Deixa como está.

— De qualquer maneira — disse ele — ficam elas por elas. Consegui esses catorze relatórios de crédito para você. Como afiliada classe B, a nossa companhia paga trinta e cinco cada um, o que dá um total de quatrocentos e noventa dólares.

— Suponha que eu lhe devolva o cheque — falei — e estamos quites.

Ele negou com a cabeça.

— Você não ia querer fazer uma coisa dessas, rapaz. Fique com o cheque, pegue os relatórios e console-se em saber que jamais vale a pena ser um pão-duro filho da puta. Os relatórios não vão lhe custar um centavo, Matt. Eu pus na conta do cliente.

— Como é que conseguiu isso?

— Fizemos uma batelada de coisas para ele e quinhentos dólares de relatórios de crédito não vão parecer estranho para ninguém. Ei, foda-se ele, sabia? Então para que foi que me pediu um conselho, se ia cortar a quantia pela metade? Está vendo só o que faz a avareza, Matt? Além de estar pagando os mesmos mil dólares, nós ainda acabamos por odiar até a sombra do homem.

— Eu não. Amo todo mundo.

Cheguei alguns minutos adiantado para o almoço com TJ, mas ele já estava sentado a uma mesa perto da janela, dando cabo de dois hambúrgueres com queijo e de um prato de rodelas de cebola frita. Contei-lhe a respeito de Eldoniah

Mims, cumprindo vinte anos de cadeia, sem condicional, no norte do estado.

— Para mim ele está onde tinha que estar, Ademar. Sair por aí matando os outro por mixaria, um cara desses não tem por que ficar solto.

Expliquei que talvez eles tivessem atribuído um assassinato a mais a Mims do que os que de fato cometera.

— Ele pegou mais tempo por isso?

— Não.

— Então que importância tem?

A garçonete aproximou-se e pedi uma torta de espinafre e uma salada grega pequena para acompanhar. Quando a moça se afastou, ele disse:

— Sacou o jeito que ela ficou medindo a gente? Meio querendo saber quem foi o idiota que botou você e eu na mesma mesa. Aí cai a ficha, a gente está junto, então ela tem que sacar por quê. Revisou todo o cadastro na cabeça dela, quem sabe você é o otário e eu o vigarista, ou você é o policial e eu o marginal que vai ser encanado.

Eu estava de calça esporte cinza e camisa branca, as mangas enroladas e o colarinho desabotoado. TJ estava com um camisão sem mangas de raiom brilhante, listrado na vertical de preto e escarlate e sem nada por baixo, exceto pele escura. Fazendo as vezes de calça, usava uma bermuda preta bem larga, até os joelhos.

— Eu sou um tira corrupto — sugeri —, e você é um milionário traficante de drogas disposto a me engraxar.

— Falou. Excalibur está na calçada aí fora, Dora. — Bebeu um gole de leite, limpou o lábio superior. — Me diga uma coisa, esse Mims, como é mesmo o nome dele? El alguma coisa.

— Eldoniah.

— Eldoniah. Isso é da Bíblia?

— Não sei.

— "Sinceramente eu não sei *onde* essa gente arruma esses nomes." — TJ é bom de imitação e a frase saiu numa versão quase perfeita do queixo travado das pessoas de Long Island. Com sua própria voz, ou numa de suas vozes, ele disse: — Você limpa a barra de Mims desse aí, mas ele vai continuar com os vinte que levou.

Eu lhe disse que não estava interessado em limpar a barra de Mims, que obviamente estava onde devia estar. Meu almoço chegou e enquanto comia expliquei-lhe sobre o clube dos trinta e um.

— Tem alguém matando eles — TJ disse.

— Parece que sim.

— Quem você acha que é, um deles ou um outro cara?

— Não tem como dizer.

— Tem que ser alguém com um motivo, e tem que ser um motivo melhor do que matar um motorista de táxi por causa da caixinha de troco dele. — Terminou de tomar o leite, limpou a boca de novo. — Andei trabalhando um pouco para Elaine. Mais cuidando da loja.

— Ela me falou.

— É gozado ficar vendo o pessoal que entra na loja. Me dão uma olhada tipo esse daí vai passar a mão num troço qualquer e dar o fora correndo, aí elas percebem que estou lá atendendo.

— Há negros trabalhando em lojas por toda a cidade — eu disse. — Quem dirige a loja de antigüidades quase pegada à galeria de Elaine é uma mulher negra.

— É, e tem recepcionista negra nesses escritórios grandes e tem negro nos guichês de informação das lojas de departamentos, e todo mundo bem ali à mostra. O negócio é que eles não têm cara de quem acabou de sair da 42. Estão vestidos para subir na vida, Margarida.

— Elaine disse alguma coisa?

Ele sacudiu a cabeça que não.

— Ela fica fria. Mas, quem sabe, acho que o que eu vou fazer é deixar umas roupas caretas no cabide, lá atrás da loja.

Falamos um pouco sobre isso, depois TJ disse:

— Eu podia dar uma subida até o Bronx para ver o que os irmãos sabem do meu tio Eldoniah. O problema é que, dependendo, os caras cantam diferente. O cara está na rua, tudo que ele sabe contar é como ele é mau, como foi que acabou com seis tiras e roubou o Banco da Inglaterra. O mesmo cara está na prisão, e é sempre por alguma coisa que ele não fez.

— Eu sei — eu disse. — As prisões estão lotadas e nenhum deles jamais fez aquilo que os levou para lá.

— Vou dar umas voltas por lá, ver se alguém saca alguma coisa. Tudo isso já faz quatro anos, não foi isso que você disse?

— Já faz mais ou menos isso que Cloonan morreu. O assassinato pelo qual Mims foi julgado aconteceu depois, e o julgamento foi adiado um par de vezes. Ele só começou a cumprir os vinte anos há um ano e meio.

— Já fica um pouco mais fácil — ele disse. — Pelo menos tem uma chance de alguém lembrar quem ele era.

Pedi a conta. Enquanto deixava a gorjeta, TJ disse:

— Estava pensando nesses caras do clube. Por que é que é esquisito que a metade morreu depois de trinta anos? É isso mesmo, trinta anos?

— Uns trinta e dois, para ser mais exato.

— Trinta e dois anos — ele disse. — Lá na rua 42 não dava para começar um clube desses, não. Que trinta e dois anos que nada, cara. Bobeou e não tinha mais ninguém para fazer a reunião. Quem não tinha apagado ia estar em cana porque apagou os outros. — Tirou um boné preto do Raiders do bolso traseiro da bermuda, enfiou o cabelo para dentro, conferiu o reflexo no espelho. — Um grupo de caras que eu conhecia, faz quatro, cinco anos, a metade está tudo morto. Não levou trinta e dois anos, não. Morrer deve ser fácil, quando eu penso nos caras que aprenderam rapidinho como é que faz.

— Tente aprender bem devagar — eu disse.

— Ah, estou tentando. Estou fazendo o melhor que posso.

11

Tirei a tarde de folga e fui ver um filme na rua 23, depois caminhei a pé na direção do Village. Passei em frente do prédio de apartamentos que fora construído no lugar onde ficava o Cunningham's e pelo edifício de pedra onde Carl Uhl fora assassinado. Cheguei à rua Perry a tempo para a reunião das quatro horas e fiquei no fundo, com um café comprado na doceira da esquina.

Quem abriu a reunião falou de como o álcool tinha sido amigo e como depois se voltara contra ele.

— No fim — ele disse —, não funcionava mais. Nada mais funcionava. Nada me relaxava, nem quando eu apagava.

Enquanto esperava o ônibus na rua Hudson, a vitrine de uma floricultura me chamou a atenção. Pedi para embrulharem uma dúzia de íris holandesas, fui de ônibus até a 54 e andei o restante até a loja de Elaine.

— São lindas — ela disse. — Mas a que se deve isso?

— Era para ser um brilhante, se não fosse o pão-durismo do cliente na hora da gratificação.

— Que gratificação?

— Pela foto que tiramos no Wallbanger's.

— Ai, Deus. Que noite mais louca, aquela. Quantos bares como aquele haverá na cidade, me pergunto, com mulheres e homens crescidos se grudando na parede?

— Eu sei de um na rua Washington — eu disse a ela —, onde eles se grudam na parede, mas não usam velcro.

— O que eles usam, Colatudo?

— Algemas, grilhões.

— Ah, eu acho que sei de que lugar está falando. Mas eles não tiveram que fechar?

— Abriram de novo com outro nome.

— É só de homens, agora? Ou ainda é misto?

— Misto. Por quê?

— Não sei. Ninguém é obrigado a participar, é?

— Ninguém é obrigado nem sequer a entrar.

— Não, quer dizer, a gente pode ficar só olhando, não pode?

— Por que está perguntando?

— Eu sei lá. Quem sabe esteja interessada.

— É?

— Bom, olha como nós nos divertimos no Grande Prêmio Velcro, lá em Queens. Pode ser ainda mais gozado ver os pervertidos.

— Talvez.

— Pelo menos me daria uma chance de finalmente usar aquela roupa de couro que eu não tinha nada que ter comprado.

— Ah, então é por isso que você quer ir. Não é pelo sexo, é por uma questão de moda. Mas você até que tem razão, é a roupa perfeita para a dominadora bem vestida. Mas e eu, o que usaria?

— Conhecendo você, provavelmente aquele seu terno xadrezinho cinza. Na verdade, você ia ficar um tesão de calça jeans e uma camiseta preta.

— Eu não tenho camiseta preta.

— Eu compro uma para você. Eu compraria até uma regata preta, se você usasse, mas você usaria?

— Não.

— Foi o que pensei. Deixa eu pôr essas flores na água, depois a gente fecha e vamos a pé para casa. A menos que as flores sejam para o apartamento.

— Não, eu achei que ficariam bem aqui.

— Tem razão, e eu tenho um vaso do tamanho certinho. Olha só, não ficaram bonitas? Vamos dar uma passada no coreano e comprar umas coisas para salada, eu faço uma massa, uma salada, e a gente janta na cozinha. Que tal?

Eu disse que me parecia excelente.

Depois do jantar, abri o envelope que tinha carregado o dia inteiro e peguei as referências de crédito da TRW, junto com a carta de recomendação que Wally ditara ao cliente. Elaine foi para a outra sala ver *Jeopardy* e eu dei uma espiada no que praticamente qualquer pessoa com alguns dólares sobrando no bolso poderia descobrir sobre a situação financeira e os hábitos de cumprimento das obrigações dos catorze sócios vivos do clube dos trinta e um.

Já dera uma espiada na pilha quase toda quando Elaine me levou uma xícara de café e a informação de que nenhum dos três competidores soubera responder que Benjamin Harrison era neto de William Henry Harrison.

— Nem eu — admiti. — Qual era a categoria, Caras Chamados Harrison?

— Presidentes da República.

— Ah, William Henry Harrison. Batalha de Tippecanoe? — Ela fez que sim com a cabeça. — E Tyler, também. Estou lembrando de tudo agora. Ele morreu, não é?

— Não, Sherlock. Ele foi eleito presidente em 1840, o que é que você esperava dele? O que é isso? — Pegou a carta do cliente e leu-a inteira. — Isto é excelente — ela disse. — Foi o Wally quem ditou?

— É o que ele diz.

— Está perfeita, não acha? Você devia criar o hábito de pegar uma dessas sempre que um cliente disser que você fez um trabalho incrível.

— É, acho que sim.

— Seu entusiasmo é contagiante.

— Eu devia mandar emoldurar e pendurar na parede do escritório — falei —, se algum dia montar um escritório. E podia juntar uma cópia no portfólio que mostrar aos clientes em potencial.

— Se algum dia você montar um portfólio.

— Certo.

— Mas você não sabe se quer isso tudo.

O café estava quente demais para beber. Soprei para esfriá-lo.

— Já estava na hora de eu tirar a bunda da cadeira, você não acha? Já faz vinte anos que saí da polícia.

— Você estava ocupado se acabando na bebida. Lembra-se?

— Nitidamente.

— Depois estava largando o álcool.

— E agora estou a seco há tanto tempo que sou um verdadeiro perigo de incêndio, como dizem por aí, e que foi que eu fiz da minha vida? — Dei uma batida para ajeitar o maço de relatórios de crédito. — Eis aqui um grupo de sujeitos da minha idade, e eles têm família, uma carreira, são donos da casa onde moram e a maioria podia se aposentar amanhã, se quisesse. E eu, o que é que eu tenho, em comparação?

— Bom, entre outras coisas você está vivo. Mais da metade desses homens estão mortos.

— Estou falando dos vivos. De qualquer modo, não tem ninguém tentando me matar.

— É mesmo? Eu sei de um sujeito que de vez em quando pensa seriamente nisso. Se esqueceu como é a cara dele, olhe no espelho.

— Entendi o recado.

— E vê se você se dá algum valor, tá? Desde o dia em que você deixou a polícia, conseguiu ganhar a vida.

— Que vida...

— Alguma vez teve que recorrer à Previdência Social? Alguma vez ficou sem comer ou teve que dormir no parque? Já arrombou carros na rua para roubar o rádio? Não me lembro de ter visto você na rua com um copinho de papel, pedindo uns trocados. Será que perdi algum trecho?

— Eu me virei.

— Você ganhou a vida — ela disse —, trabalhando naquilo em que você é melhor, e nem foi atrás de nada. As coisas vieram até você.

— O detetive zen.

— E agora está com cinqüenta e cinco anos e acha que devia ser um homem com mais substância. Você se virou durante vinte anos sem uma licença de investigador particular, mas agora acha que precisa de uma. De um jeito ou de outro os clientes sempre conseguiram chegar até você, mesmo trabalhando num quarto de hotel, mas agora você acha que precisa de um escritório. Olha, se você quer tudo isso, maravilha. Pode alugar um escritório num bom prédio, mandar imprimir papéis timbrados, folhetos promocionais e sair atrás das firmas de advocacia e das empresas. Se é isso que você quer, dou força até o fim. Eu tomo conta do escritório, se você quiser.

— Você tem uma loja para cuidar.

— Posso contratar um assistente. Todo dia aparece alguém perguntando se não estou precisando de ajuda, e muita gente é muito mais bem qualificada do que eu para administrar aquilo. Ou eu podia fechar a loja.

— Não seja ridícula.

— O que é que tem de ridículo? É um passatempo, alguma coisa para me impedir de enlouquecer.

— Quando eu passei por lá, esta tarde, fiquei espantado, olhando da vitrine, de ver o que você conseguiu fazer.

— Vai, não brinca.

— Estou falando sério. Você conseguiu fazer algo do nada. Pegou uma loja vazia e todos os objetos de arte que colecionou nesses anos, e acrescentou mais umas coisas cuja beleza ninguém enxergava até você lhes mostrar.

— Minhas obras-primas do brique.

— E as coisas de Ray, pelo amor de Deus. Ele nada mais era do que um policial com uma habilidade útil, até que você fez com que ele percebesse que era um artista.

— E é exatamente o que ele é.

— E você juntou todas as pontas. Fez a coisa funcionar. Juro que não sei como você conseguiu.

— Bom, eu tenho me divertido — ela admitiu. — Mas não sei se algum dia vai dar lucro. Felizmente, não precisa.

— Porque você é uma rica senhora.

Elaine tem propriedades em Queens, administradas por uma empresa que cuida desse tipo de coisa. Todo mês ela recebe um cheque.

— Isso é parte da coisa, não é? — ela perguntou.

— Parte de que coisa?

— Eu tenho algum dinheiro guardado. E você não.

— Ambas as afirmações são verdadeiras.

— E estamos morando num apartamento que eu paguei.

— Também é verdade.

— O que significa que você deveria ter uma carreira mais substancial para ficarmos em pé de igualdade.

— Você acha que é isso?

— Eu não sei. É?

Pensei no assunto.

— É provavelmente um fator — admiti. — Mas na verdade me faz dar uma boa olhada para mim mesmo e ver um sujeito que não conseguiu lá grande coisa.

— Você tem alguns ex-clientes que discordariam disso, sabia? Talvez eles não possam lhe dar uma recomendação toda chique em papel timbrado de empresa, mas significam muito mais do que ter ajudado algum fabricante de móveis vagabundos de jardim a evitar um processo. Veja a diferença que você provocou na vida das pessoas.

— Mas não fiz muita coisa para mim mesmo, fiz? — Sacudi o maço de referências de crédito. — Estava lendo isto aqui e imaginando o que aquele pessoal maravilhoso da TRW teria a dizer sobre mim.

— Você paga suas contas.

— Pago, mas...

— Você quer a licença, o escritório e todo o resto? Você é quem sabe, meu bem. Realmente, você é quem sabe.

— Bom, é ridículo não ter a licença. Já houve trabalhos que eu não pude pegar porque não tinha a licença.

— E o escritório respeitável e o bando de assistentes e seguranças que você teria que ter?

— Não sei.

— Acho que não é isso que você quer. O que eu acho é que você acredita que deveria querer, mas não quer, e é isso que enerva. Mas a escolha é sua.

Voltei ao maço de relatórios de crédito. Era um trabalho vagaroso, porque eu não sabia o que estava procurando. Minha esperança era reconhecer quando visse.

Douglas Pomeroy. Robert Ripley. William Ludgate. Lowell Hunter. Avery Davis. Brian O'Hara. John Gerard Billings. Robert Berk. Kendall McGarry. John Youngdahl. Richard Bazerian. Gordon Walser. Raymond Gruliow. Lewis Hildebrand.

Eu conhecia a cara de alguns. Tinha visto Gerry Billings na televisão, falando sobre frentes frias e ameaças de chuva. Nos jornais da biblioteca onde fiz a pesquisa vira fotos de Gordon Walser (com dois sócios, comemorando a inauguração de sua própria agência de publicidade) e de Rick Bazerian (com dois astros punk que tinham acabado de assinar contrato com o selo de sua gravadora de discos). E claro que Avery Davis eu via em fotografias de jornal fazia anos.

Estivera algumas vezes na mesma sala que Ray Gruliow, se bem que nunca tivéssemos sido apresentados. E conhecia Lewis Hildebrand, meu cliente.

Porém tinha a impressão de que seria capaz de reproduzir a fisionomia de todos eles, sem o menor problema, inclusive dos que eu nunca vira na vida. Enquanto lia os nomes e repassava os relatórios de crédito, eu insistia em ver as imagens. Eu os vi em bairros ajardinados, atrás de cortadores elétricos, aparando seus gramados, eu os vi de terno e gravata, observei-os curvando-se para apanhar crianças pequenas e erguê-las para o alto. Imaginei-os no campo de golfe, em seguida os vi com um drinque no bar do clube, depois de terem tomado banho e trocado de roupa, bebendo uísque com club soda, digamos, num copo alto, suado de gelo.

Podia vê-los trajando ternos bem cortados, saindo de casa de madrugada, voltando ao entardecer. Podia vê-los de pé nas plataformas com seus jornais, à espera do trem para Long Island ou do Metro North. Podia vê-los caminhando resolutos por uma calçada do centro de Manhattan, carregando pastas com fechos de bronze, a caminho de alguma reunião de negócios.

Podia vê-los na ópera, ou no balé, as mulheres muito bem vestidas, com jóias, elas próprias esplendorosas e um pouco constrangidas em traje a rigor. Podia imaginá-los navegando num cruzeiro, visitando os parques nacionais, dando um churrasco.

Era tolice, porque não sabia sequer que aparência tinham. Mas podia vê-los.

— Vou dar mais um dia ou dois — eu disse a Elaine — e depois vou ligar para Lewis Hildebrand e dizer-lhe que tudo não passa de uma anomalia estatística. O grupo dele está tendo um alto índice de mortalidade e um número inusitado de homicídios, mas isso não significa que tem alguém acabando com eles, um por um.

— Obteve tudo isso de um punhado de referências de crédito?

— O que eu obtive — respondi —, foi um retrato de catorze vidas muito corretas. Não estou dizendo que esses homens não tenham seu lado obscuro. A probabilidade é que um ou dois bebam demais, ou percam muito dinheiro em apostas, ou façam algo que eles não gostariam que os vizinhos soubessem. Quem sabe esse aqui dá uns tabefes na mulher, pode ser que esse outro não possa ver um rabo-de-saia. Mas há uma certa estabilidade em todas essas vidas que não se encaixa no perfil de um assassino em série.

— Se ele vem fazendo isso há tanto tempo — Elaine disse —, deve ter uma disciplina fora do comum.

— E paciência, além de organização. Sem a menor sombra de dúvida. Mas haveria um certo caos em sua vida. Ele estaria equilibrando as coisas mas não sem um bocado de recuos, de substituições, uma porção de novos começos e consertos. Eu esperava ver um monte de mudanças de emprego, muito deslocamento geográfico. É praticamente inconcebível que ele tivesse permanecido casado com a mesma pessoa por um período considerável de tempo, por exemplo.

— E todos conseguiram isso?

— Não, houve alguns divórcios. Mas os que se divorciaram demonstram um padrão consistente de estabilidade profissional. Não tem absolutamente ninguém em todo o grupo que se assemelhe, mesmo vagamente, ao tipo irresponsável que com quase toda a certeza ele teria que ser para conseguir fazer o estrago que fez.

— Quer dizer que não é ninguém do grupo.

— E quem poderia ser, de fora do grupo? Ninguém mais sabe que essa gente existe. Eu contei para você que fui ver a viúva de Fred Karp. Eles estavam casados havia coisa de vinte e cinco anos. Ela sabia que ele jantava com alguns amigos uma vez por ano, mas achava que eram amigos de uma agremiação dos tempos da Faculdade do Brooklyn. E não sabia o nome de nenhum deles.

— Ela também disse que não acreditava que o marido pudesse ter se matado.

— Bom, os sobreviventes sempre dizem isso a respeito dos suicidas. Se você sobe numa torre e mata vinte pessoas, os vizinhos sempre dizem para a imprensa que você era um rapaz muito sossegado e bonzinho. Se você se mata, dizem que você tinha tudo pelo que viver.

— Quer dizer que acha que ele se matou mesmo?

— Eu acho que está começando a parecer que sim.

— Pensei que tivesse dito que os suicídios poderiam ter sido forjados.

— A maioria dos suicídios pode ser forjada — expliquei. — Tem exceções, claro, feito aquele pobre coitado que se matou num programa de televisão ao vivo, com a câmera gravando.

— Ainda bem que esse eu perdi.

— Mas, mesmo que a maioria dos suicídios possa ser forjada — continuei —, isso não quer dizer que sejam. A maioria é exatamente o que parece ser. Assim como a maioria dos acidentes.

— Você acha que a Comissão Warren acertou?

— Meu Deus, e isso saiu de onde?

— Da área esquerda. Estava só pensando. Você acha?

— Acho que chegaram bem mais perto da verdade do que Oliver Stone. Por quê? Acha que sou muito rápido para acreditar no que eu quero?

— Eu não disse nada disso.

— Bom, mas é uma possibilidade, você falando ou não. A mim está parecendo que andei dando um duro danado para provar que alguém está de fato acabando com eles e que estou relutantemente chegando à conclusão de que o verdadeiro vilão do caso é a nossa velha amiga Coincidência. Mas talvez fosse essa a conclusão a que eu queria chegar o tempo todo. Eu não sei.

— A mim parece — disse ela — que você está atribuindo significado demais a boas referências de crédito.

— Não se trata apenas de eu me sentir inclinado a recomendar esses caras para um MasterCard. É que todo o estilo de vida que vai junto, toda...

— Eu sei. Você olha para esses cadastros da TRW e tudo que vê é uma grande tela de Norman Rockwell. Eles são o Sonho Americano, não são?

— Desconfio que sim.

— E você se sente excluído porque não pode ter essa vida, e mais excluído ainda porque você nem quer ter essa vida. Em grande parte é isso, não é, Matt?

O telefone tocou.

— Salvo pelo gongo — disse ela, sorrindo e estendendo a mão para atender. — Alô. Quem é que quer falar? Um minutinho, vou ver se ele pode atender. — Cobriu o fone com a mão. — Raymond Gruliow — ela disse.

— É?

Peguei o telefone da mão dela e disse alô.

— Senhor Scudder, aqui é Ray Gruliow. Eu acho que devíamos conversar, não acha?

A voz era a dele, sem dúvida, forte, rascante, um instrumento que manejava como um florete. Eu a tinha ouvido pela última vez num noticiário de televisão. Ele fazia uma preleção a um bando de repórteres a respeito dos efeitos insidiosos que o racismo institucionalizado tivera sobre seu cliente, Warren Madison. Madison, pelo que me lembro, tinha sido tamanha vítima do racismo que traficara drogas, cometera assaltos, assassinara outros traficantes e atirara em seis policiais que apareceram na casa da mãe dele para prendê-lo.

— Acho que sim — eu disse.

— Tenho uma audiência programada para amanhã de manhã. Como está na parte da tarde? Digamos lá pelas quatro.

— Às quatro está ótimo.

— Quer dar um pulo até minha casa? Moro na rua Commerce, sabe onde é?

— Eu conheço a rua Commerce.

— Mas é claro que sim. Trabalhou na Sexta Delegacia, não foi? Moro no número 49, bem em frente do teatro Cherry Lane.

— Eu me acho — respondi. — Quatro da tarde? Até mais, então.

— Estou aguardando ansioso — disse ele.

— Quatro da tarde, amanhã — falei para Elaine —, e ele está aguardando ansioso. O que será que ele está querendo?

— Talvez não tenha nenhuma relação com o caso em que está trabalhando. Talvez queira contratar você como investigador.

— Ah, claro. Ele ficou sabendo que eu acertei na mosca com aquele servicinho do Acrobata do Velcro e agora quer me pôr na equipe dele.

— Talvez ele queira confessar.

— É isso. "Hard-Way" Ray Gruliow, com sua casa na rua Commerce e suas palestras de vinte mil dólares. Ele andou matando os velhos amigos nos últimos vinte anos e agora quer minha ajuda para se entregar.

12

A rua Commerce tem só dois quarteirões. Ela faz um ângulo a sudoeste com a Sétima Avenida, um quarteirão para baixo da Bleecker, e corre paralela à rua Barrow. O primeiro quarteirão é todo uniforme, com palacetes de tijolo aparente de três andares, no estilo federal, do comecinho do século XIX. A maioria é residencial, mas alguns têm inquilinos comerciais no primeiro andar. Uma das janelas mostra uma placa de advogado, com uma segunda placa combinando pendurada bem embaixo da primeira. TAMBÉM LIDO COM ANTIGÜIDADES, é o que diz, e há objetos antigos e colecionáveis na janela. Dois casarões abaixo há um restaurante macrobiótico que tem no cardápio pratos com tofu, *seitan* e algas marinhas. As outras coisas com que porventura lidem não estão escritas.

O segundo quarteirão da Commerce, do outro lado da Bedford, é mais misturado, arquitetonicamente. Construções de diferentes alturas, formas e estilos estão aglomeradas como passageiros num vagão de metrô em horário de pico. A rua, como se tivesse ficado confusa com essa mudança de personalidade, dá uma guinada repentina para a direita e desemboca na rua Barrow, onde se dá por vencida.

O teatro Cherry Lane fica no meio do quarteirão, um pouco antes da súbita mudança de rumo. O palacete de Raymond Gruliow, com quatro andares de altura e dois janelões de frente, fica do outro lado da rua, ladeado por duas casas mais baixas e mais largas. Subi meio lance de escadas. Havia uma pesada aldrava de bronze na porta, em forma de cabeça de leão, e já estava com a mão nela quando vi o botão embutido da campainha. Apertei o botão em vez de bater, mas, se uma sineta ou campainha tocou lá dentro, não passou som nenhum pela pesada porta de madeira. Estava pronto para tentar a aldrava quando a porta se abriu. Gruliow atendeu ele mesmo.

Era um homem alto, por volta de um metro e noventa, magro como um caniço. O cabelo, outrora preto, era agora de um cinza-metálico e ele o deixara crescer; cascateava pelo colarinho e pousava em pequenos anéis sobre os ombros. Os anos trabalharam aquelas feições como se fossem a pena de um chargista, encompridando o nariz, acentuando a crista ossuda da testa, escavando as bochechas, puxando o queixo para a frente. Ele me examinou com um olhar penetrante, depois a fisionomia se abriu num sorriso, como se estivesse contente de verdade por me ver, como se alguém tivesse pregado uma peça cósmica no mundo e nós dois fizéssemos parte dela.

— Matthew Scudder — disse ele. — Bem-vindo, bem-vindo. Eu sou Ray Gruliow.

Levou-me para dentro, pedindo desculpas pelo estado da casa. A mim ela pareceu em ordem, ainda que marcada por um nível confortável de desordem — livros transbordando das estantes embutidas, acumulados no chão, uma pilha de revistas ao lado de uma poltrona fartamente estofada, do tipo cadeira de clube, um paletó dobrado sobre o encosto de um sofá vitoriano. Estava com a calça do terno, uma camisa branca desabotoada no colarinho e as mangas arregaçadas. E usava sandálias, um par de Birkenstock, meio incompatíveis com as meias pretas que iam bem com o terno escuro de risca de giz.

— Minha mulher está em Sag Harbor — explicou. — Vou para lá amanhã à tarde, volto a tempo de ir para o tribunal na segunda de manhã. A menos que eu ligue para ela e diga que tenho muito trabalho aqui. E pode ser que eu faça justamente isso. Qual é o sentido de sair correndo da cidade no fim de semana, depois voltar correndo de novo? Será que acham que isso relaxa?

— Tem gente que faz isso o tempo todo.

— Tem gente que participa de competições para empurrar caminhão — ele disse. — Alguns vendem cotas da Amway para os amigos. Algumas pessoas acreditam que a Terra é uma esfera oca com toda uma civilização vivendo dentro da crosta. — Sacudiu os ombros, com eloqüência. — Tem gente que vive se casando. Você é casado, Matt?

— Praticamente.

— "Praticamente." Gostei. Tudo bem chamá-lo de Matt? — Respondi que sim. — E me chame de Ray. "Praticamente." Desconfio que isso significa morar junto. Bom, você é um detetive particular sem licença, por que não seria um marido sem licença? Presumo que já tenha sido casado antes.

— Uma vez, sim.

— Filhos?

— Dois filhos.

— Crescidos agora, eu suponho.

— Sim.

— Eu me casei três vezes — ele disse — e tive filhos com todas as três. Estou com sessenta e quatro anos e tenho uma filha que completou dois anos em março. E ela tem um irmão que vai fazer quarenta no mês que vem. Um irmão com idade suficiente para ser avô dela. Pelo amor de Deus, tenho três gerações de famílias. — Sacudiu a cabeça diante do espanto de tudo aquilo. — Vou estar com oitenta anos e ainda bancando filho na faculdade.

— Dizem que isso mantém a pessoa jovem.

— Autodefesa — ele disse. — Acho que já é tarde o bastante para um drinque. O que gostaria de tomar?

— Club soda puro, por favor.

— Serve Perrier?

Eu disse que servia. Ele preparou as bebidas num aparador da sala de jantar, enchendo dois copos com água Perrier e acrescentando uísque irlandês no seu. Reconheci pela garrafa: era JJ&S, o melhor dos Jameson, *premium label.* A única outra pessoa que eu conheço que toma esse uísque é um criminoso de carreira que tem um bilhar em Hell's Kitchen, e ele teria empalidecido com a idéia de diluí-lo com club soda.

Na sala da frente, Gruliow entregou-me o copo, abriu espaço numa poltrona para mim, sentou-se no sofá, com as longas pernas estendidas para a frente e falou:

— Matthew Scudder. Quando ouvi seu nome, outro dia, não me era inteiramente desconhecido. Na verdade estou surpreso que nossos caminhos não tenham se cruzado nesses anos todos.

— Para falar a verdade — eu disse —, eles se cruzaram.

— É? Não me diga que eu o pus no banco das testemunhas. Eu vivo dizendo que jamais me esqueço de uma testemunha hostil.

— Nunca fui chamado a testemunhar em nenhum de seus casos. Mas já o vi no prédio do Fórum Criminal e em vários restaurantes da região, no Ronzini's, na rua Reade, e num bistrô francês em Park Row que não existe mais. Não me lembro do nome.

— Nem eu, mas sei qual é o lugar.

— E há muitos anos — continuei — você estava na mesa ao lado, num boteco que ficava aberto depois do horário oficial, bem a oeste da rua 52.

— Minha nossa. No andar de cima de um teatro experimental irlandês, com prédios incendiados dos dois lados e um terreno baldio cheio de entulho do outro lado da rua?

— É esse mesmo.

— Era de três irmãos — lembrou ele. — Como era mesmo o nome deles? Eu fico querendo dizer Morrison, mas não é esse.

— Morrissey.

— Morrissey! Eles eram terríveis, barba ruiva até o meio do peito, uns olhos azuis gelados que sugeriam morte repentina. Segundo os boatos, estavam ligados ao IRA.

— Era o que todo mundo dizia.

— Morrissey's. Eu tinha esquecido completamente desse bar. Acho que não fui lá mais do que duas ou três vezes. E imagino que já devia estar sempre muito bem calibrado quando entrava lá.

— Bom, houve uma época em que eu freqüentava muito

o Morrissey's — eu disse —, e todos já chegavam bem calibrados. Mas todo mundo se comportava, os três irmãos se encarregavam dessa parte. Claro que, olhando em volta, ninguém ia achar que estava numa festinha no jardim da igreja metodista.

— Isso deve fazer uns vinte anos.

— Por aí.

— Você ainda era da polícia?

— Não, mas não fazia muito tempo que tinha saído. Eu me mudei para o bairro e bebia nos bares das redondezas, a maioria deles já não existe mais. E nas noites em que estava todo mundo pronto para ir embora antes que eu, sempre havia o Morrissey's.

— Havia uma coisa muito libertadora em beber depois do horário de fechamento — ele disse. — Nossa, eu bebia bem mais naquele tempo do que bebo agora. Hoje em dia um drinque a mais me deixa com sono. Na época era combustível, eu funcionava dia e noite com aquilo.

— Foi lá que aprendeu a tomar uísque irlandês?

Ele fez que não com a cabeça.

— Você conhece aquela velha fórmula do sucesso? "*Dress British, think Yiddish*", vista-se como inglês e pense em iídiche? Bom, estraga a rima, mas eu acrescentaria "*drink Irish*" e "*eat Italian*", beba irlandês e coma italiano, e esses dois princípios eu aprendi aqui mesmo em Greenwich Village. Aprendi a tomar uísque irlandês no White Horse e no Lion's Head, e quase aqui em frente, do outro lado da rua, no Blue Mill. Você chegou a conhecer o Blue Mill quando trabalhava na Sexta?

— A comida não era lá grande coisa.

— Não, horrível. Legumes direto da lata, e de latas amassadas, ainda por cima, mas lá você comia um bife pela metade do preço de qualquer outro lugar, e com uma boa faca até dava para cortar — ele riu. — Era um lugar fantasticamente gostoso para sentar com os amigos e ficar bebendo até a hora de fechar. Agora mudou o nome para Grange, a comida é muito melhor, e não se pode mais dar um pulo lá para tomar um drinque sossegado porque ninguém escuta ninguém ali dentro. Os fregueses são todos da idade da minha mulher ou mais jovens e, santo Deus, como são barulhentos.

— Parece que eles gostam de barulho — eu disse.

— Deve dar alguma coisa neles, mas eu nunca consegui descobrir o quê. Para mim, só serve para dar dor de cabeça.

— Eu sou igual.

— Escuta só a gente — falou ele. — Dois velhos chatos. Você é muito mais novo que eu. Está com cinqüenta e cinco, certo?

— Suponho que esteja estampado pela cara e pelo corpo todo.

Ele me olhou nos olhos e disse:

— Tomei a iniciativa de saber um pouco a seu respeito. Isso não há de surpreendê-lo. Imagino que tenha feito o mesmo.

— Seu crédito na praça é bom.

— Ótimo, já tira mais um peso da minha cabeça.

— E você tem sessenta e quatro anos.

— Eu mencionei isso alguns minutos atrás, não foi? Não que minha idade esteja no arquivo das informações altamente sigilosas. — Recostou-se, com um dos braços estendidos no dorso do sofá. — Eu era o segundo sócio mais velho do clube dos trinta e um. Sem contar Homer, claro. Estou falando de Homer Champney, foi ele quem fundou nosso grupo.

— Eu sei.

— Na época eu tinha trinta e dois anos, trabalhava para o serviço de assistência jurídica e andava pensando em me associar aos Democratas Independentes do Village, queria tentar carreira na política. O problema é que eu descobri que os democratas reformistas eram ainda mais odiosos que os regulares. A velha panelinha dos medíocres era uma grande merda, mas pelo menos eles sabiam disso. Os reformistas sempre foram uns porqueirinhas santarrões. Quem sabe, se eu tivesse aprendido a agüentá-los, poderia ter virado um Ed Koch.

— Eis aí uma possibilidade.

— Frank DiGiulio era uns dez meses mais velho que eu. Eu mal o conhecia, mas gostava dele. Tinha um rosto que parecia uma moeda romana antiga. Ele morreu, você sabe.

— Em setembro passado.

— Vi a nota de falecimento no *Times*. Essa é a primeira página que eu leio hoje em dia.

— Eu também.

— Essa é minha definição da meia-idade. Ela começa no dia em que você apanha o jornal de manhã e vai direto aos obituários. Quando Frank caiu morto, eu pensei comigo mesmo: "Bom, Gruliow, você está de pé, ponto". — Franziu a testa. — Como se eu fosse ser o próximo. Mas foi Alan Watson. Sujeito decente, muito correto, morto a punhaladas por um relógio e pela carteira. Ninguém espera uma coisa dessas em Forest Hills.

— Evidentemente eles andam tendo mais crimes de rua, ultimamente. Foi um segurança particular que o encontrou, e ninguém contrata uma patrulha de seguranças particulares sem necessidade.

— Sinal dos tempos — disse Gruliow. — Logo mais estarão por toda parte. — Olhou para o copo de uísque com água. — Recebi um telefonema de Felicia Karp. Não tinha a menor idéia de quem fosse, mesmo quando me disse que era a viúva de Fred Karp eu continuei no ar. Fred Karp? E quem era esse Fred Karp? Um advogado, um bandido, um radical? Lembra, era um sujeito que costumava encontrar uma vez por ano, num jantar, e aí três anos atrás parou de vê-lo porque ele pulou da janela do escritório. Depois que me situei, ela contou que tinha recebido a visita de um detetive e que o camarada lhe dissera que havia uma possibilidade de que seu marido não tivesse cometido suicídio, no fim das contas, e sim que tivesse sido assassinado. E ela viu meu nome na lista de uma espécie de clube, era o único nome que reconhecera, por isso me ligou na esperança de que eu pudesse esclarecer um pouco a situação.

— E...

— Eu fiz o que pude para esconder minha própria ignorância, que naquele momento era total, e disse a ela que ia ver o que conseguiria descobrir. Fiz os telefonemas óbvios e, quando achei que sabia o suficiente sobre você, liguei para sua casa eu mesmo. — Ele sorriu, simpaticamente. — E cá está você.

— E cá estou eu.

— Quem é seu cliente?

— Não posso lhe dizer isso.

— Você não é um advogado, sabia? Isso não é informação confidencial.

— E nós não estamos em tribunal.

— Não, claro que não. Sou obrigado a presumir que o cliente seja um dos sócios sobreviventes. A menos que tenha sido contratado por uma viúva ou algum outro sobrevivente. — Gruliow me observava enquanto falava. — Você não vai dizer nada — comentou após uns instantes.

— Meu cliente talvez esteja disposto a lhe dizer quem ele é. Mas eu teria que consultá-lo antes.

— "Meu, ele." Então não pode ser uma viúva, não com esses pronomes. Embora você deva ser um homem capaz de muita sutileza, Matt. Estou certo?

— Não muita.

— Será mesmo? De todo modo, é quase certo que teria que ser um dos sócios, não é mesmo? Quem mais saberia os nomes de todos nós? Embora eu ache muito provável que alguns de nós tenham falado abertamente sobre o clube com as mulheres. — Um sorriso, dessa vez um pouco mais enfezado com o canto da boca. — As primeiras mulheres. Se o primeiro divórcio não ensina muita coisa, pelo menos ensina a ser discreto.

— Tem alguma importância quem me contratou?

— Provavelmente não. Eu gosto de saber tudo a respeito das pessoas, jurados, testemunhas, o advogado da outra parte. A preparação é tudo, sabia? A encenação em tribunal pode ser o maior sucesso de bilheteria no circuito das conferências, mas é a preparação antes do julgamento que ganha as causas. E eu gosto de ganhar causas.

Perguntou se eu queria mais Perrier. Respondi que não.

— Bom, e qual é seu palpite, Matt? Tem alguém assassinando a gente? Ou isso também é confidencial?

— O clube teve um bocado de mortes.

— Eu não preciso de um detetive para me dizer isso.

— Vários assassinatos, vários suicídios, alguns acidentes que podem ter sido planejados. De modo que parece haver mais do que mera coincidência no meio.

— Parece.

— Mas é impossível. O assassino teria que ser um de vocês, isso é quase certo, e não há nenhum motivo, nenhum incentivo financeiro, pelo menos não que eu saiba. Ou será que estou por fora de alguma coisa?

— Não — respondeu ele. — Houve um papo, no início, de reservar uma caixa de Bordeaux francês, dos bons, para o último homem tomar. Mas decidimos que, fosse quem fosse, o último já estaria velho demais para aproveitar o vinho. Além do mais, pareceu meio inadequado, até meio frívolo.

— Quer dizer que o assassino teria que ser louco — eu disse. — Mas não louco repentino, de impulso, porque se houver mesmo um assassino, ele está agindo há anos. Teria que ser louco a longo prazo, e todos vocês, os catorze sobreviventes, parecem levar uma vida saudável e estabilizada.

— Ah! Eu tenho duas ex-mulheres que lhe dariam motivos para revisar esse ponto e sei de um punhado de gente que não hesitaria em lhe dizer que não bato bem. Quem sabe sou eu o assassino.

— Você é?

— Como é que é?

— Você é o assassino? Foi você que matou Watson, Cloonan e os outros todos?

— Meu Deus, que pergunta. Não, claro que não.

— Bom, uma preocupação a menos na minha cabeça.

— Estou entre os suspeitos?

— Eu não tenho nenhum suspeito.

— Mas você acha mesmo...

— Que pode ser você? Não faço idéia. Por isso perguntei.

— E acha que eu teria lhe dito?

— Pode ser que sim — respondi. — Coisas mais esquisitas já aconteceram antes.

— Jesus.

— O que me ensinaram a fazer foi perguntar tudo, mesmo as perguntas mais idiotas. Nunca se sabe o que uma pessoa pode decidir contar.

— Interessante. Num julgamento, é exatamente o contrário. Há um princípio básico: você jamais faz uma pergunta para a testemunha a menos que já saiba qual é a resposta.

— Parece meio difícil ficar sabendo qualquer coisa desse jeito.

— Instruir — ele disse — não é o objetivo em tribunal. Vou tomar mais um drinque. Quer outro?

Deixei que completasse minha água Perrier.

— Vou lhe dizer uma coisa. Fiquei muito surpreso de ver seu nome na lista de sócios — eu disse a ele.

— É?

— Me pareceu um grupo meio inusitado para você.

Ele deu uma risada.

— Eu diria que é um clube inusitado para qualquer pessoa. Uma celebração anual da mortalidade, santo Deus. Por que alguém haveria de querer se associar a uma coisa dessas?

— Por que se associou?

— É difícil lembrar. Eu era muito mais jovem, obviamente. Indefinido, pessoal e profissionalmente. Se a viúva de Karp, como é mesmo o nome dela, Felicia?

— É.

— Botar o nome de Felicia numa filha é provocar o mundo inteiro a chamá-la de Felação, não é mesmo? Se Felicia Karp tivesse visto meu nome numa lista, em 1961, não teria prestado a menor atenção. A menos que tivesse pensado que Gruliow era um erro tipográfico. Isso me acontecia muito no passado, sabe? As pessoas achavam que devia ser Grillo.

— Agora elas conhecem o nome.

— Não há dúvida. O nome, a cara, o cabelo, a voz, o humor sardônico. Todo mundo conhece "Hard-Way" Ray Gruliow. Bom, era o que eu queria. E é uma grande praga, sabe? "Que você obtenha aquilo que deseja." Uma coisa diabólica para desejar a um homem.

— O preço da fama.

— Não é tão mau assim. Eu consigo mesa nos restaurantes, gente desconhecida me cumprimenta na rua. Tem um café, na rua Bleecker, que deu meu nome a um sanduíche. Você vai lá e pede um Ray Gruliow e eles trazem uma daquelas misturas horrendas de fiambre com cebola crua e sabe lá o que mais.

O segundo drinque estava mais escuro que o primeiro e parecia estar sumindo mais rápido.

— Claro que não é só fiambre e cebola — ele emendou. — Às vezes eles quebram as janelas.

Meu olhar foi até a janela da frente.

— Substituída. Isso é plástico de alto impacto. Parece vidro, exceto quando a luz bate em cheio, mas não é. Supostamente é à prova de balas. Não estou falando das saraivadas de alta velocidade, essas nem concreto resolve, mas supostamente basta para um balaço mediano. Da última vez foi um tiro de arma comum e me disseram que esse tipo de bala bate na minha nova janela e volta. Não chega nem a arranhar a superfície.

— A polícia nunca pegou o cara, não é mesmo?

— Você não acha que eles se esmeraram muito tentando, acha? Para mim, quem atirou era da polícia.

— E você provavelmente está certo.

— Foi logo depois que doze cidadãos patrióticos do Bronx concederam a Warren Madison absolvição por todos seus pecados e isso desceu mal pela goela de muito tira.

— E de alguns cidadãos comuns também.

— Inclusive da sua, Matt?

— O que eu acho não tem importância.

— Mas diga, assim mesmo.

— Por quê?

— Por que não?

— Eu acho que Warren Madison é um assassino filho da puta que devia passar o resto da vida numa cela.

— Então estamos de acordo.

Olhei para ele.

— Warren — disse ele — é o que alguns outros clientes meus caracterizariam como um rematado assassino. Eu diria que ele é um sociopata totalmente inescrupuloso e eu gostaria de vê-lo acabar seus dias como hóspede do estado de Nova York.

— Você fez a defesa dele.

— Não acha que ele tinha direito a defesa?

— Você conseguiu absolvê-lo.

— Não acha que ele tinha direito à melhor defesa possível?

— Você não se limitou a defendê-lo — continuei. — Você pôs toda a polícia nova-iorquina no banco dos réus. Você enfiou na cabeça dos jurados aquela história de Madison ser um informante da delegacia do Bronx e que, em troca disso, eles o deixavam transar drogas e inclusive lhe forneciam mercadoria confiscada de outros traficantes. Depois ficaram com medo de que ele abrisse o bico, se bem que só Deus sabe com quem ele iria abrir o bico, ou por que, e então os homens foram até a casa da mãe dele para assassiná-lo.

— Um cenário e tanto, você não achou?

— É ridículo.

— Você não acredita que a polícia usa informantes?

— Claro que usa. Eles não resolveriam nem a metade dos casos se não usassem.

— Você não acredita que eles deixam os informantes continuar no crime em troca da ajuda que fornecem?

— É parte da engrenagem.

— Você não acredita que a droga confiscada acaba encontrando o caminho de volta das ruas? Você não acredita que alguns policiais, tiras que já violaram a lei, são capazes de adotar medidas extremas para proteger o próprio rabo?

— Em certos casos, mas...

— Você tem certeza, mas certeza irrefutável, de que os tiras não foram à casa da mãe de Warren para tentar matá-lo?

— Certeza?

— Certeza irrefutável.

— Bom, não. Não tenho.

— Pois eu tenho — Gruliow disse. — Foi tudo conversa fiada. A polícia nunca o usou como informante. Eles não usariam Madison nem para limpar a bunda, e não posso dizer que os censuro por isso. Mas o júri acreditou.

— Você fez um belo trabalho vendendo seu peixe para eles.

— Não me incomodo de ficar com os créditos, mas não precisou de muita lábia. Porque eles queriam comprar. Eu tinha um corpo de jurados recheado de rostos negros e pardos e aquele cenário ridículo que eu inventei lhes pareceu perfeitamente plausível. No mundo em que vivem, a polícia apronta esse tipo de coisa o tempo todo, depois mente feito o diabo. Portanto por que haveriam de acreditar numa só palavra do testemunho dos policiais? Eles preferem acreditar numa outra coisa. Eu lhes dei uma alternativa aceitável.

— E pôs Warren Madison de volta nas ruas.

Ele me deu uma olhada, as sobrancelhas erguidas, os lábios à beira de um sorriso: era sua expressão patenteada de ceticismo decepcionado, que disparava em tribunal contra uma testemunha difícil e pelos corredores do Fórum aos repórteres que não cooperavam.

— Em primeiro lugar — ele disse —, você acredita, seriamente, que a qualidade de vida desta cidade vá melhorar grande coisa para todos nós se Warren Madison ou seja quem for ficar fora das ruas?

— Sim, mas um policial tem que acreditar nisso ou fica difícil sair para trabalhar de manhã.

— Você não é mais um policial.

— É como ser criado no catolicismo — eu disse. — Você nunca mais supera. E eu realmente acho que faz diferença, não tanto em termos das pessoas que provavelmente vão ser mortas por Madison, mas sim da mensagem que as pessoas recebem quando o vêem andando por aí, solto.

— Mas elas não vêem.

— Como não?

— Elas não estão vendo Madison andando por aí, solto, a menos que também estejam no presídio de segurança máxima de Green Haven. É lá que Warren está e é lá que provavelmente ainda vai estar muito depois que você e eu nos desinteressarmos do assunto. Lembra-se do que Torres disse quando condenou aquele garoto que esfaqueou um rapaz mórmon no metrô? "O funcionário encarregado de sua condicional ainda não nasceu." Pode-se dizer a mesma coisa de Warren. Ele matou aqueles traficantes de drogas e foi condenado e vai ficar atrás das grades enquanto viver.

— Você não conseguiu livrá-lo dessas acusações?

— Eu nunca nem tentei. Ele teve um outro advogado de defesa. E eu não teria pego o caso. Matar um traficante de drogas é assassinato por lucro e há muitos outros advogados que podem representar o acusado. Agora, mate um tira e você está fazendo uma afirmação política. É aí que um cara chamado Gruliow pode lhe ser de alguma serventia.

— Não sei por que, mas ninguém lembra que Madison foi para a cadeia.

— Claro que não. As pessoas só lembram que "Hard-Way" Ray livrou a cara dele. E os tiras não estão nem um pouco preocupados se ele está trancafiado em Green Haven ou em Hollywood trepando com Madonna. A história na cabeça deles é igual à sua, que eu pus toda a polícia no banco dos réus. Não foi a polícia que eu levei a julgamento, foi o sistema, que é o que faço sempre, de um jeito ou de outro. Sejam defensores dos direitos civis, opositores do alistamento obrigatório, palestinos ou, sim, Warren Madison, o que eu levo a julgamento é o sistema. Mas nem todos vêem a coisa desse modo. — Apontou para sua janela de plástico. — Alguns levam para o lado pessoal.

— Não consigo esquecer daquela foto de você e Madison, depois do julgamento — falei.

— Num abraço.

— Essa mesmo.

— Você achou o quê? De mau gosto? Teatral?

— Uma imagem memorável, só isso.

— Já ouviu falar num criminalista chamado Earl Rogers? Muito bombástico, muito bem-sucedido, representou Clarence Darrow quando o grande homem foi processado por suborno de jurados. Num outro caso, o cliente dele estava sendo acusado de algum assassinato especialmente hediondo. Esqueci os detalhes, mas Rogers conseguiu a absolvição.

— E?

— E quando leram o veredicto, o réu correu para cumprimentar o homem que o livrara da cadeia. Rogers não aceitou a mão que o outro estendeu. — "Saia da minha frente" — ele disse, bem ali no tribunal. — "Seu miserável, você é culpado até os ossos."

— Minha nossa.

— Isso é que é teatral — ele falou, com prazer. — E de mau gosto, e no mínimo duvidoso do ponto de vista ético. "Você é culpado até os ossos!" Quase todos eles são culpados, tenha a santa paciência. Se não quer defender os culpados, arrume outro emprego. Mas se resolve defendê-los, e tem sorte suficiente de conseguir ganhar, então pode muito bem cumprimentá-los. — Abriu um sorriso. — Ou lhes dar um abraço, que faz mais meu estilo que um aperto de mão. E eu estava com vontade de abraçar Warren, não precisei fingir. É uma satisfação dos diabos quando eles dizem "Inocente". É comovente. Você tem vontade de abraçar alguém. E eu gostava de Warren.

— De verdade?

Ele fez que sim.

— Um homem encantador — ele disse —, a menos que ele tivesse algum motivo para matar você.

13

Por volta das seis, ele declarou que estava com fome. Ligou para um restaurante chinês.

— Alô, aqui é Ray Gruliow — falou, pedindo vários pratos, duas garrafas de Tsing-tao e dizendo-lhes para não esquecer dos bolinhos da sorte. — Porque meu amigo e eu precisamos saber o que nos reserva o futuro.

Desligou e disse:

— Você está no programa, não está?

— Programa?

— Sem frescura, certo? Você me perguntou aqui, na minha própria casa, se eu era um porra de um assassino em série. Com certeza eu posso perguntar se é dos Alcoólicos Anônimos.

— Não foi frescura. Em geral as pessoas de fora do AA não falam "programa".

— Eu fui a algumas reuniões, uns anos atrás.

— É?

— Bem aqui no bairro. No porão da Saint Luke, na Hudson, e numa antiga loja, na rua Perry. Nem sei se ainda fazem reuniões ali.

— Fazem.

— Ninguém me disse nada do tipo "Gruliow, dá o fora, isto aqui não é seu lugar". E ouvi coisas com as quais me identifiquei.

— Mas não ficou.

Confirmou, com a cabeça, que não.

— Era mais do que eu estava disposto a largar. Dei uma

olhada no Primeiro Passo e lá dizia alguma coisa a respeito de a vida estar fora de controle. Esqueci quais eram as palavras exatas.

— "Admitimos que éramos impotentes diante do álcool, que tínhamos perdido o domínio sobre nossa vida."

— Isso mesmo. Bom, eu olhei minha vida e não tinha perdido o domínio dela. Havia noites em que bebia demais e manhãs em que me arrependia do excesso, mas me parecia um preço que eu podia me dar ao luxo de pagar. De modo que fiz um esforço consciente para reduzir o consumo.

— E funcionou?

Acenou que sim.

— Estou sentindo os efeitos do que eu tomei agora há pouco. Por isso pedi comida. Normalmente não bebo tanto assim antes do jantar. Andei meio estressado esses últimos tempos. Eu acho que é mais do que natural beber um pouco mais em momentos de stress, não é?

Eu disse que achava razoável.

— Eu não teria tocado no assunto — ele explicou —, mas não queria pedir cerveja para você, caso fosse o abstêmio que me deu a impressão de ser, mas também não queria parecer indelicado. — Enrolou a língua muito de leve nessa última palavra e conteve-se para não fazer uma segunda tentativa. Mudando a marcha, perguntou: — A mulher com quem você vive, que idade ela tem?

— Vou ter que perguntar para ela.

— Mas ela não é trinta anos mais nova que você, é?

— Não.

— Então suponho que você não é tão idiota quanto eu. Quando o clube se reuniu pela primeira vez, Michelle ainda usava fralda. Deus meu, tinha a idade que Chatham tem agora.

— Chatham é sua filha?

— Sim. Estou até me acostumando com o nome. Idéia da mãe, como sem dúvida já deve ter presumido. Um homem na casa dos sessenta não dá o nome de Chatham a sua filha. Sugeri a Michelle que, se ela queria dar à menina o nome de um primeiro-ministro inglês, seria muito melhor Disraeli. Soa melhor com Gruliow do que Chatham. Dizzy Gruliow. Tem uma boa ressonância, você não acha?

— Mas ela não gostou?

— Ela não entendeu. Ela tem metade da minha idade, santo Deus, mas que o céu me proteja se a eu a tratar como criança. Tenho que tratá-la como igual. Eu disse a ela, brincando, que não tratava ninguém como igual, velho ou moço, homem ou mulher. "Sei", ela disse. "Já reparei." Sabe de uma coisa? Acho que eu não vou para Sag Harbor amanhã. Acho que as pressões do trabalho vão ser demasiadas para mim.

Jantamos na sala da frente, com os pratos equilibrados no colo. Gruliow achou uma Coca para mim e tomou suas duas garrafas de cerveja chinesa.

— É engraçado — ele disse. — Mas foi a morte de Homer que me chocou. Ele já estava bem velho quando morreu, mais velho do que qualquer pessoa que eu tenha conhecido, mas acho que eu esperava que ele fosse viver para sempre. E não foi o primeiro a ir, sabe? Foi o terceiro.

— Eu sei.

— Foi um choque quando Phil morreu, mas um acidente de carro, esse é o tipo da coisa que está sempre ali na espreita, como um raio. Que pode pegar alguém, mais cedo ou mais tarde. Você cresceu aqui em Nova York?

— Cresci.

— Eu também. No resto do país ninguém termina o colegial sem ter pelo menos um ou dois amigos mortos em acidente de carro. Em todo baile de formatura você sabe que pelo menos um carro não vai completar a Curva da Morte. Mas a garotada não dirige aqui na cidade, de modo que desse tipo de controle populacional fomos poupados.

— Temos outros.

— Deus meu, e como. Sempre existe alguma forma de atrito que provoca baixas nas fileiras da rapaziada. Historicamente a guerra sempre desempenhou esse papel e fez um trabalho excelente antes do surgimento da era nuclear. Mesmo assim, guerrinhas regionais e escaramuças locais preenchem a brecha. Nos guetos, o meio é a droga. Ou eles se matam de overdose ou fazem tráfico e se matam entre si. — Ele riu. — Mas estou tergiversando. Se algum dia escrever minhas memórias, o título será esse. *Mas eu tergiverso.*

— Estava falando sobre a morte de Kalish.

— Não me assustou. Era disso que estávamos falando, não era? Medo, medo de morrer. Dizem que o homem é o único animal que sabe que vai morrer. Também é o único animal que bebe.

— Você acha que tem alguma relação?

— Não tenho certeza nem de que concordo com a primeira parte. Já tive gatos, e eles sempre me deram a sensação de estar conscientes de sua mortalidade, tanto quanto eu. A diferença é que eles não sentem medo. Talvez não liguem a mínima.

— Eu não saberia dizer nem como as pessoas se sentem a respeito das coisas. Que dirá os gatos.

— É, eu entendo o que está falando. Sabe por que eu não senti medo quando Phil morreu? O motivo não podia ser mais simples. Eu não tinha carro.

— Portanto, não podia...

— Morrer do jeito que ele morreu. Certo. Tive a mesma reação anos atrás quando o avião de Steve Kostakos caiu. Por acaso eu piloto avião? Não. Então preciso me preocupar com isso? Certamente que não.

— E quando James Severance morreu no Vietnã?

— Sabe de uma coisa? Não chegou sequer a ser um choque. Um ano ele não apareceu no jantar e ficamos sabendo que estava servindo o Exército. No ano seguinte ficamos sabendo que morrera. Acho que eu já esperava.

— Porque ele estava na guerra?

— Isso deve ter sido uma parte. A porra da guerra. Sempre que alguém ia para lá você já imaginava que não voltaria. Foi fácil sentir isso a respeito de Severance. Não sei o quanto essas coisas seriam fruto de percepções em retrospecto, mas parece que havia alguma coisa a respeito dele. Uma aura, uma energia, chame como quiser. Estou certo de que existe algum termo Nova Era para designar a coisa, mas minha mulher não está aqui para nos dizer o que viria a ser. Já conheceu alguém que lhe deu a impressão de estar fadado ao desastre, sei lá por quê?

— Já.

— Você tinha essa sensação com Severance. Não estou querendo dizer que tive premonições de uma morte prematura para ele, só que ele estava... bom, fadado ao desastre. Não consigo pensar num outro jeito de dizer isso. — Inclinou a cabeça para trás, os olhos semicerrados, em busca de uma lembrança. — Você disse que eu era uma escolha esquisita para aquele grupo. Não era, não, realmente não era. Eu era muito mais parecido com o resto do grupo do que você pensa. Grande parte da armadura que eu uso no tribunal e muito da imagem para consumo da mídia vieram depois. Talvez tenham brotado naturalmente da pessoa que compareceu àquela primeira reunião, em 61, mas ainda não existiam. Eu era igual aos outros sócios, mais velho que a maioria mas tão sincero quanto eles, tão decidido a jogar o jogo da vida e faturar um número decente de pontos quanto eles. Eu me encaixava muito bem. — Esvaziou o copo. — Se havia alguém meio fora de esquadro, esse alguém era Severance.

— Por quê?

Pensou um pouco antes de responder.

— Sabe, eu não conheci direito aquele homem. Tento lembrar dele agora, mas não consigo pôr a imagem no foco. Mas me parece que ele estava num patamar diferente do nosso.

— Como?

— Um elo abaixo na cadeia alimentar. Mas é só uma impressão, baseada em três reuniões três décadas atrás, e talvez essa minha impressão tivesse mudado caso ele tivesse vivido tempo suficiente para amadurecer e perder uma parte das gordurinhas emocionais da juventude. Ele não teve a chance. — Tomou fôlego. — Mas não, a morte dele não me provocou nenhum medo. Eu não estava me arrastando no meio de arrozais, sendo alvo de homenzinhos vestidos de pijama preto. Eu estava ocupado em manter outros jovens longe do Exército. — Pôs o copo sobre a mesa. — Aí Homer Champney morreu — continuou —, e num certo sentido a festa acabou.

— Porque você achava que ele viveria para sempre?

— Não, não por isso. Eu sabia que ele era mortal, como todo mundo. E sabia que estava no fim. Portanto eu não tinha motivos para me chocar. Quando um homem de noventa anos morre dormindo, não é uma tragédia e também não é nenhuma grande surpresa. Mas você tem que entender que ele era um ser humano extraordinariamente dinâmico.

— Foi a impressão que me deram.

— E foi o último de uma era, o último de sua linhagem. Phil e Jim foram um acidente, podiam perfeitamente ter sido atingidos por um raio. Uma cacetada do céu e zás, catapimba. Mas depois que Homer se foi, era a nossa vez.

— Vez?

— De morrer nossa própria morte — ele respondeu.

Falamos a respeito de coincidência e probabilidade, de morte natural e não natural.

— A coisa mais fácil do mundo — disse ele — seria entregar tudo isso para a imprensa e deixar o assunto com eles. Claro que seria o fim do clube. E submeteria todos nós a mais atenção da polícia e dos repórteres do que um cidadão deve agüentar. Se tudo isso é uma coincidência, uma banana cósmica na cara das tabelas atuariais, todos nós vamos ver nosso mundo virado de cabeça para baixo por nada.

— E se houver um assassino à solta?

— Você me diz.

— Se for um dos catorze de vocês — observei —, uma investigação em grande escala pode pegá-lo. Com um número suficientemente grande de policiais fazendo perguntas e cruzando álibis, seria bem duro para ele continuar na moita. Talvez não haja provas suficientes para levar a julgamento, mas há uma diferença entre esclarecer um caso e vencê-lo em tribunal.

— E se for alguém de fora?

— Aí é um pouco menos provável que consigam achá-lo. Eu diria que as investigações e a publicidade concomitante acabariam por assustá-lo, porém, e evitariam que matasse mais alguém.

— Por uns tempos, você quer dizer.

— Bom, sim.

— Mas o desgraçado não está com pressa, está? — Debruçou-se para a frente, gesticulando expansivamente com as mãos de dedos compridos. — Meu Deus, aquele filho da puta tem a paciência de uma geleira. Ele vem fazendo isso há décadas, se é que há alguém fazendo alguma coisa. Você o espanta e o que acontece? Ele vai para casa, enfia uma fita no videocassete, faz um bule de café e espera um ano ou dois. A mídia tem o poder de concentração de uma mosca drosófila. Logo que a história esmorece ele volta à ativa e arranja um novo acidente ou monta um crime de rua, um suicídio.

— Se a polícia pegar o rasto dele — eu disse —, talvez se assuste permanentemente, mesmo que nunca consigam provas suficientes para indiciá-lo. Mas se ele não chegar a cair na rede, eu diria que você está certo. Ele só vai esperar até poder começar de novo.

— Mesmo que não começasse, teria vencido.

— Como assim?

— Porque o clube estaria acabado. As notícias nos jornais seriam suficientes para acabar com o grupo, você não acha? Já é suficientemente anacrônico, catorze adultos se reunindo anualmente para ver quem ainda está vivo. Não creio que fôssemos ter peito bastante para continuar, depois das atenções de nossos amigos da imprensa.

Levantou-se e serviu-se de mais um drinque, dessa vez de uísque puro, tomando um golinho enquanto voltava ao sofá. A comida chinesa desanuviara sua cabeça. Não estava mais enrolando as palavras nem mostrando efeito algum do álcool.

— Não pode ser nenhum dos catorze — ele disse. — Estamos de acordo quanto a isso?

— Não posso fechar totalmente com você. Eu diria que é improvável.

— Bom, mas eu tenho uma vantagem. Conheço todos e você não. — Uma mecha de anéis grisalhos lhe caíra na testa. Gruliow ajeitou o cabelo para trás com a mão e disse: — Acho que o clube deveria se reunir. E acho que não dá para esperarmos até maio do ano que vem. Vou dar uns telefonemas, chamar quantos eu puder para vir aqui.

— Agora?

— Não, claro que não. Segunda-feira? Não, talvez não consiga entrar em contato com alguns até segunda-feira. Nesta época do ano as pessoas viajam no fim de semana. Terça-feira, digamos na terça à tarde. Se eu tiver algum compromisso, posso cancelar. E quanto a você? Dá para estar aqui na terça à tarde, vejamos, lá pelas três horas?

— Aqui?

— Por que não? É melhor que em meu escritório. Tem espaço suficiente para quinze pessoas e vai ser muita sorte se conseguirmos metade disso, com tão pouca antecedência. Mas mesmo que só haja cinco ou seis de nós aqui nesta sala...

— É — eu disse. — Seria útil, da minha perspectiva.

— E da nossa. Todos nós deveríamos estar a par do que está havendo. E se estamos em perigo, se alguém está nos seguindo, com certeza precisamos saber disso.

— Tem um telefone que eu possa usar? Vamos ver se eu posso vender esse peixe para o meu cliente.

— Na cozinha. Está na parede, você logo vê. Matt, deixe-me falar com ele depois que você terminar.

— Hildebrand aceitou — eu disse a Elaine. — Acho que ficou aliviado.

— Quer dizer que ainda tem um cliente.

— Eu já tinha, umas horas atrás.

— Que achou de Gruliow?

— Gostei dele.

— Mas não esperava gostar.

— Não, eu entrei na casa dele com os preconceitos policiais de hábito. Mas o sujeito tem uma capacidade incrível de desarmar as pessoas. Ele é manipulador, tem um ego do tamanho do Texas e a lista de clientes dele é um argumento poderoso em favor da pena de morte.

— Mas mesmo assim você gostou.

— Gostei. Pensei que fosse ficar desagradável com a bebida, mas não.

— O fato de ele beber incomodou você?

— Ele me perguntou a mesma coisa. Contei que meu melhor amigo bebe a mesma marca de uísque que ele, e bebe bem mais. E quando se trata de matar gente, eu disse, ele fica numa escala intermediária entre Warren Madison e a Peste Negra.

— A frase é muito boa — Elaine disse —, mas não responde a minha pergunta.

— Você tem razão, não responde. Se eu fosse fazer uma ficha dele...

— O que naturalmente está aquém de sua nobreza de espírito fazer.

— ...teria que dizer que é um bêbado. E diria que ele também sabe disso. Ele controla e obviamente consegue dar um jeito para que a vida continue funcionando. Pega as grandes causas e ganha todas. Falando nisso, aprendi uma coisa. Sempre me perguntei como é que ele ganhava a vida defendendo clientes que não têm dinheiro.

— E?

— O dinheiro vem dos livros e das conferências. O trabalho de defesa é quase que totalmente gratuito. Mas tem muito interesse próprio operando no meio, porque ao pegar os casos mais quentes ele promove a venda dos livros e engorda os honorários que recebe pelas aparições públicas.

— Interessante.

— Não é mesmo? Perguntei se havia alguém que ele não defenderia. Chefões da Máfia, segundo ele. Espertinhos de colarinho-branco, como os operadores internos de Wall Street, e os caras que fraudam empréstimos e poupança. Não que sejam necessariamente os piores seres humanos do mundo, mas ele não sente afinidade nenhuma. Perguntei se defenderia alguém da Ku-Klux-Klan.

— O que foi que ele disse?

— Disse que provavelmente não, se fosse um desses segregacionistas elementares do Sul, ou do tipo Poder Branco, como tem no Meio-oeste. Aí disse que talvez achasse interessante defender aqueles "carecas" presos em Los Angeles, os que queriam começar uma guerra racial matando Rodney King e explodindo a igreja Metodista Episcopal Africana, a AME. Já esqueci como foi que ele chegou lá, mas no fim, para ele, eram todos uns despossuídos marginalizados. Só que, como ele me disse, "provavelmente eles não iam querer um advogado chamado Gruliow". Continuo sem responder a sua pergunta, não é mesmo? Não, o fato de ele beber não me incomodou. Ele não ficou nem piegas nem agressivo e depois que jantamos nem dava para perceber mais os efeitos do álcool. Por outro lado, eu tinha planejado dar um pulo no Grogan's hoje, para ver Mick, mas acho que vou adiar isso até amanhã ou sábado.

— Porque já esteve suficientemente perto de bebida por um dia.

— Exato.

— Eu nunca o conheci pessoalmente — ela disse, pensativa —, mas poderia ter conhecido.

— É?

— Ele era um freguês assíduo, ou pelo menos costumava ser. Toda aquela retórica da Nova Esquerda, bom, não resta dúvida de que foi um sólido esteio das moças do batente. Sabe quem teve vários encontros com ele? Connie Cooperman.

— De santa memória.

— Ela dizia que ele era um cara muito legal, era divertido estar com ele. Meio pervertido.

— Pensei que as moças de programa jamais falassem de seus clientes famosos.

— Pensou certo, meu querido. E se você puser um dente debaixo do travesseiro, a fada vem e lhe deixa vinte e cinco centavos.

— Acho que eu prefiro ficar com o dente.

— Você não passa de um urso velho. Bom, mas o fato é que ele gostava de couro e de ser amarrado.

— Nós já tentamos isso.

— E você pegou no sono.

— Porque me senti seguro com você. Olha, eu tenho certeza de que é muito interessante que Ray Gruliow seja chegado nesse tipo de coisa, servidão etc., mas...

— Sem falar na chuva de ouro.

— Chuva de ouro?

— Eu disse que não era nem para falar nisso. Eu aposto que *ele* levaria uma moça ao Marilyn's Chamber.

— Hein?

— Antes conhecido como Hell-Fire Club. Estávamos falando nisso outro dia, lembra-se? É o novo nome, câmara da Marilyn, como em câmara de tortura, suponho, e como a antiga estrela pornô. Vá visitar Mick amanhã, assim você me leva lá no sábado.

— Está mesmo com vontade de ir?

— Claro, por que não? Fui verificar, custa cinqüenta dólares o casal e ninguém pressiona ninguém para fazer nada. E o preço inclui refrigerantes, aliás é tudo que eles servem, de modo que não vai ter que ficar rodeado de álcool.

— Só de chicotes e correntes.

— Tem uma exposição de body-piercing programada para sábado. Você está com cinqüenta e cinco anos de idade. Não acha que já é tempo de assistir a uma exposição de perfurações corporais?

— Não sei como consegui viver tanto tempo sem isso.

— Experimentei a roupa de couro e acho que ficou um tesão.

— Não me espantaria.

— Só está um pouco justa. Descobri que fica melhor se eu não usar nada por baixo.

— Vai sentir um calor danado — eu disse. — Com este tempo...

— Bom, o clube deve ter ar-condicionado, não acha?

— Num porão na rua Washington? Eu não teria tanta certeza.

— E daí? Se eu suar, suei. — Umedeceu os lábios com a ponta da língua. — Você não se incomoda com um pouco de suor, não é?

— Não.

— Acho que vou experimentar aquela roupa de novo. Aí você me diz o que acha.

Pegou minha mão e me pôs de bom grado em pé. Na porta do quarto, lembrou:

— Tem alguns recados para você. TJ pediu para chamá-lo pelo bip, quando tiver um tempinho. Mas ele não disse que era urgente, de modo que eu acho que pode esperar até amanhã, você não acha?

— Não tem outro jeito — eu disse.

14

Pela manhã chamei TJ pelo bip e fui encontrá-lo no Morning Star, bem em frente, do outro lado da rua, para tomar café. Ele estava usando a mesma bermuda e o mesmo boné, mas no lugar do camisão sem mangas vestia uma camisa de brim azul, da qual mangas e colarinho haviam sido removidos, com os três primeiros botões desabotoados. Eu já tinha feito o pedido e sido servido quando ele chegou. Despencou no banco, na minha frente, e disse ao garçom que queria dois hambúrgueres com queijo e uma porção grande de *hash browns*, com as batatas e cebolas bem torradinhas.

— Sem fritas? — perguntei.

— No café da manhã?

— Perdão — eu disse —, perdi a cabeça.

— É, bom, você já tinha perdido ela antes, me mandando ir lá no Bronx atrás de um troço que faz três anos que aconteceu. Os lugares que eu tive de ir. Como vai achar alguém que lembra de alguma coisa? Feito tentar achar uma agulha numa casa de crack. E aí quando encontra, por acaso eles querem falar no assunto?

— Bom, foi um tiro meio no escuro, mas eu achei que valia a pena tentar. Quer dizer que foi uma perda de tempo?

— Quem falou, Charlô? Eu só estava te dizendo que o troço era impossível. Isso não quer dizer que eu não fiz.

— É?

— Andei pelo Bronx todo. Fui em lugar que nem o trem chega. Você desce na estação e aí ainda tem de pegar ônibus. — Sacudiu a cabeça, pasmado com aquilo. — Levou um tempo, mas encontrei um pessoal que conhecia esse tal de Eldoniah. O negócio é que não chamavam ele assim.

— Chamavam como?

— De Shy.

— "Shy", tímido? Ele me parece tão retraído quanto uma cobra.

— Bom, ele está retraído agora, lá no interior do Estado. O tímido dele era o seguinte, olha só, lá no bando dele, os caras te olham bem no olho antes de puxar o gatilho, te apagam com um sorriso na cara.

— Foi isso que ouvi dizer sobre Eldoniah.

— Que nada, o cara era muito tímido para fazer isso. Daí que ele ficou todo feliz da vida quando descobriu os motoristas de táxi. Não precisa olhar no olho deles, é só atirar na nuca e pronto.

— E por isso o chamavam de Shy.

— Eu não tinha acabado de te falar isso daí não?

— Então, pelo que circula na rua, ele acabou com aqueles taxistas mesmo.

TJ fez que sim com a cabeça.

— Os homens tinham razão. Mas o branquela no táxi amarelo não foi ele.

— Disseram isso a você?

— Nem precisava. O m.o. estava todo errado. — Abriu um sorriso largo da minha cara de espanto com o jargão. — Bom, não é assim que você ia falar? Já que eu vou ser detetive, é melhor ir aprendendo a língua. O que o Shy fazia era chamar sempre um daqueles carros com motorista uniformizado. E nunca que ia largar o cara na avenida Audubon, onde encontraram o Cloonan, porque lá é bairro espanhol, ele ia chamar a atenção por lá. Mas só pra ter certeza, eu perguntei para um pessoal que conhecia ele.

— E eles falaram com você?

— Eu inventei uma história, disse que a minha mãe tinha me dito que Eldoniah Mims era meu pai, quase certeza. Ela me contou isso daí bem na hora que estava apagando, Nando. Daí que eu resolvi ir lá ver o que dava para descobrir dele.

— Quantos anos tem Mims? Não pensei que tivesse idade suficiente para ser seu pai.

— E não tem mesmo, mas você acha que os idiotas que falaram comigo foram fazer as contas? E eu acho que o cara nem era tão tímido assim, porque um amigo dele me levou pra dar umas bandas e me apresentou um garoto e disse que a gente era obviamente irmãos, com certeza. O garoto tem uns doze anos, ruim que nem bosta de gato. Acho que não chega até a idade de votar, a não ser metendo o moleque em cana uns seis anos. — Sorriu. — Mas ficou feliz. Gostou da idéia de ter um irmão mais velho. Alguém pra dar uma mãozinha, ensinar as coisas da vida.

— Você seria uma boa influência para ele.

TJ revirou os olhos.

— O único jeito de influenciar aquele lá é do jeito que o Shy influenciou os taxistas. Uma bala na nuca. Bom, mas resumindo, tudo que ele falou eu já tinha sacado. Não foi o Shy que matou o cara no táxi amarelo. Mas isso daí você também já sabia, não é?

— Tudo indicava isso.

Engoliu o último pedaço do sanduíche com o último gole de leite, puxou um guardanapo de papel e limpou a boca.

— Tem um treco que você não sabe.

— Eu não sei um bocado de coisas.

— O assassino era branco.

— Como sabe disso?

— Uma garota que disse.

— Isso é muito interessante — eu falei. — Como será que um boato desses chegou até o Bronx?

— Quem falou em Bronx? Eu estou falando da avenida Audubon, em Washington Heights, onde o cara do táxi amarelo levou bala.

— O que você estava fazendo lá?

— A mesma coisa que em toda parte, me metendo onde não me chamaram. Eu já disse que é bairro de espanhol? Eu não entrosei muito bem, não.

— É que seu espanhol deve estar meio enferrujado.

— Melhor eu comprar aquelas fitas e aprender dormindo. Mas que é que adianta falar espanhol dormindo? — Sacudiu os ombros. — Não faz sentido. Eu dei uma de assistente da Melissa Mikawa, aquela que faz aqueles programas no New York One, sabe quem é?

— Eu sei de quem está falando. Você disse que era assistente dela?

— Por que não? Eu fui no capricho, Fabrício. Arrumei uma calça, uma camisa pólo toda bacana, mocassim no pé. E botei um sotaque Brooks Brothers para combinar com a roupa. Você acha que não fiquei com cara de assistente de repórter da televisão?

— E o cabelo?

TJ tirou o boné. O cabelo era uma calota de cachos apertadinhos a menos de um centímetro do crânio.

— Cortei — ele disse. — Que você achou?

— Ficou bom.

— Fica melhor de boné — ele disse. — Pelo menos quando eu estou lá pela 42, fica. — Da capanga vermelha em volta da cintura tirou um par de óculos com armação de osso e experimentou. — Estava usando isto daqui. E fui com uma prancheta. Melhor ainda que os óculos. Cara com uma prancheta, todo mundo saca na hora que o negócio é legítimo, o pessoal fica louquinho pra contar o segredo do cofre para ele. Sabe quem foi que me disse isso?

— Algum malandro lendário, com certeza.

— É, bom, a figura não é tão esperta assim, porque está bancando o meu café hoje.

— Eu que lhe falei sobre a prancheta?

— Faz uns seis meses. A gente tomando café, você se lembrando, me contando umas coisas. Não lembra não? Viu só, eu presto atenção quando Matthew Scudder está falando. Mesmo se você não presta.

— O que foi que disse ao pessoal na avenida Audubon? Que Melissa Mikawa está planejando uma reportagem sobre taxistas assassinados?

Ele fez que sim.

— Eu falei que ela ia fazer uma reportagem daquele caso

que a polícia nunca resolveu, eu tinha que falar, porque eles lá vão saber alguma coisa do Shy Mims e do retiro dele no interior do Estado lá na avenida Audubon? Eu falei que qualquer um que estava por perto quando ele apagou, qualquer um que ouviu ou viu alguma coisa podia aparecer na televisão. E iam conhecer Melissa Mikawa. Cara, o pessoal é maluco pela mocréia lá em Washington Heights! Ela é japonesa, não é?

— Se não é, interpreta muito bem.

— Bom, e eles lá, parece até que a mulher é porto-riquenha. Me perguntando um monte de merda, como é que ela é, se tem namorado. O tempo que eu gastei inventando história da mulher, eu mesmo já estava começando a acreditar nas mentiras. Bom mas aí eu achei essa garota, ela estava bem ali quando o Cloonan morreu.

— O que foi que ela viu?

— Viu o táxi amarelo encostar e parar no ponto de ônibus da esquina. Daí, um pouco depois ela viu um cara sair do carro, fechar a porta e ir embora.

— "Um pouco depois." Cinco minutos? Dez minutos?

— Cara, isso faz quatro anos. E ela ainda está no colégio, quantos anos será que tinha quando aconteceu isso? E quem é que vai lembrar quanto tempo um táxi fica parado até um idiota sair lá de dentro? Por ela já tinha esquecido tudo, só que depois a polícia apareceu e tirou um corpo de dentro do táxi.

— Ela não ouviu um tiro.

— Diz que não.

— Ele deve ter usado um silenciador. Você disse que ela viu o sujeito.

— Ver ela viu. Só não sei se viu direito.

— E disse que era branco? Será que podia ser um hispânico branco?

— Perguntei se era espanhol e ela disse que era branco.

— Significando que não, que não era espanhol, que era branco.

— É, isso aí.

— E ele saiu do táxi e...

— Debruçou, que nem alguém que está falando com o

motorista. Tipo, me espera. Por isso que ninguém nem desconfiou quando o táxi continuou onde estava.

— O taxímetro estava ligado?

— Não tinha sido ligado, para começar.

— Ele baixou a bandeira antes de estacionar? Às vezes eles fazem isso.

— O que ela me falou — TJ disse —, e vê se não esquece que isso faz quatro anos...

— E que ela era uma menina, eu entendi essa parte. O que foi que ela disse?

— O cara não era passageiro.

— O passageiro? O homem que ela viu?

— Ele estava indo na frente.

— Bom, mas não dirigindo, certo, porque eles encontraram Cloonan na direção.

— Quem falou que ele estava dirigindo? Eu falei que estava indo na frente, no banco do passageiro, se bem que eles deviam chamar de outro nome porque passageiro de táxi sempre vai no banco de trás, Tomás. Mas esse daí estava na frente, com o motorista.

— A que distância ela estava?

— Umas duas ou três lojas mais para a frente. Ela me mostrou a confeitaria onde ela e os amigos estavam parados. Me explicou onde Melissa Mikawa podia fazer a entrevista com ela, na frente da loja. Cara, *ela* é que podia ser assistente da Melissa Mikawa, o palavrório todo da garota.

— Que cara ela tem?

— Branca.

— Alta, baixa, gorda, magra, jovem, velha...

— Branca, só isso. Mas não se esqueça...

— De que faz quatro anos e que ela era uma menina. Acha que eu conseguiria alguma coisa se a pusesse trabalhando com Ray Galindez?

— Para a Elaine ter mais um retrato para pendurar na loja? Eu acho que ela topa, mas o que sair pode ser mais imaginação do que lembrança. Ela era capaz de jurar que ele tinha peito e rabo pra aparecer no New York One.

— Eu provavelmente devia falar com ela.

— Feito você é tira? Ou feito você trabalha para a Melissa também?

— Eu serei o diretor-assistente do noticiário. Que tal?

Ele pensou, depois assentiu com a cabeça.

— Vou pegar minha camisa pólo e a calça — ele disse. — E o mocassim. Eu ia mesmo trazer pra deixar na Elaine. — TJ vistoriou minhas roupas. — Quem sabe você podia se arrumar um pouco também, pra gente não começar boatos de que o New York One está na pior.

Pus um blazer azul, de modo que a reputação de elegância do New York One permaneceu incólume. Fomos até a zona norte com o trem A, passamos quarenta minutos tentando encontrar Sombrita Pardo e mais meia hora para conseguir a história dela, entre mordidas de pizza de lingüiça numa pizzaria pegada à confeitaria na frente da qual ela estivera parada quatro anos antes. Era baixinha e rechonchuda, com cabelos pretos brilhantes, pele cor de azeitona, feições índias e olhos de um castanho surpreendentemente claro. O nome, Pequena Sombra, segundo ela mesma disse, era meio bobo e ela o detestava quando era pequena, mas estava começando a gostar dele porque era meio diferente.

A história não mudou. O homem que desembarcou do táxi amarelo era branco, e isso resumia mais ou menos tudo que conseguiu fornecer como descrição física. Ele saíra do banco da frente e a impressão dela fora a de que voltaria para o táxi, depois de fazer alguma coisa, entregar alguma encomenda, mas virou a esquina e sumiu. Depois ela voltara para casa e esquecera do assunto, mas no dia seguinte soubera que tinha havido confusão, radiopatrulhas e tudo o mais, e no fim o motorista estava morto. Fora baleado, ou pelo menos é o que disseram, mas será que não poderia ter sofrido um ataque cardíaco ou algo parecido? E talvez o amigo tivesse ido buscar socorro e...

E esquecera de voltar?

Bom, ela disse, vai ver que ele tinha tomado uma overdose, o motorista, bem entendido, e o amigo decidiu que não queria se envolver, daí ligou para o 911 e foi para casa. Só que ela sabia que tinham encontrado balas no homem, ou pelo menos é o que tinha ouvido falar, mas a gente ouve tanta coisa, vai saber no que acreditar.

Vai saber, de fato.

Quinze ou vinte minutos depois TJ pediu licença para ir até o banheiro, momento em que Pequena Sombra ficou ao mesmo tempo mais velha e mais jovem. Endireitou-se na cadeira e disse:

— Quer ser franco comigo? Eu não vou aparecer na televisão, vou?

— Receio que não.

— Vocês são tiras? O senhor até que podia ser, mas eu não consigo acreditar que o senhor T. J. Smith seja um policial. Claro, também nunca acreditei que ele fosse assistente da Melissa Mikawa.

— Não?

— Ele é muito jovem e muito da rua para isso. Tem que fazer faculdade para arranjar um emprego desses, não tem? Ele nunca fez faculdade.

Como eu disse, bem mais velha que sua idade. Depois lhe perguntei por que, se percebera a encenação, ela cooperara tanto com ele.

— Bom, é que ele é tão gracinha — ela disse, com uma risadinha, e parecia ter uns doze anos de idade.

— Eu sou um investigador de seguros — eu disse. — Smith é estagiário. Não há motivo para contar a ele que você, hã, percebeu a encenação.

— Ah, eu não faria isso — ela disse, tomando o restante da Coca pelo canudinho. — Seguro? Tomara que eu não tenha causado problema para ninguém.

— Com certeza não.

— Ou impedido alguém de receber seu dinheiro.

— É só uma questão de acertar a papelada — falei — e talvez economizar alguns dólares de imposto para a firma.

— Ah, bom. Isso é bom, não é?

15

Tomamos o trem A e nos separamos em Columbus Circle. TJ estava a caminho da loja para mostrar a Elaine como ficava em seus trajes de Jovem Promissor. Eu fui a pé até Midtown Norte, para falar com Durkin. Encontrei-o à escrivaninha, comendo um sanduíche e tomando chá gelado em garrafa.

— Thomas Cloonan — eu disse. — Dramaturgo, taxista eventual, baleado e morto quatro anos atrás, avenida Audubon com rua 174, o suspeito nunca foi julgado pelo crime.

— Nossa. Quem sou eu, a vovozinha que está sendo levada para o asilo? Então você acha que eu não tenho memória nenhuma?

— Estava só dando uma refrescada nela.

— Mas ainda não deu tempo de murchar. Nós falamos sobre o filho da puta um dia desses.

— O que foi que Cloonan fez para virar um filho da puta?

— Não Cloonan, pelo amor de Deus. Quem atirou. — Os olhos estreitaram-se, concentrados. — Mims — ele disse. — Que tal a minha memória, considerando que eu não tenho nenhum motivo para me interessar pelo caso?

— Quer tentar o primeiro nome?

— Obadiah.

— Tente Eldoniah.

— Ora, que se foda, cheguei bem perto. Que tem ele?

— O cara que matou Cloonan era branco.

Contei-lhe o que sabia. O caso não era dele — não era de ninguém, a essa altura — mas ele tinha sangue de policial demais para não se interessar, vasculhar os dados, propor e descartar teorias.

— Fez a viagem no banco da frente — ele disse. — Quem é que anda de táxi no banco da frente?

— Os australianos — falei. — Lá quando você toma um táxi automaticamente vai ao lado do motorista.

— Porque as molas de trás estão arrebentadas?

— Porque não há um sistema de classes e todos são iguais. Ir atrás seria esnobismo.

— É? Quais as chances de um australiano sair por aí matando e roubando taxistas?

— Bom, poderia variar um pouco, dar uma folga aos noruegueses.

— Tirando tudo isso, o assassino devia ser amigo do motorista, certo?

— Conhecido dele, pelo menos.

— Passageiro no banco da frente, o taxímetro desligado, nenhum registro no livro de corridas. Ele pegou alguém no centro, fez um longo percurso até Washington Heights. Como é que o assassino sabia que ele estaria lá?

— "Tommy, da próxima vez que levar alguém até o bairro, dá uma passada no Emerald Grill, queria falar um negócio com você."

Durkin pensou no assunto.

— Não sei. Isso é quase tão difícil de engolir quanto a teoria do Crocodilo Dundee.

— Ou então a idéia foi de Cloonan. Ele está nas redondezas, aí decide ir ver o amigo.

— Que aproveita a oportunidade para matá-lo. — Tomou um gole de chá gelado. — Sabor framboesa — ele disse. — De repente tem, sei lá, doze, quinze sabores diferentes de chá gelado. Eu costumava pensar, por que nós ficamos enchendo as gôndolas com tantas opções diferentes? Como é que vamos fazer frente aos porras dos russos se ficamos de brincadeiras com chás de diferentes sabores enquanto eles constroem tanques e vão até a Lua? Pois é, agora o sistema todo deles desabou e nós estamos trabalhando em dez novos sabores e indo muito bem, obrigado. O que mostra o quanto eu sei de qualquer coisa. — Tomou mais um gole e disse: — Sua testemunha é confiável?

— Numa escala de dez, entre zero e um.

— O que eu pensava. O assassino deu dois tiros na nuca de Cloonan. Como é que você consegue fazer isso, se está sentado ao lado do cara?

— "Ei, Tom, o que é aquilo ali do outro lado da rua?"

— Ele vira para olhar, bum, bum. É, pode ser. Teria que ver o laudo do laboratório. Mas por que ele faria uma coisa dessas? Para parecer que o tiro veio do banco de trás?

— Ou então para Cloonan não ver o que estava vindo.

— Faz sentido. Tente isso. O assassino está atrás, o táxi encosta no meio-fio, o assassino enfia dois balaços em Cloonan. Depois salta, aí entra de novo, dessa vez ao lado do motorista, pega a carteira, o moedeiro e mais qualquer coisa que esteja querendo. *Aí* ele salta uma segunda vez e é nesse momento que Carmen Miranda o vê.

— Pode ser.

— Ou então tente esta. Mesma abertura, dois tiros do banco de trás, aí o assassino sai pela porta do lado da rua, para que ninguém lá falando abobrinha na porta da confeitaria o veja. Vai ver que ele nasceu na mesma cidade norueguesa que Obadiah, perdão, Eldoniah, ou vai ver é hispânico como todos do bairro, e, de um jeito ou de outro, ele vira a esquina e some.

— E?

— E aí vem esse sujeito branco pela rua, e ele quer pegar um táxi, e quem há de culpá-lo, um cara branco naquele bairro?

— Não é um mau bairro.

— Podemos apenas aceitar a idéia de que um sujeito branco, naquele quarteirão, gostaria de entrar bem rapidinho num táxi? Ele vê o táxi, tem um homem atrás da direção, e ele abre a porta para perguntar se está esperando algum passageiro.

— E vê que o motorista está morto.

— Certo. E faz o que a maioria das pessoas faria, principalmente fora de seus próprios domínios, dá o fora dali o mais rápido possível porque não quer ser testemunha, quem sabe estava ali por Washington Heights comprando droga ou trepando com alguém, de modo que para que se envolver?

— E a testemunha só foi vê-lo na hora em que estava saindo do táxi?

— Por que não?

— Não sei — respondi. — Ela não vê o assassino sair do carro e não vê o sujeito branco entrar.

— E por que deveria ver? Ela tem outras coisas na cabeça.

— Suponho que sim.

— Basicamente — disse ele —, você não tem coisa alguma, certo?

— Não.

— Em termos de prova.

— Nem de longe.

— Mas se está tentando juntar elementos para provar que um único assassino matou essas quatro pessoas...

— Cinco, contando a mulher de Shipton.

— Então isso não é motivo para detê-lo. Porém não recomendaria que fosse falar com ninguém lá na Trigésima Quarta. Eles já têm um número suficiente de casos em aberto para ir esmiuçar um que já está encerrado.

— Eu sei.

— A menos que você queira legalizar tudo. Reabrir todos esses casos de uma vez. Se seu cliente aceitar.

— Meu cliente e alguns amigos dele vão se reunir daqui a uns dias para ver o que querem fazer.

— O quê, todos os vinte e seis?

— De onde foi que tirou vinte e seis?

— Trinta sujeitos, quatro deles assassinados. Sobram vinte e seis, certo? — Ele sorriu. — Não tem nada de errado com a memória do vovozinho aqui.

— A aritmética está errada.

Ele me olhou. — Trinta menos quatro dá...

— Catorze.

— Hein?

— Houve quatro assassinatos — eu disse — e outras doze mortes.

— Que tipo de mortes?

— Alguns suicídios, alguns acidentes. Umas poucas resultantes de doença.

— Jesus, Matt!

— Não foram todas forjadas. É difícil fazer um assassinato parecer câncer de próstata, ou morte em combate no Vietnã. Mas os suicídios podem ter sido forjados, assim como alguns dos acidentes.

— Qual seu palpite?

— Incluindo os quatro registrados como homicídios? Não passa de um palpite, é tudo que tenho, mas eu diria doze.

— Jesus Cristo. Durante quantos anos?

— Difícil dizer. Trinta e dois desde que o grupo foi formado, mas as primeiras mortes ocorreram só alguns anos depois, e provavelmente foram legítimas, de toda forma. Digamos vinte, vinte e cinco anos.

Durkin afastou a cadeira.

— Eu não posso deixar isso desse jeito sem fazer nada.

— Deixar o quê?

— Você jura que não tem sexo no meio?

— Sobre a Bíblia, se você tiver uma dando sopa.

— Sabe o que eu acho? Que devia pegar um depoimento seu.

— Perfeito. Pode bater aí "Sem comentários" que eu assino.

— Você ocultaria tudo?

— Até receber instruções em contrário.

— Eu não entendo. O que é que assusta mais seu cliente do que morrer assassinado?

— O circo da mídia.

— O que o leva a pensar que os repórteres estariam assim tão interessados?

— Está me gozando? Um palhaço que resolveu cismar

com um grupo de homens e está levando décadas para acabar com eles? Se isso não atiçar a sanha dos repórteres...

— É, você tem razão. E Boyd Shipton era uma das vítimas.

— Tem três sobreviventes que são pelo menos tão famosos quanto ele.

— Sério? Que clube, hein? E tinha um motorista de táxi de sócio, e um corretor de commodities e quem era mesmo o cara gay? Um decorador?

— Carl Uhl? Eu acho que era sócio de um bufê.

— Mesma coisa. Três caras tão famosos quanto Shipton?

— Conhecidíssimos.

— Jesus.

— Eu não quero deixar as coisas desse jeito, Joe, mas ao mesmo tempo...

— Não, claro. Você disse que catorze deles vão se reunir?

— Alguns deles, pelo menos.

— Quando, isso?

— Na terça.

— Hoje é sexta. O que você faz daqui até lá?

— O que eu puder. Estava pensando em Forest Hills.

— O cara que morreu esfaqueado. O sujeito das commodities, Watson.

— Certo. Queria saber o que o segurança particular viu.

— Viu um homem caído no chão, saiu correndo e chamou a polícia. Se tivesse visto alguma coisa, estaria no depoimento dele. Acredite, eles teriam perguntado.

— Será que teriam lhe perguntado sobre o que viu antes?

— Antes?

— Se havia alguém esperando por Watson, planejando emboscá-lo...

— Ah, entendo. Talvez tenham perguntado, quando ainda achavam que podia ter sido algum cliente ressentido. Mas não tira pedaço perguntar de novo. Quer o nome dele?

— E onde trabalha.

Ele pegou o telefone, depois virou-se para me olhar.

— Já viu esses anúncios da AT&T sobre a tal estrada da informação? Eles não dizem nada a respeito de ser uma via de mão única.

— Eu sei disso, Joe.

— Era só para confirmar — ele disse, e fez a ligação.

16

Peguei o trem número 7 e saltei na estação da rua 103, em Corona, duas paradas antes do estádio Shea. A dois quarteirões dali, os Serviços de Proteção Queensboro-Corona ocupavam o andar superior de um sobrado de tijolo aparente; a loja do térreo vendia roupas infantis e tinha um monte de bichos de pelúcia na vitrine.

A maioria das empresas de segurança é administrada por ex-policiais e em geral o aspecto deles corresponde ao papel. Martin Banszak, diretor da Queensboro-Corona, tinha cara de quem devia estar lá no térreo vendendo casaquinhos de lã para crianças de colo. Era um homem pequeno, na casa dos sessenta, ombros arredondados, calvo, com uns olhos azuis tristes atrás dos bifocais sem aro e um bigode severamente aparado debaixo do nariz batatinha.

Eu carrego comigo dois tipos de cartão de visita. Um deles, presente de meu padrinho Jim Faber, não tem nada escrito, exceto meu nome e meu número de telefone. No segundo, fornecido pela Reliable, apareço como um dos agentes daquela firma. Foi um dos cartões da Reliable que eu dei a Banszak, o que levou a uma pequena confusão; quando dei por mim, ele estava me explicando que a Queensboro-Corona era uma companhia basicamente voltada ao fornecimento de guardas uniformizados e patrulhas móveis de segurança, que eles não costumavam empregar agentes treinados de meu calibre com muita freqüência, mas que se eu quisesse preencher um daqueles formulários, eles me manteriam no arquivo, porque de vez em quando tinham necessidade de investigadores, de modo que talvez, ocasionalmente, eu conseguisse alguma coisa com eles.

Resolvemos essa parte e eu expliquei quem era e o que queria.

— James Shorter — ele disse. — Importa-se em me dizer qual seu interesse no senhor Shorter?

— Houve um incidente, vários meses atrás — expliquei. — Ele foi a primeira pessoa no local, um crime de rua, em Forest Hills, e...

— Ah, sim, claro. Uma coisa terrível. Um empresário assassinado depois de um dia duro de trabalho, quando voltava para casa.

— Me ocorreu que seu funcionário talvez tenha notado alguma coisa incomum naquela noite, alguma presença que não fosse familiar às redondezas.

— Eu sei que a polícia o interrogou demoradamente.

— Tenho certeza de que sim, mas...

— O episódio todo deixou Shorter muito perturbado. Quem sabe até tenha acelerado o outro problema.

— E que problema foi esse?

Banszak olhou-me pela porção inferior dos óculos.

— Me diga uma coisa. O segurança Shorter pediu emprego na firma de vocês?

— Na Reliable? Bom, acho que não, mas mesmo que ele tivesse pedido eu não saberia dizer. Não faço parte da diretoria. Trabalho para eles de vez em quando, não mais que alguns dias por vez.

— E não está trabalhando para eles agora?

— Não.

O homem pensou no assunto. Depois falou:

— Ele ficou, como eu disse, muito perturbado com aquele crime. Afinal de contas, aconteceu durante o turno dele. Nunca houve a menor sugestão de que deveria ter sido capaz de impedi-lo. Nossa meta é capacidade máxima de dissuasão por meio de máxima visibilidade. Os bandidos vêem nossos carros com o distintivo da patrulha, eles sabem que a região está sob vigilância constante e com isso é muito menos provável que cometam seus crimes.

— O senhor não acha que é mais uma questão de eles irem cometer os crimes em outras paragens?

— Sim, mas até que ponto qualquer presença policial, seja ela pública ou particular, consegue fazer alguma coisa? Nós não podemos mudar a natureza humana. Nosso trabalho é reduzir a criminalidade nos bairros que nos contratam para protegê-los. Quando conseguimos isso, estamos cumprindo nossa parte.

— Compreendo.

— Ainda assim, eu acho que Shorter deve ter se sentido um tanto responsável. Isso também faz parte da natureza humana. Além do mais, houve o choque, topar com um crime de rua, descobrir um cadáver. Houve o stress de múltiplos interrogatórios policiais. Não estou dizendo que isso causou alguma coisa, mas pode ter acelerado.

— Acelerado o quê?

Como resposta, ele dobrou o cotovelo e mexeu o pulso para cima e para baixo, como um homem engolindo uns tragos.

— Ele estava bebendo?

Banszak suspirou.

— Se você bebe, vai para a rua. A regra aqui é essa. Não tem exceção.

— É compreensível.

— Mas eu abri uma exceção — ele disse —, por causa da tensão a que ele foi submetido. Eu disse que lhe daria mais uma chance. Aí houve um segundo incidente e acabou.

— Quando foi isso?

— Preciso dar uma espiada. Desconfio que ele não durou mais que um mês depois que o homem foi assassinado. Digamos seis semanas, no máximo. Quando foi que mataram o sujeito? Fim de janeiro?

— Começo de fevereiro.

— Eu diria que ele foi embora em meados de março. "Meados de março" — ele repetiu, como se surpreso. — É um romance. Já leu?

— Não.

— Nem eu. Está lá na minha estante. Era da minha mãe, ela morreu, agora é meu, junto com mais algumas centenas de livros. Mas a lombada dele sempre me atrai o olho. *Middlemarch*. É da escritora George Eliot. Tenho certeza de que jamais vou lê-lo. — Abanou a mão, como se da futilidade de tudo. — Eu tenho o número do telefone de James Shorter. Quer que eu faça a ligação agora para você?

Ninguém atendeu ao telefone de Shorter. Banszak anotou o número para mim, junto com um endereço na rua 94 Leste, em Manhattan. Comi uma coisa rápida numa *deli* italiana e peguei o trem de volta para a cidade. Na estação Grand Central troquei, tomei o expresso para a avenida Lexington e saltei na 86. Tentei falar com Shorter de um telefone público e recebi meus vinte e cinco centavos de volta depois de umas doze chamadas.

Eram quinze para as cinco. Se Shorter tivesse arranjado uma nova colocação, provavelmente não estaria em casa agora, como aliás quase toda a força de trabalho da cidade. Por outro lado, se ainda estivesse na mesma linha de atividade, não havia como saber seu horário. Ele podia ser um segurança uniformizado num caixa automático de Sunset Park ou vigia de algum armazém de Long Island. Não havia meios de saber.

Às vezes eu saio com a lista dos locais de reunião no bolso, mas é um negócio meio volumoso, a lista de todos os pontos da área metropolitana, e com muita freqüência não levo comigo. Estava sem ela, de modo que enfiei a moeda de novo na fenda e disquei para a Central de Nova York. Um voluntário me disse que havia uma reunião às cinco e meia no subsolo de uma igreja na Primeira Avenida com a rua 84.

Cheguei cedo e descobri que não tinham café — alguns têm, outros não. Fui até o bar em frente e lá cruzei com outros dois cumprindo a mesma missão, um deles eu reconheci de uma reunião que às vezes freqüento na ACM de West Side, na hora do almoço. Atravessamos todos juntos a rua, com nosso café, sentamo-nos em volta de algumas mesas de refeitório e por volta das cinco e meia, já tendo chegado um punhado de gente, a reunião começou.

Havia apenas umas doze pessoas — era um grupo novo e se eu estivesse com meu livro de locais de reunião não o teria encontrado porque ainda não constava da lista. Uma mulher chamada Margaret, sóbria fazia pouco mais de um ano, contou sua história e gastou boa parte dos sessenta minutos nela. Tinha mais ou menos a minha idade, filha e neta de alcoólatras, e tomara cuidado para se manter longe da bebida durante anos a fio, limitando-se a um único coquetel ou a um copo de vinho em ocasiões sociais. Aí o marido morreu de uma hemorragia do esôfago — casara-se com um alcoólatra, é claro — e lá pelos quarenta e poucos anos começou a beber. Foi como se o álcool estivesse esperando por ela todo esse tempo. Abraçou-a, não largou mais, e a progressão do alcoolismo foi rápida, súbita e feia. Num piscar de olhos tinha perdido tudo, exceto o apartamento e o cheque da Previdência Social que lhe permitia pagar o aluguel.

— Eu vivia fuçando em latas de lixo — contou. — Acordava em lugares estranhos, nem sempre sozinha. E eu era uma boa moça irlandesa, católica, nunca dormi com ninguém exceto meu marido. Lembro de uma vez em que recobrei a consciência, eu não vou contar a vocês o que estava fazendo nem com quem, mas tudo que consegui pensar na hora foi: "Ah, Peggy, as irmãs não iam sentir orgulho de você agora!".

Depois que ela terminou, passamos a sacola e em seguida quem quis deu seu depoimento. Quando chegou minha vez, acabei contando que tinha saído à procura de um segurança e soube que o homem fora despedido por causa do álcool.

— Senti uma identificação muito grande — eu disse. — Eu mesmo comecei a beber muito mais depois que larguei a polícia. E se eu tivesse continuado a beber por mais tempo, hoje estaria à procura de emprego como esse homem e teria sido despedido de todos, também. Na verdade eu não sei nada a respeito dele nem como é a vida que leva, mas pensar nele serviu para me dar uma idéia de como minha própria vida poderia ter sido se eu não tivesse encontrado o programa. Eu simplesmente estou feliz por estar aqui, feliz por estar sóbrio.

Fui tomar um café depois da reunião com alguns outros e continuamos, informalmente, a partilhar experiências no mesmo espírito da reunião. Tentara ligar para Shorter quando chegamos ao café e de novo uns quinze minutos depois. Tentei uma terceira vez na saída, deviam ser umas sete e pouco. Quando a moeda voltou novamente, usei-a para falar com Elaine.

Não havia recados para mim, ela disse, e pelo correio não chegara nada de interessante. Contei-lhe o que estava fazendo e disse que talvez ficasse fora até tarde.

— Se ele tivesse uma secretária eletrônica eu deixaria um recado e ligaria de novo daqui a um ou dois dias, se ele não me desse retorno. Mas ele não tem, eu já estou por aqui no bairro, e não é um bairro que eu freqüente muito.

— Você não precisa me explicar.

— Estou explicando para mim mesmo. E nem é dizer que ele possa me dar algumas respostas. Todas as perguntas que eu tiver, a polícia de Forest Hills já fez. Então como é que ele vai ter alguma coisa de novo para mim?

— Quem sabe você tem alguma coisa para ele.

— O que está querendo dizer com isso?

— Nada, na verdade. Bom, olha, tem uma palestra com projeção de slides na igreja francesa. Talvez eu vá, e se a Mônica quiser ir comigo, quem sabe a gente dê uma esticada depois. Você vai chegar tarde, não vai?

— Pode ser.

— Porque você falou que ia dar um pulo no Mick, não falou? Assim você vai estar em casa a tempo de a gente ir lá no Marilyn's Chamber, amanhã à noite.

— Você ainda quer ir?

— Depois do que a gente se divertiu ontem à noite? — Podia ver a expressão de seu rosto. — Agora mais do que nunca. O senhor é quentérrimo, senhor Scudder.

— Pára com isso.

— "Pára com isso." Sabe quem você está parecendo? Jack Benny.

— Eu estava tentando parecer Jack Benny.

— Bom, nesse caso não foi uma imitação lá grande coisa, não.

— Você acabou de dizer...

— Eu sei o que disse. Eu te amo, urso velho. O que tem a dizer sobre isso?

Para cima da rua 86, a paisagem do Upper East Side é a de um bairro em transição, que não chega a ser Yorkville mas também não é East Harlem, porém lembra os dois. Há prédios luxuosos misturados a conjuntos habitacionais para famílias de baixa renda, as paredes de ambos marcadas por pichações ilegíveis. O pessoal socialmente móvel caminha pelas ruas empunhando suas pastas e pacotes de compras feitas no D'Agostino's; outros, não menos móveis, porém no sentido contrário, chacoalham copos de papel pedindo um trocado, entornam garrafas de fermentados ou sugam cachimbos de crack que reluzem como pirilampos.

O prédio de Shorter era um conjunto habitacional de seis andares, um prédio de tijolo aparente na 94, entre a Segunda e a Terceira avenidas. No vestíbulo contei mais de cinqüenta campainhas, cada uma delas com um espaço ao lado para o nome do inquilino. Mais da metade dos espaços estavam vazios e nenhum tinha o nome de Shorter.

Originalmente o edifício teria tido quatro moradias por andar, mas com o passar do tempo foram sendo subdivididas e o prédio de apartamentos se transformara num cortiço. Eu já entrara e saíra de centenas de lugares como esse, no correr dos anos, e se cada um era diferente, no fundo eram todos iguais. Os cheiros de comida no hall e nas escadas mudavam com a origem étnica dos moradores, mas os outros cheiros tinham sido uma constante por toda a cidade nesses anos todos. O fedor de urina, o cheiro de ratos, o fartum abafado do abandono. Vez por outra um quarto num desses viveiros de coelho surpreendia por ser iluminado e arejado, limpo e arrumado, mas os prédios em si são sempre escuros, tristes e sórdidos.

Alguma coisa do gênero teria sido minha próxima escala depois do hotel. Se eu não tivesse largado de beber, chegaria o dia em que não poderia pagar o aluguel nem convencê-los de me dar um crédito até a maré de sorte seguinte. Ou eu chegaria a um ponto em que, com dinheiro ou sem, não teria mais auto-estima suficiente para passar pela portaria todos os dias e teria ido em busca de alguma coisa mais de acordo com minha categoria.

Perguntei a um homem que ia saindo do prédio se conhecia um certo James Shorter. Ele nem diminuiu o passo, só sacudiu a cabeça que não e continuou andando. Fiz a mesma pergunta para uma mulher miúda, de cabelos grisalhos, que estava entrando no prédio, andando de bengala e levando as compras numa daquelas sacolas trançadas. Disse que não conhecia ninguém no prédio, mas que todos pareciam ser gente muito boa. Exalava um bafo de hortelã e álcool — genebra de hortelã, suponho, ou uma boa talagada de gim com um quebra-gelo de licor de menta para acompanhar.

Andei até a Segunda Avenida e liguei para Shorter de um telefone público na esquina. Sem resposta. Ocorreu-me que, se não estivesse trabalhando, poderia muito bem estar em algum lugar, tomando alguma coisa, e a vizinhança oferecia fartura de escolha. Havia pelo menos uma meia dúzia de bares na Segunda Avenida, a duas quadras da rua 94. Percorri todos, perguntando aos garçons por James Shorter. Ele estava? Estivera mais cedo? Ninguém o conhecia, pelo menos não pelo nome, mas o sujeito de barba atrás do balcão no O'Bannion's me disse que já fazia um bom par de anos que não ouvia o sobrenome de ninguém e quase nenhum nome de batismo.

— Pode ser qualquer um desses aí, pelo que eu sei — disse ele.

Considerei a possibilidade de gritar seu nome: *James Shorter? Há algum James Shorter aqui?* Mas aí teria de repetir o processo em todos os bares já percorridos e a perspectiva não me agradava nem um pouco. Já estava meio farto da atmosfera alcoolizada de todos eles.

E quanto aos botecos da Primeira Avenida? Será que eu não deveria perguntar por aquelas bandas pelo esquivo sr. Shorter?

Talvez tivesse ido, mas antes dei uma ligada de novo e, dessa vez, ele atendeu.

Disse-lhe meu nome, contei que obtivera o dele com a polícia, e o telefone e endereço com o sr. Banszak, da Queensboro-Corona.

— Eu sei que já repassou essa história várias vezes — falei —, mas se pudesse me dar alguns minutos de seu tempo, eu apreciaria. Aliás, neste momento estou aqui pelas redondezas, de modo que se eu pudesse dar um pulo aí para vê-lo...

— Ah, podíamos nos encontrar em algum lugar — ele sugeriu. — Tem um bom na esquina da Primeira Avenida, o Blue Canoe. Ali dá para conversar. Digamos daqui a dez minutos?

O Blue Canoe era revestido de lambris, imitando um chalé de madeira. Havia alguns troféus de caça pendurados na parede e uma macaíra empalhada, exposta sobre o bar espelhado dos fundos. A luz era fraca e indireta, a música, de fita, uma mistura de jazz e rock leve. A clientela não era da pesada, até maneira para o bairro.

Parei na entrada uns instantes, olhei em volta, depois fui direto até uma mesa onde havia um homem sozinho, com um copo de cerveja. Eu disse: "Senhor Shorter?", mas eu já sabia que era ele. Esperara do outro lado da rua até que saísse do cortiço e o seguira até o bar, depois lhe dera um tempinho para se acomodar.

Os velhos hábitos custam a desaparecer, suponho.

Cumprimentamo-nos com um aperto de mão e sentei-me na frente dele. Eu formara uma imagem mental de Shorter — a cabeça da gente faz isso, logo constrói uma imagem que se encaixe à sensação que se tem de uma pessoa. Em geral as pessoas nunca são como eu imagino que sejam e Shorter não foi exceção, sendo mais velho, mais moreno e, sim, mais baixo do que eu pensara. Quarenta e tantos, calculei. Um metro e setenta, magro e rijo, rosto redondo, olhos fundos. Nariz achatado, boca fina. Sem barba nem bigode, mas com a sombra escura no queixo e nas bochechas de quem não usa a navalha há já uns dois dias. Cabelo escuro, preto na luz mortiça do Blue Canoe, cortado curto e penteado bem rente ao crânio redondo. Estava de camiseta e tinha um bocado de pêlos pretos nos braços e no dorso dos pulsos.

— Deve ter sido um choque — eu disse. — Encontrar o corpo de Watson.

— Choque? Minha nossa, pode crer.

A garçonete aproximou-se e eu pedi uma Coca. Depois tirei meu bloco de notas e começamos a repassar sua história.

Não havia grande coisa para tirar dali. Ele já repassara o incidente inúmeras vezes com os detetives do Departamento de Homicídios de Queens e da 112, e tivera perto de cinco meses para esquecer qualquer outra coisa que tivesse deixado de mencionar. Não, não vira ninguém suspeito na área. Não, nunca tinha visto Alan Watson antes do crime, andando do ponto de ônibus até sua casa. Não, não conseguia se lembrar de nada, de absolutamente nada.

— E por que está conferindo o caso? — ele perguntou. — Tem alguma pista?

— Não.

— O senhor é de uma delegacia diferente ou o quê?

Shorter presumira que eu fosse policial, uma suposição que até ali eu não fizera questão nenhuma de negar. Contei-lhe, então, que era particular.

— Ah. Mas não é da Q-C, é?

— Da Queensboro-Corona? Não, trabalho por conta própria.

— E está investigando um assalto em Forest Hills? Quem o contratou, a viúva da vítima?

— Não.

— Uma outra pessoa?

— Um amigo dele.

— De Watson?

— Exato.

Ele fez um sinal para a garçonete e pediu outra cerveja. Não que eu quisesse propriamente mais uma Coca, mas pedi assim mesmo. Shorter disse:

— Suponho que quem tem dinheiro vê as coisas de modo diferente. Estava aqui pensando, se por acaso um amigo meu fosse esfaqueado na rua, será que eu contrataria um detetive para descobrir quem foi o assassino? — Sacudiu os ombros e sorriu. — Acho que não.

— Eu não posso realmente comentar sobre meu cliente.

— Não, eu entendo — disse ele.

A garçonete trouxe as bebidas e ele falou: — Então quer dizer que é política sua mesmo. Não beber em serviço.

— Como assim?

— Bom, se fosse um tira, não beberia em serviço. Ou mesmo se fosse particular, se trabalhasse para uma firma como a Q-C. Mas, trabalhando por conta própria, o senhor mesmo decide se deve ou não tomar um trago, certo? Como está aí pedindo Coca o tempo todo, eu cheguei à conclusão de que é política sua.

— É o que concluiu?

— Ou quem sabe gosta de Coca-cola.

— Não é ruim, mas não vou dizer que adoro. É que eu não bebo.

— Ah.

— Mas bebia.

— É?

— Eu adorava. Principalmente uísque, se bem que nesses anos todos acho que tomei uma quantidade de cerveja suficiente para fazer navegar um barco. Também já foi das forças, senhor Shorter? — Ele fez que não com a cabeça. — Bom, eu fui, era detetive. Bebi até cair fora do serviço.

— É mesmo?

— Nunca me encrenquei por causa da bebida. Não diretamente, mas teria me enroscado, do jeito que eu estava indo.

Larguei tudo, o emprego, minha mulher, meus filhos, minha vida inteira.

Não vejo o que ele possa ter para mim, eu dissera a Elaine. Talvez você tenha alguma coisa para ele, fora a resposta dela.

Talvez eu tivesse.

O modo como funciona é extraordinariamente simples. Um dia de cada vez, você não bebe. Você vai às reuniões e partilha experiências, força e esperanças com outros companheiros alcoólatras.

E você transmite a mensagem.

Isso você não faz com preleções nem sermões, você faz contando sua história — como era, o que aconteceu e como é agora. Isso é o que você faz quando abre uma reunião e o que você faz no boca-a-boca.

Então contei minha história.

Quando acabei, ele pegou o copo. Olhou para a cerveja e pôs o copo de volta na mesa. E disse:

— Eu perdi o emprego na Q-C por causa da bebida. Mas eu desconfio que já sabe disso.

— Foi mencionado.

— Eu fiquei meio abalado, de descobrir o corpo, esse negócio todo. Não é o tipo de coisa que estou acostumado a ver, sabe como é?

— Claro.

— Aí eu peguei meio pesado, durante o trabalho. Acontece, certo?

— Acontece.

— Em geral eu não bebo tanto assim.

— Dizem que não é o quanto se bebe. É o que a bebida faz por você.

— Confesso que por mim ela faz muita coisa — ele disse. — Me relaxa, me acalma, me faz pensar um pouco. Isso é parte do que ela faz por mim.

— Hã-hã. E o que ela faz *com* você?

— Ah. Aí já muda de figura, não é mesmo? — Apanhou o copo de novo, pôs o copo sobre a mesa de novo. — Desconfio que é bem chegado nesse troço de AA, não é mesmo?

— Salvou minha vida.

— Já está sóbrio faz um tempinho, certo? Dois, três anos?

— Já está lá pelos dez.

— Minha nossa — ele disse. — Sem, hã, umas feriazinhas no meio?

— Por enquanto não.

Ele balançou a cabeça, digerindo o que eu dissera.

— Dez anos.

— É um dia de cada vez — falei. — A tendência é somar.

— Ainda vai às reuniões depois de todo esse tempo? Quantas vezes vai?

— No começo eu ia todos os dias. Às vezes eu ia a duas ou três reuniões por dia, durante os primeiros anos. Continuo indo todos os dias, quando sinto vontade de beber, ou se estou sob muita tensão. E às vezes só vou uma ou duas vezes por semana. A maior parte do tempo, porém, eu vou a três ou quatro por semana.

— Mesmo depois de todos esses anos. Onde encontra tempo?

— Bom, eu sempre encontrei tempo para beber.

— É, eu acho que beber ajuda a passar o tempo, certo?

— E é fácil encontrar reuniões que se encaixam no meu horário. Essa é uma das boas coisas de Nova York, tem reunião vinte e quatro horas por dia.

— É mesmo?

— Pela cidade toda — eu disse. — Tem um grupo na rua Houston que faz uma reunião todos os dias à meia-noite e outra às duas da manhã. O mais irônico é que as reuniões são num lugar que foi um dos botecos mais notórios da cidade por ficar aberto depois do horário permitido. Eles ficavam abertos na época e continuam abertos agora.

Ele achou isso muito engraçado. Pedi licença para ir até o banheiro, parando na volta para usar o telefone. Tinha quase certeza de que havia uma reunião na rua 82 Leste, mas queria ter certeza do horário e do endereço correto. Chamei a Central e a mulher que atendeu ao telefone nem precisou consultar para me responder.

De volta a nossa mesa, Shorter continuava olhando para a mesma cerveja. Eu lhe disse que havia uma reunião nas redondezas, às dez horas, e que provavelmente eu iria. Não participara de nenhuma reunião já fazia alguns dias, eu disse a ele, o que era mentira. Seria bom para mim participar de uma reunião, eu disse, o que era verdade.

— Quer ir também, Jim?

— Eu?

Quem mais?

— Vamos — falei. — Para me fazer companhia.

— Nossa, eu não sei. Acabei de tomar essas cervejas, e já tinha tomado uma ou duas antes.

— E daí?

— A pessoa não tem que estar sóbria?

— Desde que você não comece a gritar e a jogar cadeiras... Mas acho que você não vai fazer isso, vai?

— Não, mas...

— Não custa nada — eu disse —, e o café e os biscoitos em geral são de graça. E você ouve as pessoas contarem coisas realmente interessantes. — Endireitei o corpo. — Mas eu não quero forçá-lo a nada. Se você tem certeza de que não tem um problema...

— Eu nunca disse isso.

— Não, não disse.

Ele se pôs de pé.

— Que diabos. Vamos, antes que eu mude de idéia.

17

A reunião era num edifício de pedra na rua 82, travessa da Segunda Avenida. Um grupo dos Alcoólicos Anônimos alugara o segundo andar e realizava uma meia dúzia de reuniões ali todos os dias, começando às sete da manhã e terminando às onze da noite. Em consideração à vizinhança, que era residencial, não havia aplausos na última reunião; as pessoas demonstravam sua aprovação ou seu entusiasmo estalando os dedos.

Quem abriu foi um operário da construção, sóbrio há cinco anos. E ele contou uma história básica e direta de embriaguez, e contou-a sucintamente, terminando em vinte minutos. Em seguida houve um intervalo com alguns avisos, depois a sacola foi passada e a reunião continuou com as pessoas que queriam depor levantando a mão.

Isso me deixou satisfeito. Tudo que ele precisava fazer era manter a mão abaixada no colo e não teria de dizer nada. Não havia motivo para ficar na berlinda já na primeira reunião, como aconteceria se eles adotassem o outro método, o de ir de um em um na sala.

Quando eu comecei a freqüentar as reuniões do AA, a última coisa que eu queria era abrir a boca numa sala cheia de alcoólatras. E vivia topando com essas reuniões circulares. *Meu nome é Matt*, eu disse uma infinidade de vezes. *Eu passo.* Tinha uma dúzia de coisas pululando na cabeça, mas nenhuma delas ultrapassava os lábios. *Meu nome é Matt. Obrigado pela oportunidade. Hoje eu vou só ficar ouvindo.*

* * *

Às onze descemos e saímos do prédio. Sugeri um café e ele disse que a idéia era boa. Andamos até a 86, onde havia um restaurante de que eu gostava. Estava com fome suficiente para pedir um queijo quente e rodelas fritas de cebola. Ele só quis café.

— Quase levantei a mão. Quase, quase.

— Você pode falar, a hora que quiser. Mas não precisa.

— As pessoas falam de qualquer coisa, não falam? Eu pensei que a pessoa falasse alguma coisa relacionada com o que a outra tinha dito antes, mas não é bem assim que funciona, não é mesmo?

— Você fala aquilo em que está pensando.

— Lá em casa, o que eu sempre escutei foi "Não conte nada íntimo a estranhos". Estou acostumado a guardar as coisas aqui dentro.

— Eu sei como é.

— E funciona mesmo, não é? Você não bebe, vai às reuniões e fica sóbrio?

— Funciona para mim.

— Nossa, eu acho que funciona mesmo. Dez anos.

— Os dias se somam.

E quanto a Deus?, ele quis saber. E quanto ao cartaz na parede, a lista dos doze passos sugeridos? Você simplesmente não bebe, eu disse a ele, vai às reuniões e fica de mente aberta. Se eu acreditava em Deus? Algumas vezes, respondi. Eu não precisava acreditar em Deus o tempo todo. A única coisa que eu precisava fazer a cada minuto de cada dia era não pegar na bebida.

— Eu não devia estar aqui tomando seu tempo — ele disse. — Provavelmente tem coisas a fazer.

— Estou contente de ter companhia, Jim.

— Sabe, eu estava pensando. Lá na reunião, porque enquanto eu estava ouvindo alguém falar, minha cabeça começava a vagar. Estava pensando em Alan Watson. No cara que foi esfaqueado.

— E?

— Parece que tem alguma coisa me cutucando a memória, mas eu não consigo atinar com o que seja.

— Talvez se nós repassarmos aquele noite, passo a passo — tentei.

— Não sei. Talvez me ocorra alguma hora. Você disse que esse amigo dele acha que não foi só um assalto ao acaso?

— É isso que estou tentando saber.

— Por quê? Tinha alguém com algum motivo para matá-lo?

— Não que eu saiba.

— Então...

Não havia por que não contar a ele.

— Houve algumas outras mortes.

— No mesmo bairro?

— Não — respondi —, e também não ocorreram na rua.

— Então qual é a conexão?

— As vítimas se conheciam.

— Vítimas? Então foram todas assassinadas, como Watson?

— Algumas foram. Outras podem ter sido.

— Podem ter sido?

— Houve suicídios que podem ter sido forjados — falei. — E algumas mortes acidentais que podem ter sido provocadas.

— Quer dizer então que você tem esse grupo de caras... O que é, uma espécie de clube ou coisa parecida?

— Eu realmente não posso entrar em detalhes.

— Claro, eu compreendo. O que aconteceu, um dos caras contratou você? Por que não foram falar com a polícia?

— Uma das coisas que eu preciso fazer — eu disse — é estabelecer se se trata de um caso de polícia ou não.

— Tem que ser, você não acha? Se um grupo de caras está sendo assassinado, um atrás do outro...

— É isso que eu tenho que estabelecer.

— Pensei que tivesse dito que...

— Os assassinatos podem não ter relação nenhuma um com o outro. E os suicídios podem ter sido suicídios autênticos.

— E os acidentes podem ter sido legítimos — disse ele.
— Entendo. Tem feito algum progresso?

— Eu realmente não posso...

— ...entrar em detalhes, certo. Desculpe. Estava só tentando ter uma idéia do que, exatamente, eu deveria tentar lembrar. Sabe, eu simplesmente assumi que se tratava de um assalto, o que desconfio que eles chamam de crime de ocasião. Acho que um dos tiras usou esse termo, significando que o assaltante estava por ali na expectativa de pegar alguns dólares de alguém. Aí passou Watson, bairro bom, cara de quem morava por lá, terno e gravata, obviamente um profissional voltando para casa depois do trabalho, o sujeito calcula que o homem deve ter um bom relógio no pulso e algumas notas gordas na carteira. — Shorter franziu a testa. — Mas se alguém estava planejando com o assalto matar Watson, como é que faria? Ia ficar rondando a casa, esperando ele voltar?

— É uma maneira.

— Aí você teria alguém perambulando pela área — ele disse. — Não lembro de ter visto nada parecido, mas não sei se seria uma coisa que eu notaria. Um vagabundo qualquer todo sujo, barbado, rondando nas sombras, bom, aí sim, parte do meu trabalho era localizar gente desse tipo e mandá-los embora eu mesmo ou então ligar para o nove-um-um e dar a dica para eles. Mas o cara que você está procurando, ele não agiria assim, certo?

— Provavelmente não.

— Provavelmente estaria vestido direito — continuou — e ia querer ficar de olho na casa de Watson, ou pelo menos nas redondezas, para quando ele se aproximasse. E, pensando melhor, o mais provável é que estivesse de carro, você não acha? Você pensa em assaltante e já imagina um sujeito a pé, mas alguém com a intenção de fabricar um assalto podia muito bem ter carro, certo?

— É muito possível.

— Havia algum carro parado por lá? Bom, tinha um monte de carros, portanto a pergunta de fato é se havia alguém sentado dentro de um carro estacionado, e a resposta é que eu jamais teria reparado numa coisa assim. Como é que é esse cara, o cara que você está procurando?

— Não faço idéia.

— Então não tem nenhum suspeito? Ou uma descrição física? — Sacudi a cabeça. — Quer dizer, que se ele tinha um carro...

— Não tenho idéia da marca, do modelo, nem da placa.

— Era o que eu imaginava, Matt.

— Nem mesmo se ele tinha carro — eu disse. — Você percebe, se eu soubesse quem foi, eu estaria abordando a coisa de um ângulo inteiramente diferente.

— É, estou entendendo.

Conversamos um pouco sobre a natureza do trabalho de investigação, sobre as maneiras como eu abordara outros casos no passado. Ele não tinha formação policial, mas o tempo que passara fazendo segurança particular e patrulha de rua o deixara interessado no assunto, fazia boas perguntas e entendia bem depressa. A conversa morreu quando o garçom se aproximou para servir mais café e, quando reacendeu, o assunto mudou para o AA, para o alcoolismo e para onde Jim talvez rumasse dali em diante.

— Eu não sei se sou alcoólatra — ele disse, com sinceridade. — Ouvi muita coisa interessante hoje, mas tem muita coisa que aconteceu com o orador que não aconteceu comigo. Eu nunca fui hospitalizado, nunca entrei para um centro de desintoxicação ou de reabilitação.

— Por outro lado, ele nunca perdeu o emprego por causa da bebida.

— É, e eu sim. Quanto a isso, não se discute.

— Olha — eu disse —, quem é que sabe se vai servir ou não para o seu caso? Mas neste exato momento você está entre um emprego e outro, estava me dizendo agora há pouco que está com tempo disponível, e sai mais barato matar o tempo nas reuniões do que nos bares. O café é de graça e as conversas são mais interessantes. São as mesmas pessoas, sabia, nas reuniões e nos botecos. A única diferença é que nas reuniões elas estão sóbrias. Ficam mais divertidas para conviver e menos propensas a vomitar no seu sapato.

Durante o intervalo da reunião a que tínhamos acabado de assistir eu aproveitara para comprar um livro com a lista dos locais onde havia grupos do AA e repassei junto com ele, apontando alguns que ficavam mais próximos de onde morava. Perguntou-me quais eu freqüentava e eu lhe disse que, em geral, as reuniões do meu bairro.

— Cada reunião tem seu estilo próprio. Se você tentar várias, vai descobrir a que melhor se adapta a você.

— Como bares diferentes.

Eu lhe dei meu cartão, um dos minimalistas, só com nome e endereço.

— Esse é meu escritório — eu disse —, mas quando eu não estou as chamadas são transferidas automaticamente para minha casa. Se for uma emergência, pode me ligar a qualquer hora, do dia ou da noite. Do contrário, melhor não ligar depois da meia-noite. Se tiver passado da meia-noite e você ficar ansioso, sempre pode ligar para a Central. O número consta do livro, e eles têm voluntários para atender às chamadas vinte e quatro horas por dia.

— Você diz ligar e conversar com um estranho?

— Melhor que pegar um copo.

— Nossa — ele disse —, você me deu um bocado em que pensar, sabia? Quer dizer, eu não estava prevendo isso.

— Nem eu.

— Você me ligou, eu pensei comigo mesmo, que diabos, vou lá encontrar com o cara, tomar uma cerveja ou duas, bater um papo, quem sabe dando sorte ele até banca as cervejas. Eu não imaginei que fossem as últimas cervejas da minha vida. — Ele riu. — Se eu soubesse, quem sabe tivesse pedido alguma coisa importada.

18

Já passava bem da meia-noite quando cheguei em casa. A esticada de Elaine evidentemente terminara cedo; ela dormia profundamente e nem se mexeu quando deitei a seu lado. Eu estava exausto — o dia fora longo —, mas as horas que passei com Jim Shorter haviam me dado energia, deixando-me cansado mas ligado. Minha mente ziguezagueava por toda parte, cheguei a pensar que teria de me levantar e ler um pouco ou assistir televisão para me acalmar. Estava me preparando para fazer justamente isso quando veio o sono e me tomou de surpresa.

No café da manhã contei-lhe como passara a noite.

— Nem sei se ele vai voltar a outra reunião — eu disse —, que dirá não beber e ficar sem beber. Ele diz que não bebe tanto assim e que o álcool não o prejudicou demais, e até onde eu sei, ele está certo. Mas uma coisa eu lhe digo, me fez muito bem. Eles dizem que não há nada como trabalhar com um recém-chegado para revigorar o comprometimento da gente com o programa.

— Ele tinha alguma coisa útil a dizer sobre o assassinato em Forest Hills?

— Nada. Tinha um monte de perguntas e algumas teorias, mas não sugeriu nada em que eu já não tivesse pensado antes. Quanto a Forest Hills, acho que vou ter que ir lá pessoalmente. Qual é a previsão do tempo? Será que vai chover?

— Quente e úmido.

— Para variar, não é mesmo?

— A mesma coisa amanhã. Possibilidade de chuva na segunda.

— Para mim já não vai adiantar nada — falei. — Estava esperando que chovesse hoje, ou pelo menos que ameaçasse.

— Por quê?

— Assim eu não teria que camelar até Forest Hills. Eu preciso ver a viúva de Alan Watson e não estou muito ansioso por esse encontro.

— Não, mas vai — ela disse. — E se estivesse chovendo você iria debaixo de chuva, se eu conheço você. Seria o mesmo trajeto, só que você ia se molhar. De modo que está com sorte porque está só quente e úmido.

— Ainda bem que você me apontou tudo isso.

— Portanto, divirta-se com a viúva. O que foi? Eu disse algo errado?

— Não, claro que não. Embora não dê para dizer que esteja esperando me divertir.

— Como quiser, querido. Só não se esqueça de estar de volta lá pelas oito, hoje à noite. Temos um encontro marcado, lembra-se?

— Você ainda quer ir?

— Hã-hã. O melhor é chegarmos lá pelas dez, e vamos ter que jantar antes. Quer que eu prepare alguma coisa ou prefere jantar fora?

Eu disse a ela para não cozinhar nada, que havia uma infinidade de bons restaurantes a cinco minutos a pé do Marilyn's Chamber.

— Se bem que, por cinqüenta dólares, era de pensar que os filhos da mãe alimentassem a gente.

— As partes do corpo são só para ver — ela disse. — Não é considerado de bom-tom comê-las.

Atravessei a rua até meu hotel, peguei minha correspondência na portaria, subi e liguei para o número que eu tinha da casa de Alan Watson. Tocou dez vezes, sem ser atendido por voz humana ou máquina. Conferi a correspondência, joguei a maior parte fora, preenchi os cheques do aluguel e da conta de telefone, liguei para o Serviço de Informação de

Queens para ter certeza de que o número que eu tinha estava certo, depois disquei de novo e fiquei ouvindo o telefone tocar mais umas oito ou dez vezes.

Interrompi a chamada e liguei para Lewis Hildebrand. A mulher que atendeu disse que ele estava trabalhando e perguntou se eu queria o número do escritório dele. Disse-lhe que já tinha e, quando disquei, Hildebrand atendeu ele mesmo.

— Você é tão ruim quanto eu — ele disse. — Trabalhando no sábado. Se bem que não sei se estou trabalhando ou se só queria dar uma saída de casa. Tem alguma coisa muito relaxante num conjunto de escritórios quando só tem você. Parece que o lugar todo me pertence.

— E não pertence?

— Bom, sim, de certa forma. Mas é diferente quando eu sou o único aqui. Tarde da noite, ou no fim de semana. Ray Gruliow me ligou.

— Eu estava lá.

— Uma segunda vez. Até ontem à noite ainda havia dois sócios com quem ele não tinha conseguido entrar em contato. Três disseram que terça-feira definitivamente não vai dar e um quarto tem um problema, mas vai tentar comparecer.

— Supondo-se que ele não consiga, quantos Gruliow está esperando?

— Oito.

— Incluindo você e Gruliow?

— É, e você será a nona pessoa presente. Pelo que entendi, estamos esperando você às três e meia.

— Pensei que fosse às três.

— Nós vamos nos reunir às três — ele disse. — Os sócios. O consenso geral foi que devíamos ter meia hora entre nós para discutir a situação e aí você se juntaria à gente.

— Está certo. Parece boa idéia. Não sei exatamente qual seria meu papel lá, mas suponho que devo fazer um relatório do que apurei e dar umas recomendações quanto ao que eu acho que vocês devem fazer.

— Suponho que sim, é.

— Mas quem me contratou foi você, por isso eu queria

lhe fazer um relatório preliminar. — E assim fiz, repassando o que eu ficara sabendo e o que acabara por suspeitar, resumindo, percorrendo tudo de novo tanto em benefício próprio quanto para esclarecimento do cliente.

— Parece que você fez um bocado.

— É, eu sei. A mim também parece que sim. Só Deus sabe como andei ocupado. Não faço a menor idéia de quantas horas trabalhei, mas a impressão é que eu gastei um tempão enorme nisso.

— Se você trabalhou mais do que o adiantamento cobre...

— Eu não sei se trabalhei mais ou não e isso não está me preocupando agora. Não, a questão é que investiguei um bocado de coisas e até consegui reunir uma quantidade razoável de dados, mas não tenho muita certeza do que significa tudo isso. Será que estou mais perto agora de amarrar as pontas desse caso do que estava quando almoçamos juntos no Addison? Não sei, mas acho que não.

— O que viria a ser "amarrar as pontas"?

— Responder às perguntas principais.

— Que são...

— Tem alguém matando os sócios? Em caso positivo, quem é ele? E onde está ele, e como podemos pegá-lo? Eu diria que essas são as perguntas principais. Estou tentado a responder à primeira com um sim experimental, mas, quanto às outras perguntas, continuo completamente no escuro.

— Responder a elas significaria concluir o caso, não é verdade?

— Suponho que sim.

— Portanto não me espanta que ainda estejam sem resposta. Tem outra pergunta que eu pelo menos consideraria tão fundamental quanto as outras, embora não seja tanto uma questão de investigação quanto de decisão. Será que chegou a hora de irmos a público? Será que já fomos tão longe quanto era possível ir com essa investigação discreta, sem grande estardalhaço?

— Essa é das boas — concordei com ele. — Mas não

cabe a mim responder. Acho ótimo que haja oito de vocês na casa de Gruliow, na terça-feira. Seria melhor ainda se houvesse mais. Eu gostaria que todos vocês pudessem estar lá.

— Eu também.

— Porque uma das coisas que vocês vão ter que decidir é para onde vamos daqui para a frente — eu disse. — E eu desconfio que chegou o momento de vocês decidirem isso.

Passei o resto do dia em meu quarto no Northwestern. Mais ou menos de hora em hora eu tentava o número de Forest Hills, sem resposta. Fiz outros telefonemas durante o dia e assisti ao jogo do Yankees no MSG. (Elaine me perguntou uma vez, aparentemente com toda a seriedade, por que eles tinham dado a sigla do glutamato monossódico a um canal de televisão a cabo. Madison Square Garden, eu disse. Ah, disse ela.) Wade Boggs marcou para Nova York fazendo um raro circuito das bases na primeira metade do nono tempo. Duas entradas depois, Travis Fryman rebateu uma bola na linha da terceira base. Boggs vacilou e lançou por cima da cabeça de Mattingly. Fryman se preparou na segunda e marcou num arremesso à esquerda de Cecil Fielder, o que deixou todo mundo muito feliz em Detroit.

Desliguei a televisão e o telefone tocou. Era Jim Shorter.

— Tomara que eu não esteja, sabe como é, interrompendo alguma coisa — ele disse. — Mas você me deu seu cartão e disse para ligar a qualquer hora.

— Fico contente que tenha ligado. Como vão as coisas?

— Nada más. Ainda não bebi nada hoje.

— Isso é ótimo, Jim.

— Bom, ainda é cedo. O dia ainda não terminou. Aliás, tem dias em que eu não bebo nada. — Alguns segundos depois: — Fui a uma reunião.

— Fez bem.

— Desconfio que sim. Sei lá. Mas mal é que eu não fiz, não vejo como poderia ter feito, certo?

— Certo. Aonde você foi?

— Ao mesmo lugar de ontem à noite. Pus um dólar na sacola, tomei duas xícaras de café e comi um punhado de biscoitos. Acho que ninguém tomou na cabeça, né?

— O preço está correto.

Ele me contou da reunião. O grupo era mais leve do que o da noite anterior, mas ele reconheceu algumas pessoas. E deu os pontos altos da história do depoimento de abertura.

— Eu queria levantar a mão — ele disse.

— Podia ter levantado.

— Gente que parou de beber faz menos de noventa dias estava levantando a mão, dando depoimento e ganhando palmas. Eu ia levantar a mão e dizer que era meu primeiro dia mas aí pensei, puxa, vamos esperar mais uns dias.

— Faça o que achar mais tranqüilo para você.

— Quem sabe eu volto lá hoje à noite — ele disse. — Tudo bem ir a mais de uma por dia?

— Você pode ir o dia inteiro. Não tem limite.

— Você vai? Quem sabe eu podia ver como é uma reunião em West Side, ver se tem alguma diferença.

— Eu gostaria muito — falei, com honestidade —, mas tenho outro compromisso hoje à noite.

— Uma outra hora, então. Como vai o caso?

— Digamos que o dia está lento.

— Bom, não vou mais tomar seu tempo. Quem sabe eu, hã, dou uma ligada amanhã.

— Quando quiser — eu disse. — Sério.

Estava cruzando o saguão de entrada, a caminho de casa, quando lembrei que não tinha deixado o telefone na transferência automática das ligações. Subi de novo, apertei o código, liguei para o apartamento e disse a Elaine que estaria em casa em dois minutos.

— Então para que ligou? — ela perguntou. — Ah, certo. Transferência.

Já estava pronta quando eu cheguei, vestida com a roupa de couro que me mostrara antes, junto com mais perfume e maquiagem do que era seu hábito.

— Eu decidi — explicou — que um calabouço não é lugar para discrição.

— Então acha que não vai ter ninguém exercendo um mínimo de censura?

— Eu só vou perdoar isso porque te amo. Provavelmente vai querer tomar um banho, e as suas roupas estão em cima da cama.

Tomei uma chuveirada, fiz a barba, vesti a calça esporte escura que ela separou para mim, depois fui até a sala, com a camisa na mão.

— O que é isto? — perguntei.

— É uma *guayabera*.

— Isso eu estou vendo. De onde veio?

— De Yucatan, originalmente, só que eu acho que essa aí foi feita em Taiwan. Ou na Coréia. Diz na etiqueta.

— O que eu estou querendo dizer...

— Comprei para você. Experimenta. Deixa eu ver. Nossa, ficou ótima.

— Para que todos esses bolsos? E esses debruns todos.

— É o estilo dela. Você não gostou?

— Se tivesse me avisado a tempo — eu disse —, podia ter deixado crescer as costeletas, e um bigodinho também. Aí, com o corte certo de cabelo, eu até que ia ficar com cara de cafetão de filme dos anos quarenta.

— Eu acho que você ficou com um jeitão casual porém imponente. É presente, falando nisso, mas não precisa me agradecer.

— Ótimo — respondi.

O Marilyn's Chamber ficava no porão de um armazém na rua Washington. Firmas de embalagem de carne ocupavam as instalações à esquerda, à direita e do outro lado da rua. Não havia placa indicando a entrada do clube. A porta verde não tinha nenhum sinal, só uma lâmpada vermelha, de poucas velas, por cima. Eram dez horas quando batemos e fomos admitidos por um rapaz negro de pele bem escura, cabeça raspada, macacão preto sem mangas e uma máscara preta. Era uma e quinze da manhã quando o mesmo rapaz abriu a porta para sairmos.

Vi um táxi à procura de passageiros na rua Washington, fui até o meio-fio e acenei. Dei o endereço ao motorista, recostei no banco e quando Elaine começou a dizer alguma coisa eu a interrompi, sugerindo que voltássemos para casa em amigável silêncio.

— Eu prefiro conversar — ela disse.

— Eu prefiro que não converse.

— Está com medo de que eu deixe o motorista constrangido?

— Não, estou com medo...

— Porque o nome dele é Manmatha Chatterjee. Ele é da Índia, terra do *Kama Sutra*. Foi o povo dele que inventou trepadas mirabolantes.

— Por favor.

— Portanto, ele não vai ficar constrangido.

— Eu fico.

— Além do mais, se ele corasse, quem saberia?

— Mas que droga...

— Estou falando baixinho — ela disse —, não dá para ele escutar de jeito nenhum, seu velho urso bobo. Eu vou parar. Vou me comportar. Prometo.

Não disse mais uma palavra o resto do trajeto. No elevador, perguntou:

— Posso falar agora, meu senhor? Ou acha que o elevador está grampeado?

— Acho que estamos seguros.

— Eu me diverti. E não senti muito calor com esta roupa de couro.

— Talvez tivesse sentido, se tivesse ficado com a parte de cima.

— Provavelmente. Você estava muito atraente com a sua *guayabera*.

— Casual porém imponente.

— Puxa. Estou supercontente de a gente ter ido. Olha,

vai demorar um bocado ainda para você ver alguma coisa parecida na televisão.

— Tomara.

— O que eu adorei mesmo foi ver como as pessoas pareciam comuns. Não estou falando do que elas estavam vestindo, mas delas mesmas. Você vai esperando encontrar os figurantes de um filme de Fellini e dá de cara com um pessoal que podia muito bem estar dando festinhas para vender Tupperware.

— Grande submundo do sexo.

— Mas é por isso que é ainda mais excitante — Elaine falou —, porque é mais real. Todo mundo tão fleumático com as perfurações corporais. E parecia tudo tão estranho, não é mesmo? Tribal, primitivo.

— E definitivo.

— Como tatuagem, só que entra na carne. Olha, eu tenho as orelhas furadas, e no fundo, no fundo, qual a diferença entre um lóbulo e um bico de seio?

— Não faço idéia — eu disse. — Qual é a diferença?

Já estávamos em casa.

— Não sei — ela disse, passando os dois braços pela minha cintura. — Qual a diferença entre purê de batata e sopa de ervilha?

— Qualquer um sabe fazer purê de batata.

— Eu já tinha te contado essa, né?

— Várias vezes.

— As velhas piadas são as melhores. Foi engraçado, não foi? Você se divertiu?

— Me diverti.

— Ficou irritado quando eu tirei a blusa?

— Surpreso. Não bravo.

— Bom, com tanto peito na sua cara, eu não queria que esquecesse como eram os meus.

— Não tem perigo. Os seus eram os mais bonitos.

Ela se afastou de mim rodopiando.

— Ah, eu vou comer você hoje de qualquer jeito, garoto. Não precisa mentir.

— Quem falou que eu estava mentindo?

— Digamos que, se fosse o Pinóquio, agora seria um bom momento para sentar em cima do nariz.

— Vou lhe contar o que mais me surpreendeu — eu disse. — Eu pensei que nós tivéssemos concordado que não íamos participar.

— E quem foi que participou? Ah, está falando daquela história de mocinhas com mocinhas? Achei que isso não contava.

— Oh.

— Eu meio que entrei no espírito da coisa, acho. Você se aborreceu?

— Acho que "aborrecer" não é o termo exato.

— Ficou bravo?

— Também não sei se "bravo" seria o mais adequado.

— Te pegou, é?

— Me pegou.

— Bom, foi para isso que nós fomos, não foi? Para nos pegar? Seu urso velho. Sabe o que eu acho que vou fazer? Acho que vou te amarrar. Desta vez você não vai pegar no sono, vai?

— Provavelmente não. Pelo menos por algumas horas.

19

O Paris Green tem um ótimo brunch aos domingos, com mesas na calçada debaixo de guarda-sóis listrados de verde e branco. Dormimos até tarde e começamos o dia ali. Depois Elaine tomou um táxi até o mercado das pulgas da Sexta Avenida, que funciona nos fins de semana, para reiniciar a caça à arte folclórica urbana. Eu tomei a segunda xícara de café e fui a pé para casa.

Jim Shorter telefonara durante nossa ausência, deixando um recado na secretária. Liguei de volta e combinei encontrá-lo dentro de uma hora numa reunião na rua Amsterdã com a 96. Em seguida liguei para um outro Jim, meu padrinho Jim Faber, para confirmar o jantar e decidir qual restaurante chinês iríamos agraciar com nossa presença.

Acabamos indo parar no Vegetarian Heaven, na rua 58, a poucos metros da Oitava Oeste. O restaurante fica no subsolo e a sala de refeições é toda dividida em compartimentos, uma infinidade de cubículos e mesas, a maioria vazia.

— Que bom que viemos — Jim disse. — Fazia tempo que eu andava querendo experimentar este lugar, mas de fora parece tão chinfrim. Será que eles têm movimento? Tomara que sejam importadores de heroína, e isto aqui não passe de um bico.

— Às vezes enche na hora do almoço. Elaine adora vir aqui porque pode pedir tudo que tem no cardápio. A maior parte dos restaurantes chineses repete sempre os mesmos quatro ou cinco pratos vegetarianos e ela enjoou deles.

— Ela podia freqüentar este aqui para sempre — disse

ele, folheando as páginas do cardápio. — Por que você não faz o pedido, já que conhece o lugar?

— Claro. O que está com vontade de comer?

— Comida — respondeu. — Comida boa, e bastante.

Enquanto jantávamos, fui contando o que fizera de tarde e como uma trilha muito pouco promissora, que eu seguia numa investigação difícil, acabara se transformando num inesperado chamamento do Décimo Segundo Passo.

— Não é muito de seu feitio — Jim disse. — Você nunca demonstrou grandes zelos missionários.

— Bom, nunca achei que fosse tarefa minha fazer o mundo ficar sóbrio. No começo eu mesmo não tinha lá muita certeza se queria de fato a sobriedade, de modo que a última coisa que eu faria era vender esse peixe para outra pessoa. Depois, quanto mais fui me afastando da bebida, mais convencido fui ficando de que não era da minha conta se os outros bebiam ou não. Quem sabe os que bebem estão melhor desse jeito, bebendo. Quem sou eu para dizer o contrário?

— Seu amigo Ballou...

— Meu amigo Mick Ballou bebe feito uma esponja todo santo dia e se alguma vez resolvesse entrar numa reunião ninguém ali ia lhe dizer: "Olha, você está no lugar errado". Eu tenho certeza de que o álcool está fazendo mal para ele, física e mentalmente, mesmo que a coisa ainda não esteja aparente. Mas tenha a santa paciência, ele já é adulto. Pode muito bem tomar suas próprias decisões.

— Mas com esse sujeito...

— Acho que me identifiquei com ele — eu disse. — Dei uma olhada na vida do cara, ou no que eu imagino que deva ser a vida dele, e percebi que eu podia ter seguido um caminho muito parecido. De qualquer modo, não resolvi de cara que iria arrastá-lo para uma reunião. Mas de repente me peguei falando do assunto e ele me pareceu interessado, aberto a sugestões.

— Acho legal da parte sua. Você não está apadrinhando mais ninguém, está?

— Eu não sou padrinho dele.

— Bom, a mim está parecendo que é, mesmo que nenhum dos dois esteja usando o termo. Acho que vai lhe fazer muito bem trabalhar com um recém-chegado. Só não fique surpreso se ele beber.

— Não.

— Não se pode fazer ninguém ficar sóbrio e não se pode manter ninguém sóbrio. Você sabe bem disso.

— Claro.

— E espero que se lembre da definição de padrinho bem-sucedido.

— É aquele padrinho que continua sóbrio.

— Pode ter certeza de que é isso mesmo. Sabe de uma coisa, esse negócio engana a gente. Você pensa que está comendo carne mas não está. Isto aqui é para ser o quê, exatamente, enguia?

— Acho que fazem com soja.

— Vai chegar um dia — disse ele — em que vão fazer tudo de soja. Cadeiras, mesas, automóveis, sanduíche de peito de peru. Tudo. Mas isto aqui teoricamente deveria parecer e ter gosto de enguia, e acontece que se fosse a coisa genuína eu não poderia nem chegar perto, porque detesto enguia. Acho que sou um pouco alérgico.

— Devia ter dito alguma coisa quando eu fiz o pedido.

— Mas se não é enguia de verdade, qual o problema? Eu não sou alérgico a enguia falsificada. Aliás, eu gostei.

— Coma mais.

— Pode deixar comigo. Elaine come essas coisas o tempo todo, é? Não isto aqui, digo comida vegetariana. Ela não come nem peixe, come?

— Não.

— Eu sentiria falta de carne. Tudo bem com vocês dois?

— Tudo ótimo.

— Continua vendo aquela outra?

— De vez em quando.

De início não lhe contara nada a respeito de Lisa, mas não porque tivesse receio de que fosse me censurar. É que Jim conhece Elaine e eu não queria sobrecarregá-lo com algo que precisava ser mantido em segredo, principalmente porque era uma coisa que terminaria em algumas semanas. Quando não terminou e foi indo, indo, eu toquei no assunto.

— Da última vez em que a vi — eu disse —, o que eu estava querendo a princípio era um trago. Aí liguei para ela.

— Bom, se eram essas suas duas opções, eu diria que escolheu a certa. Sei lá se esse relacionamento de vocês tem algum futuro, se bem que ontem à noite eu assisti um programa especial na PBS, sobre o efeito estufa, e acho que se pode dizer a mesma coisa da raça humana. Ela não é do tipo que pode estragar seu casamento, é?

— Eu não sou casado.

— Você sabe do que eu estou falando.

Confirmei com a cabeça.

— Ela está sempre lá — falei. — Nunca liga para mim e quando ligo ela diz para eu aparecer.

— Para mim soa como o milagre que eu pedi a Deus. Faz um favor para mim, tá? Vê se ela tem uma irmã.

Ficamos um tempão à mesa e chegamos alguns minutos atrasados à reunião de estudo do Livro Azul na St. Clare. Depois acompanhei Jim até sua casa e segui em frente até o Grogan's Open House, na 50 com a Décima. O dono é Mick Ballou, se bem que não adianta procurar que você não vai encontrar o nome dele na licença. Mick tem uma fazenda na comarca de Sullivan, a algumas horas de distância da cidade, mas é o nome de um outro homem que está na escritura. Também tem alguns apartamentos na cidade e dirige um Cadillac Brougham, mas no papel não consta que seja dono de nada. E quando finalmente abrirem um processo por atividades ilegais contra ele, vai ser difícil achar alguma coisa para confiscar.

Eu pretendia dar um pulo lá na sexta-feira, mas passara a noite no Upper East Side, resgatando almas para o seio da temperança. Duas noites depois, o bar estava quase vazio, apenas três velhos sentados em silêncio, no balcão, e dois outros numa das mesas. Burke, atrás do bar, me disse com o canto da boca fina que o patrão não era esperado.

Fiquei tempo suficiente para tomar uma Coca e assistir a um pedaço do jogo na ESPN, o Brewers jogando contra o White Sox, com um monte de jogadores acertando a bola na arquibancada. Mas não estava prestando atenção de fato e quando meu copo esvaziou voltei para casa.

Wally Donn ligou logo de manhã cedo.

— Eu precisava de você uns dois ou três dias desta semana. Está disponível?

— Estou no meio de um caso.

— Muito ocupado?

Eu não estava, não de verdade. Não havia muito que eu pudesse fazer até nosso grande encontro na casa de Gruliow, na terça à tarde.

— Que tal se eu der uma ligada para você na quarta de manhã? — eu disse. — Ou amanhã, no final da tarde, se eu tiver uma chance. Até lá já vou ter uma idéia melhor de como estão as coisas.

— Na verdade eu precisava de você hoje. Na quarta, talvez não tenha mais nada. Mas me liga e a gente vê.

Eu podia ter ido trabalhar para Wally, tendo em vista o que acabei fazendo o dia inteiro. Dei meu telefonema de hábito para Forest Hills e não fiquei nem um pouco surpreso quando ninguém atendeu. Eu já decidira que a viúva de Watson devia ter viajado e estava começando a me perguntar o que na verdade eu poderia lhe perguntar se algum dia ela voltasse.

Depois do almoço passei na loja de Elaine, com a intenção de lhe dar uma folga, mas ela não estava; TJ, muito senhor de si e todo profissional nos novos trajes, estava cuidando da loja para ela. Fiquei por ali sentado, conversando com ele uma meia hora, período em que vendeu um par de apoios para livro para um homem meio corcunda com uma camisa estampada com a frase "Mortos Agradecidos". O sujeito ofereceu trinta dólares, depois quarenta, aí disse que pagaria o preço pedido de cinqüenta dólares se TJ não cobrasse o imposto sobre a venda. TJ não cedeu um milímetro.

— Você é durão — o sujeito falou, com admiração. — Bom, provavelmente estou pagando demais, mas e daí? Daqui a dez anos, quando eu olhar para eles na estante, será que vou me lembrar de quanto paguei? — Entregou o cartão de crédito, TJ preencheu o valor da venda e fez todas aquelas coisas que se tem de fazer com um cartão como se estivesse nisso há anos.

— Eles são muito bonitos — TJ comentou, finalmente, entregando os suportes de livro embrulhados. — Tudo somado, acho que conseguiu uma pechincha.

— Eu também — o homem falou.

No jantar, repeti para Elaine, jogada por jogada, toda a transação. — "Tudo somado, acho que conseguiu uma pechincha." Onde você acha que ele aprendeu a falar desse jeito?

— Não faço idéia. Como é que ele conseguiu o preço total? Eu já tinha dito para ele que podia dar desconto de dez por cento em qualquer mercadoria para vender.

— Ele me disse que sabia que o freguês pagaria os cinqüenta se ficasse firme.

— Mais o imposto?

— Mais o imposto.

— É, eu desconfio que servir de isca nos carteados da vida ensina alguma coisa. Suponho que se você consegue comprar e vender na rua 42, você consegue comprar e vender em qualquer lugar do mundo.

— Evidentemente.

— Mas mesmo assim eu fico espantada como ele muda de um linguajar para outro. Será que na verdade é um garoto de classe média e todo esse modelinho rua é só encenação?

— Não.

— Era o que eu imaginava. Mas nunca se sabe, certo?

— Às vezes a gente sabe — eu disse.

Jim Shorter não ligara. Eu telefonei depois do jantar e não obtive resposta. Dei um pulo até a reunião na igreja de St. Paul. A mulher que abriu a reunião tinha opiniões formadas a respeito de tudo. Saí no intervalo, voltei para meu hotel e fiquei ali espiando pela janela.

Cancelei a transferência de chamadas assim que cheguei. Estava tentando desativá-la automaticamente e restabelecer a transferência automática na hora de ir embora. Peguei um livro, li um pouco, larguei o livro, voltei a espiar pela janela e o telefone tocou. Era Shorter.

— Oi — ele disse. — Como vão as coisas?

— Tudo bem. E com você?

— Bom, ainda não bebi.

— Isso é ótimo.

— Fui a uma reunião — e então me contou onde e um pouco mais do conteúdo do depoimento de abertura do que eu precisava saber. Falamos sobre o AA uns minutos, em seguida ele disse: — E a investigação? Como está indo?

— Está meio parada.

— Amanhã é o grande dia, não é?

— O grande dia?

— É, quando você vai se reunir com todo mundo para saber que rumo tomar daqui por diante. Acha que o assassino vai estar lá?

— É uma coisa em que pensar. Mas eu não estou certo de que *haja* um assassino.

— Ei, Matt, fui eu que descobri o corpo de Watson, lembra-se? E não tem a menor dúvida de que alguém matou o homem. Quer dizer, ele não fez aquilo sozinho.

— Um único assassino. Como eu lhe disse, Jim, não tenho certeza se existe um, e se houver não tenho nenhum motivo para achar que seja integrante do grupo.

— E quem mais poderia ser?

— Não sei.

— Bom, o que eu acho... mas imagine eu aqui tendo opiniões. Esqueça, você não está interessado no que acho.

— Claro que estou, Jim.

— Tem certeza? Bom, eu aposto que é um deles. Algum cara que, na aparência, tem uma dessas vidas perfeitinhas mas que lá por baixo é uma baixaria. Está me entendendo?

— Estou.

— Vão aparecer todos, amanhã?

— A maior parte. Alguns não podem.

— Se você fosse o assassino — ele disse —, e se alguém convocasse uma reunião como essa, você iria? Ou você arrumaria uma desculpa para não ir?

— Impossível saber.

— Eu iria. Como é que você vai ficar de fora? Você ia querer saber o que eles disseram, não ia?

— Suponho que sim.

— É melhor dormir bem hoje à noite — disse. — Amanhã você vai estar numa sala com o assassino. Acha que vai conseguir pressentir alguma coisa?

— Duvido.

— Não sei — falou. — Você foi da polícia um tempão. Tem instintos. Isso talvez o mantenha longe.

— Os meus instintos?

— Saber que você vai estar lá. A menos, sabe como é, que ele queira ficar cara a cara com o adversário. O que você acha?

— Eu acho que você tem visto televisão demais.

Ele riu.

— Sabe o que mais? Acho que você tem razão. Onde é que vai ser a reunião de amanhã? No escritório de alguém?

— Eu realmente não posso dizer, Jim.

— Mas é em Manhattan, certo? Desculpe, estou metendo o nariz onde não fui chamado e não é essa minha intenção.

— É no Village, mas não quero entrar em mais detalhes.

— Não é importante. Falando no Village, eu estava pensando em ir a uma daquelas reuniões à meia-noite na rua Houston. Não creio que você esteja com disposição hoje, não é mesmo?

— Hoje não.

— Não, você vai ter um dia cheio amanhã. Nem eu sei se estou querendo ficar assim até tão tarde na rua. Até terminar já vai ser uma hora da manhã, aí eu ainda tenho que voltar tudo, até em casa. E talvez até chova. Está ameaçando. Sabe de uma coisa? Vou ficar por aqui mesmo.

— Não o culpo.

Ele riu.

— É bom conversar com você, Matt. Acredite-me, ajuda. Antes de ligar para você, eu estava pensando, puxa vida, por que eu não posso tomar um copo de cerveja? Quer dizer, quem é que vai sentir os efeitos de um copo de cerveja?

— Bom...

— Não se preocupe — falou. — Não vou tomar nada. Eu nem estou mais com vontade. Bom trabalho, amanhã, certo? E me dê uma ligada se tiver chance. Você me liga?

— Ligo, sim — respondi.

Eu devia estar esperando pela chamada dele. Assim que acabamos de conversar, liguei a transferência de chamada e fui para casa. Ray Gruliow tinha ligado durante minha ausência. Telefonei para ele.

— Três e meia amanhã. Está bom para você? — ele perguntou.

— Ótimo.

— Eu disse aos outros para estarem lá às três. Assim todo mundo fica por dentro do assunto antes de você chegar.

Haveria oito deles, Gruliow me disse, nove caso Bill Ludgate conseguisse limpar a agenda. E seria estranho vê-los todos de novo assim tão cedo, nem dois meses depois do último jantar. Estranho vê-los fora do local costumeiro, numa sala de estar particular em vez de em um restaurante.

— Falando nisso — disse ele — eu gostei da nossa conversa, no outro dia.

— Eu também.

— Temos que repetir a dose, qualquer dia desses. Depois que todo esse absurdo entrar nos eixos de novo. Combinado?

— Combinado.

Desliguei e me servi de café. Fui ver televisão com Elaine, mas não conseguia me concentrar no programa.

Dependendo da capacidade de Bill Ludgate de cancelar seus compromissos, teríamos oito ou nove sócios na casa de Gruliow, cinco ou seis ausentes. O assassino estaria presente ou ausente? Venceria a curiosidade dele? Ou o medo o manteria afastado?

Talvez fosse a casa dele.

Ridículo pensar que podia ser Gruliow. "Hard-Way" Ray como um assassino diabólico? Claro, o homem era suficientemente inteligente para organizar todos os detalhes e decidido o bastante para executá-los. E havia quem dissesse que era impiedoso o bastante, até louco o bastante.

Eu não conseguia imaginá-lo no papel. Acontece que não conseguia imaginar nenhum deles, e ninguém mais tinha um motivo. Esqueça o motivo — ninguém mais sabia da existência do clube.

Seria possível eliminar algum deles? Hildebrand, pensei. Uma coisa que o assassino não faria era contratar um detetive particular.

A menos que...

Bom, era loucura, mas por que esperar um comportamento coerente de alguém que há anos vinha matando sistematicamente seus antigos amigos? Quem sabe meter um detetive no meio poria um pouco mais de emoção no jogo. Quem sabe estava ficando meio chato apagar mais ou menos um por ano. Quem sabe era irritante ver que os demais se recusavam a perceber o que estava acontecendo. De modo que talvez Lew Hildebrand tivesse decidido equilibrar um pouco as chances introduzindo um detetive. Mas, como não estava querendo dificultar demais as coisas para o lado dele, tivera o bom senso de contratar um detetive que não era lá muito brilhante...

É melhor dormir bem hoje, Jim Shorter aconselhara.

Pois sim.

20

Eles se reuniram — nove dos catorze dos trinta e um — às três da tarde da última terça-feira de junho, um dia quente e enevoado, com cheiro de ozônio queimado empesteando a atmosfera densa. Nenhum deles chegou ansiosamente adiantado nem modernamente atrasado. Os primeiros a chegar foram Gerard Billings e Kendall McGarry, em táxis separados que descarregaram seus passageiros simultaneamente. Os dois tocaram a campainha de Gruliow cinco minutos antes da hora marcada. Mal tinham se acomodado quando a campainha tocou novamente. Quando Bob Berk chegou, às três e dois, pedindo desculpas pelo atraso, era o nono homem. Cinco minutos depois das três, Ray Gruliow levantou-se e iniciou a reunião.

Já fizera isso uma vez. Com a morte de Frank DiGiulio, em setembro último, Ray Gruliow se tornara o sócio mais velho do clube e, conforme as regras, presidira a reunião anual de maio. Era só a segunda vez que o bastão passava, em trinta e dois anos — de Homer Champney para Frank DiGiulio e, agora, para Gruliow.

O que ele nunca fizera antes, o que ninguém tinha feito antes, era abrir uma reunião num outro local e numa outra época do ano, rompendo com a tradição. Por isso pensou um bocado na forma como a reunião deveria ser conduzida e consultou vários outros sócios sobre o assunto. A conclusão foi de que deveria variar o menos possível da forma habitual e, portanto, ele começou dizendo os nomes dos sócios mortos, na ordem em que haviam morrido, começando com

Philip Michael Kalish, James Severance, Homer Gray Champney e terminando com Francis DiGiulio e Alan Walter Watson.

— Queria agradecer a vocês por terem vindo — falou. — Conversei com cada um sobre a situação que temos diante de nós e sei que alguns de vocês conversaram entre si. Vejamos se eu consigo resumir o que está havendo conosco e depois pode falar um por um, como de hábito, para ter uma idéia do que vocês acham disso tudo. Às três e meia teremos companhia, um detetive chamado Scudder. Seria bom se pudéssemos estar com alguma coisa já decidida quando ele chegar...

Eu cheguei à rua Commerce quinze minutos adiantado e matei o tempo perambulando por aquele emaranhado de ruas estreitas. Aquilo me fez lembrar do tempo em que eu era um calouro no Sexto DP, na época situado na rua Charles. Eu era novo no Village, excitado pelo que via, mas sempre meio perdido entre aquelas ruas excêntricas. Pensei que nunca fosse pegar a manha, mas nada melhor para familiarizar alguém com um bairro do que fazer a ronda diária. Não demorou muito tempo.

Às três e meia em ponto subi os degraus até a porta da casa de Gruliow e usei a cabeça de leão da aldrava. Gruliow abriu a porta imediatamente e me recebeu com um sorriso, um que ele já me mostrara antes, o que dava a entender que nós dois compartilhávamos um segredo.

— Chegou bem na hora. Entre. Tem um punhado de camaradas aqui que querem conhecê-lo.

Apesar do calor, fiquei contente de estar usando terno. Estavam todos de terno escuro, exceto Lowell Hunter, que usava um terno listrado de crepom de algodão, e Gerard Billings, como sempre de gravata-borboleta, marca registrada do homem do tempo, e blazer verde-claro. Gruliow me apresentou e eu apertei a mão de todos eles, tentando guardar as fisionomias na cabeça e encaixá-las nos nomes que eu já conhecia. Não havia tantos assim para lembrar. Dos nove, eu já conhecia Gruliow e Hildebrand, e reconhecia o rosto de Billings e de Avery Davis. Sobravam Hunter, Bob Berk, Bill Ludgate, Kendall McGarry e Gordon Walser.

Dos outro cinco sócios do clube, Brian O'Hara estava fazendo trekking no Himalaia com o filho mais velho e só voltaria daí a dez dias. John Youngdahl morava em St. Louis, mudara-se para lá oito anos antes, nunca perdia uma reunião anual em maio, mas não pudera comparecer aquela tarde, assim com tão pouca antecedência. Bob Ripley estava em Ohio para assistir à formatura da filha na faculdade, e Douglas Pomeroy e Rick Bazerian tinham compromissos que não puderam desmarcar.

Depois das apresentações, sentamo-nos e todos ficaram à espera de que eu dissesse alguma coisa. Olhei em volta para o círculo de fisionomias ansiosas e tudo em que consegui pensar foi que queria um trago. Respirei bem fundo, soltei o ar e expulsei o pensamento.

Agradeci a todos pela reunião.

— Sei que tiveram pouco tempo para debater a situação — falei —, mas achei que podia lhes dar uma idéia de como as coisas parecem da minha perspectiva, que é a de um estranho e a de um investigador profissional. — Falei durante uns quinze ou vinte minutos, discutindo as várias mortes, uma por vez, especulando sobre a provável legitimidade dos suicídios e acidentes. Não lembro exatamente do que eu disse, mas não engasguei e acho que falei coisa com coisa. Pela cara deles, estavam atentos a cada sílaba que eu dizia.

— Para onde nós vamos a partir daqui, cabe aos senhores decidir. Antes que eu enumere as alternativas, gostaria de usar este encontro para outro objetivo e aproveitar a oportunidade para lhes fazer algumas perguntas.

— Como o quê, por exemplo? — Gruliow quis saber.

— O clube teve um índice de mortes muito mais alto que a média. Foi isso que levou Lew a me contratar. Gostaria de saber quantos dos senhores também ficaram preocupados com o número de mortes e se a possibilidade de assassinato alguma vez lhes passou pela cabeça.

Kendall McGarry, o que tinha um antepassado que assinara a Declaração de Independência, disse que tivera exatamente essa mesma idéia e que ela lhe ocorrera já fazia bem uns dois anos.

— Mas descartei imediatamente, me pareceu extravagante, absurda, o tipo da coisa para segurar uma minissérie, boa para a televisão, mas totalmente inacreditável na vida real.

Bob Berk admitiu ter pensado nisso, muito rapidamente. Gordon Walser, que anunciara logo no primeiro encontro ter nascido com um dedo a mais em cada mão, disse que perdera o pai e a mãe e vários outros parentes na última década e que talvez isso tivesse encoberto o alto índice de mortes do clube. Também Lowell Hunter perdera "mais amigos do que eu seria capaz de contar" por causa da Aids; o índice de mortalidade do clube, isso ele podia nos garantir, era consideravelmente inferior ao de seu próprio círculo social.

Gerard Billings falou que teria se preocupado mais se a alta proporção de mortes tivesse sido resultado de doenças.

— Isso, sim, é ameaçador — ele disse. — Câncer, ataque cardíaco, todas essas bombas-relógio nas células e nos vasos sangüíneos da gente. Isso é que assusta. O suicídio, porém, isso é opção, uma que jamais levei em conta. Um acidente com um avião particular, bom, eu não piloto avião, portanto como é que uma coisa dessas vai acontecer comigo? Quanto a assassinato, é como ser atingido por um raio. Acontece sempre com os outros. Você se mantém longe dos bairros perigosos, não se mete com a mulher dos outros, não atravessa o Central Park à noite, não bagunça com o Jim. Sabe qual é, aquela música do Jim Croce? — Cantou alguns compassos, a voz diminuindo aos poucos diante do olhar fixo dos companheiros.

Bill Ludgate afirmou que sempre tivera plena consciência do alto índice de mortes, mas que nunca suspeitara de nada. Só ficou meio aborrecido ao perceber que sua geração começara a morrer e que ele próprio podia estar mais perto do fim do que imaginava. Avery Davis disse:

— Sabe, eu pensei a mesma coisa só que fui na direção oposta. Achei que os camaradas que se foram já tinham preenchido a nossa cota. Se eles estavam mortos, então minhas chances de ficar por aqui mais um pouco eram maiores. O que é um absurdo, pensando bem no assunto, mas para mim me pareceu quase lógico, na época.

Perguntei se algum deles notara alguma coisa suspeita. Alguma sensação de que estavam sendo seguidos ou vigiados? Alguma seqüência de enganos ou de chamadas telefônicas em que a pessoa do outro lado desligava sem se identificar?

Ninguém tinha nada de concreto. Bob Berk, que morava em Upper Montclair, Nova Jérsei, disse que houvera uma época em que seu telefone residencial estivera com muitos estalos e chiados, mas que o problema sumira meses antes, tão inexplicavelmente quanto começara. Bill Ludgate disse que a mulher fora perturbada por alguém que ligava e desligava sem dizer uma palavra e que já estava a ponto de tomar alguma providência quando ficou sabendo quem era a pessoa: uma namorada sua, tentando falar com ele em casa.

— Seu cachorrão — disse Gerry Billings.

Mas o caso acabou, Ludgate falou, e as ligações pararam.

Fiz mais algumas perguntas. Não comentei nada com eles, mas estava mais interessado em sentir quem eram do que nas informações que porventura pudessem me fornecer. Eu sabia onde moravam, sabia quantos anos tinham, sabia em que trabalhavam e quanto esse trabalho lhes rendia, mas queria sentir quem eram eles, individualmente.

Não sabia muito bem para quê.

Quando eles esgotaram seu repertório de respostas e eu o meu de perguntas, repassei as opções que havia. Eles podiam procurar a polícia, começando por Joe Durkin, que conhecia um pouco da situação, ou por qualquer outro ponto da cadeia de comando. Se não ficassem satisfeitos com a resposta recebida, ou se quisessem ter certeza de que haveria uma investigação prioritária em grande escala logo de cara, poderiam procurar diretamente a imprensa.

Ou podiam continuar com minha investigação solitária,

vagarosa, peneirando pistas e esperando algum tipo de brecha para esclarecer a questão. Isso manteria o clube fora da ribalta e o nome de todos longe dos jornais, mas talvez não levasse a parte alguma. Ainda assim, eu tinha algumas recomendações a fazer em relação à segurança pessoal de cada um, de modo que poderiam funcionar como investigadores auxiliares, mantendo contato e relatando qualquer coisa fora do normal ou suspeita assim que notassem.

— Nada garante que eu consiga chegar a algum resultado — eu disse a eles. — Mas a polícia também não pode dar garantia nenhuma a vocês. E eles vão revirar a vida de todos.

— Por causa do interesse da mídia?

— Mesmo sem. Se eu fosse um policial, sabem qual a primeira coisa que faria? Pediria a cada um de vocês que me contasse onde estavam naquela noite de fevereiro, quando Alan Watson foi assassinado.

Alguns tiveram reações visíveis de surpresa; até então não lhes passara pela cabeça que fossem suspeitos.

— Talvez você devesse perguntar de qualquer maneira — Avery Davis disse. — A todos nós e aos cinco que não puderam comparecer. — Eu fiz que não com a cabeça. — Por que não?

— Porque eu não tenho recursos para checar direito o álibi de vocês. Pessoalmente, não creio que a polícia resolvesse esse caso conferindo álibis. Meu palpite é que alguns de vocês não conseguiriam provar que não seguiram Watson até a casa dele para matá-lo. Isso não significa culpa. Por falar nisso, seja quem for, quem matou Watson pode muito bem ter um álibi de reserva que talvez seja impossível contradizer. Mas a polícia teria que conferir tudo, porque não se pode deixar nem uma única pedra no lugar numa investigação oficial. Especialmente quando o caso é de destaque.

— Qual a sua recomendação, Matt? — Gruliow disse.

— Nenhuma. Como é que eu posso recomendar alguma coisa? Os senhores terão que decidir sozinhos. Não é o meu pescoço que está no cadafalso.

— E se fosse?

— Não sei — respondi. — É fácil argumentar a favor de uma e de outra opção. À primeira vista, o caminho mais óbvio e seguro seria ir a público imediatamente, mas não tenho muita certeza se é mesmo. Estamos diante de um assassino muito paciente. O que ele faria se a polícia desse prioridade à investigação e os jornais abrissem manchete de primeira página para o caso? Meu palpite é que ele se enfiaria na toca e ficaria lá quietinho. Ele não está com pressa, não vai pegar nenhum trem. Pode se dar ao luxo de esperar um ano ou dois. Aí, quando todo mundo estiver convencido de que ele nunca existiu, poderá escolher sua vítima e matar de novo.

— Santo Deus, mas por quê? — Lowell Hunter quis saber. — Não é um de nós, é? Não pode ser.

— Eu não acredito que seja ninguém nesta sala — Bob Berk disse.

— E fora desta sala? Você acha que é Ripley, ou Pomeroy, ou Brian O'Hara ou... quem mais? John Youngdahl? Rick Bazerian?

— Não.

— Se for um de nós — Bill Ludgate disse —, significa que é um louco. Não que seja meio excêntrico, meio abilolado, é louco mesmo. Eu só vejo vocês uma vez por ano, mas acho que são todos relativamente lúcidos.

— Posso usar você como testemunha, Billy?

— De modo que tem que ser alguém de fora do clube — ele continuou —, mas quem é que iria querer nos matar? Quem é que sabe que nós existimos, santo Deus?

— Uma ex-mulher — Ray Gruliow disse. — Quantos divorciados nós temos?

— E por que uma ex-mulher ia querer...?

— Não sei. Alienação de afetos? Vai saber por que motivo uma ex-mulher faz qualquer coisa. Mas estamos perdendo tempo, não é mesmo? Viemos aqui para tomar uma decisão e acho que devemos fazer isso antes de qualquer outra coisa. — Virou-se para mim. — Matt, importa-se em nos dar dez minutos para resolver como vamos lidar com isso? Você pode esperar lá em cima? Tem um quarto onde pode até dar uma esticada, se quiser.

Disse que preferia tomar um pouco de ar fresco, o que acabou sendo uma figura de linguagem especialmente inadequada; quando saí do ar condicionado da casa de Gruliow, o calor abafado me atingiu com uma força física. Parei no topo da escada uns instantes para me reorientar. Do outro lado da rua havia uma limusine parada em frente ao teatro Cherry Lane. O motorista estava encostado no pára-lama, fumando. Tive a impressão momentânea de que estava me olhando, mas não me seguiu com os olhos quando desci a escada e aí então percebi que estava de olho na porta para ver se saía mais alguém.

— Eles ainda vão ficar uns quinze minutos — gritei para ele. — No mínimo.

Ele me deu uma olhada discreta; ficou satisfeito com a informação, mas não achou adequado que lhe dirigisse a palavra. Bom, foda-se, pensei, e desci a rua, de onde podia dar uma boa olhada para a traseira da limusine. ABD-1, dizia a placa. Decidi que o carro pertencia a Avery Blanchard Davis e me congratulei por ter descoberto alguma coisa. Já não era sem tempo.

Eram quatro e dezenove quando saí da casa de Gruliow e pouco mais de quatro e meia quando a porta da frente se abriu de novo e "Hard-Way" Ray apareceu, olhando primeiro para a esquerda, depois para a direita. Não me viu.

Eu tinha ido até a Sétima Avenida comprar um café gelado numa *deli* e fui tomá-lo empoleirado no alpendre de um prédio de apartamentos. O motorista de Davis já terminara seu cigarro, àquela altura, e desaparecera por trás dos vidros fumê da limusine. Não passou ninguém, nem a pé nem de carro, exceto um garoto ruivo de patins que surgiu a toda na esquina da rua Bedford, voou por mim, virou a esquina e sumiu para sempre. Terminei o café e joguei o copo numa lata de lixo destampada. Aí a porta se abriu do outro lado da rua e Gruliow saiu, me procurou e não me viu.

Levantei-me e o movimento chamou a atenção dele. Acenou

para mim, deixei um carro passar, depois atravessei a rua. Enquanto isso ele descera os degraus para me encontrar na calçada.

— Gostaríamos que continuasse — ele disse.

— Se vocês têm certeza...

— Vamos lá para dentro, assim posso lhe dizer oficialmente.

21

— Cada um deles entrou com mil dólares — contei a Elaine. — Quem estava com talão fez um cheque e os outros assinaram um compromisso de dívida.

— Você teve que pegar uma promissória deles?

— Ray Gruliow ficou com elas. E com os cheques. Ele é que foi contratado. Coletivamente, como advogado do grupo inteiro.

— O que eles vão fazer, entrar com processo contra o assassino?

— E Gruliow me contratou. Ele me deu um cheque, da empresa de advocacia dele, de nove mil dólares, cobrindo os cheques e promessas que recebeu dos outros e mais os mil dólares dele.

— Quer dizer que está trabalhando para ele?

Neguei com a cabeça.

— Fui contratado por ele — eu disse —, para fazer uma investigação em nome do cliente, sendo que o cliente é o grupo todo. A questão principal aí, segundo ele, é que isso me deixa sob a proteção dos privilégios entre advogado e cliente.

— E isso significa o quê? Que você pode se recusar a responder a perguntas em tribunal?

— Acho que ninguém está preocupado com isso. Não, significa que não estou obrigado a divulgar o resultado das minhas investigações para a polícia nem reproduzir coisa alguma que meu empregador, Gruliow, ou os clientes dele tenham dito para mim.

— E isso realmente protege você?

— Não sei. Gruliow acha que sim, pelo visto. De qualquer maneira, se por acaso eu achasse conveniente não divulgar certas informações à polícia eu não divulgaria, independentemente das ramificações legais. Portanto, não custa nada ter essa proteção que o tal privilégio entre advogado e cliente oferece, se bem que vou continuar fazendo as mesmas coisas, com ou sem ela.

— Meu herói — ela disse. — Ele faz qualquer coisa por um cliente.

— Não exatamente. Eu já avisei todo mundo que me reservo o direito de chamar a polícia a qualquer momento. Minha preocupação principal é pegar esse sujeito antes que haja mais mortes.

— É a preocupação deles também, não é?

— Seria de esperar que fosse, não acha? Eu não sei o que foi dito enquanto estava sentado na entrada do prédio em frente, mas me deu a impressão de que eles estão mais interessados em manter o clube dos trinta e um fora dos noticiários da televisão do que em manter os próprios nomes fora da coluna dos obituários. Se a história algum dia vier a público, é o fim do clube. Não se esqueça de que esse clube já existia antes de eles nascerem e o grupo espera que sobreviva a todos eles. Não estão especialmente ansiosos para morrer pelo clube, mas também não desejam ter que viver sem ele.

— Homens.

— Puxa, e isso nem é o pior de tudo — falei. — Dois deles estavam usando gravatas absolutamente idênticas, listradas de preto e vermelho, e ninguém disse uma palavra a respeito. Acho que nem notaram.

— Chocante. Só que eu não acredito. Isso é invenção sua, certo?

— Na verdade é. Como descobriu?

— Porque você também não teria reparado, seu urso velho.

— Talvez sim. Sou um observador treinado.

— Descreva a gravata deles.

— Gravata de quem?

— De todos eles.

— Bom, Gerry Billings estava usando uma gravata-borboleta.

— Ele sempre usa uma gravata-borboleta. De que cor?

— Hã...

— E não invente. Lembra de alguma gravata?

— Tinha umas listradas.

— Sei. E outras não.

— Eu tinha coisas mais importantes na cabeça, além das gravatas.

— Certo. Dou por encerrada a apresentação de provas.

Antes de pegar o cheque de Gruliow, falei com eles sobre a questão da segurança.

— O que vocês têm a fazer é prestar atenção em coisas que, de hábito, vocês desconsideram, naquelas coisinhas que ninguém costuma reparar. Tem alguém me seguindo na rua? Tem algum carro dando voltas e voltas no quarteirão ou parado do outro lado da rua, em frente de casa? De repente começaram uns telefonemas estranhos? Tem muita estática na linha, ou uma série de estalos e de repente uma mudança abrupta no volume?

— Tempo de paranóia — disse um deles.

— Um certo grau de paranóia já faz parte da vida, hoje em dia — respondi. — E vocês têm direito a uma dose de paranóia acima da média. Vocês acabaram de pagar mil dólares cada um porque tem alguém tentando matá-los. Não vão querer tornar as coisas fáceis para ele.

— E que tal contratar guarda-costas?

— Meu motorista anda armado — Avery Davis informou — e o carro é à prova de balas. Mas isso não tem nada a ver com essa ameaça em particular. É que alguns amigos meus foram seqüestrados no carro — Ed e Rhea Feinbock.

— Eu li a respeito — Bill Ludgate disse.

— Bom, e eu fiquei sabendo de tudo pessoalmente, do próprio Ed. Os filhos da mãe foram de coronhada para cima deles. Depois li sobre outros casos, aí comprei uma limusine e contratei um profissional para ser motorista. E já que estava com a mão na massa, escolhi um sujeito com experiência como guarda-costas.

— E será que ele vai se jogar na linha de fogo? — Bob Berk quis saber. — Será que ele leva a bala por você, Avery?

— Não creio, não pelo que estou lhe pagando.

— Minha intenção — eu disse — não é dissuadir ninguém aqui de contratar um guarda-costas, mas não creio que a situação justifique a medida. Acho que para vocês é mais importante viver na defensiva do que contratar alguém para defendê-los. Vocês terão que se manter em guarda o tempo todo.

— Como? Conferindo se estamos sendo seguidos?

— Entre outras coisas. Lembrem-se de como Ian Heller morreu.

— Pulou na frente do trem do metrô — disse alguém.

— Pulou ou caiu — falei —, mas vamos supor, por uns instantes, que tenha sido empurrado. O policial que cuidou do caso passou tempo suficiente nos subterrâneos do metrô para começar ele próprio a tomar cuidado quando está na plataforma. Tem receio dos malucos ambulantes, fica de olho para nunca se meter entre algum maníaco em potencial e a beirada da plataforma. Mas só esse tipo de cuidado não teria protegido Ian Heller.

— Por que não?

— Suponham que tenha sido alguém que Heller conhecia. Suponham que tenha sido algum amigo dele.

— Está dizendo que foi um de nós — Ken McGarry disse.

— Não necessariamente, ainda que não possa eliminar a hipótese. Vocês não se safaram automaticamente ao preencher um cheque de mil dólares. Heller estava na plataforma, esperando um trem, e aí alguém se aproximou dele.

— Alguém que ele conhecia?

— Alguém que o conhecia — eu disse. — Alguém que o chamou pelo nome. "Você é Ian Heller, não é? Você não se lembra de mim, mas nós nos vimos na festa de fulano." O sujeito fatalmente conhecia o suficiente de Heller para achar um pretexto de conversa. Heller não estava preocupado com a possibilidade de ser jogado na frente de um trem. É bem possível até que tenha se sentido um pouco mais seguro do que minutos antes. Não estava mais totalmente sozinho em meio a um grupo de estranhos potencialmente perigosos. Tinha um amigo com ele.

Gordon Walser disse que era uma coisa diabólica. Lowell Hunter comentou:

— Sabe, isso me faz lembrar de *O poderoso chefão*. "O ataque, quando acontecer, virá de alguém em quem você confia, de alguém de quem você nunca duvidou, nem por um instante. É esse que eles vão usar."

— E é assim que ele deve agir — eu disse. — De certa forma Ian Heller foi um mau exemplo. A morte dele ocorreu durante o horário de pico. A plataforma estava lotada e qualquer pessoa poderia ter se posicionado adequadamente para lhe dar um empurrão bem calculado. Mas podia ter acontecido também num horário mais calmo, numa estação vazia, do mesmo jeito que eu descrevi.

— Então vamos ficar longe do metrô — um deles comentou.

— O que vocês deviam fazer — eu sugeri — é pensar no assassino mais como um vigarista e menos como um assassino de olho esbugalhado. Pensem nele seguindo Alan Watson até em casa, aí abordando a vítima muito convenientemente depois que Watson parou para comer uma pizza na rua Austin. "Alan, como vai você? Está indo para casa? Eu estou indo na mesma direção, acompanho você." Mesmo que Watson nunca tivesse visto o sujeito antes, seria forçado a pensar que se tratava de um vizinho qualquer, de alguém que conhecera e de quem se esquecera. E provavelmente bateram um bom papo até a hora em que o sujeito enfiou a faca no peito de Watson.

— Não sei se eles entenderam o recado — comentei com Elaine. — Alguns me perguntaram se deviam comprar uma arma. Eu não soube responder. Primeiro porque, assim na pressa, com certeza não conseguiriam obter um porte para circular com ela, ou seja, estariam se arriscando a sofrer um processo por porte ilegal.

— É melhor do que ser assassinado, não é não?

— Claro que sim, e todos eles são sujeitos respeitáveis, se acabassem tendo que justificar o motivo do porte ilegal ninguém ia sair correndo para processá-los. Mas suponha que alguém absolutamente inocente se aproximasse para pedir fogo ou perdesse o equilíbrio e caísse em cima de um de nossos heróis armados?

— Bum, bum.

— Disse para me ligarem se houver alguma coisa fora do normal. Também vão manter contato entre si. É engraçado.

— O quê?

— O jeito como isso modificou a forma de relacionamento deles. De certo modo, eles se aproximaram. Não se esqueça de que aqueles sujeitos partilharam de uma associação muito íntima durante mais de trinta anos — mas só uma vez por ano. Eles estão unidos por laços muito profundos e antigos, mas na verdade não se conhecem.

— E?

— E agora as coisas mudaram e nada como a necessidade de se defender contra um inimigo comum para aproximar as pessoas. Só que, ao mesmo tempo, o inimigo pode muito bem ser um deles.

— Não é Pogo que diz alguma coisa a esse respeito?

— "Nós conhecemos o inimigo e o inimigo somos nós." O negócio é que nós não conhecemos o inimigo, não frente a frente. Pode ser um de nós e pode não ser. Portanto...

— Portanto, eles estão profundamente ligados mas um pouco inquietos com isso.

— Algo assim. Pela primeira vez na vida, estão tendo que manter contato uns com os outros. E também, pela primeira vez na vida, não ousam confiar uns nos outros. Igualzinho aos canibais e cristãos. — Elaine parecia meio perplexa. — Você não conhece a história dos canibais e cristãos?

É um problema lógico, você tem seis pessoas que precisam atravessar um rio, três canibais e três cristãos, e o barco só comporta três pessoas. E você não pode deixar um cristão sozinho com dois canibais, senão ele é devorado.

— Não creio que isso seja lá muito realista.

— Santo Deus, não é para ser realista. É um problema de lógica.

— Bom, eu sou judia. Canibais, cristãos, qual a diferença? Quem vai saber quem é quem?

— Evidentemente que não é você.

— Não sou eu — ela concordou. — Sabe o que eu acho? Gói é gói. É isso que eu acho.

Jantamos num restaurante italiano, a um quarteirão de casa. Ainda não chovera, mas a impressão era de que o céu desabaria a qualquer momento.

— Quer dizer que conheceu Gerry Billings — Elaine disse. — Espero que tenha perguntado se ele não podia dar um jeito no tempo.

— Nossa, como ele deve estar enjoado de ouvir essa.

— Se ele não enjoa de apontar para uma parede e falar de frentes frias e massas de ar quente, ele provavelmente não enjoa de nada. Quando você o vê apontando para um mapa ou um gráfico, na verdade não é, sabia?

— É alguém que aponta por ele?

— Ele não está apontando para nada — ela respondeu —, o que acontece é que a imagem dele apontando vai sobreposta a uma outra imagem de um mapa ou de um gráfico. A gente vê tudo certinho, mas ele tem que ficar lá apontando para uma parede sem nada. Provavelmente essa é a parte mais difícil do trabalho dele, lembrar em qual pedaço da parede fica Wyoming.

Disputamos a conta. Ela queria pagar porque tinha vendido um quadro, um daqueles do tipo bê-á-bá, por cerca de cem vezes o preço que havia pagado. Eu insisti que ainda assim eram apenas algumas centenas de dólares, ao passo que eu conseguira um adiantamento de nove mil.

— Você ainda vai ter que dar duro para ganhá-lo — ela disse. — O quadro, por outro lado, já não está comigo nem está mais na loja. A transação está feita. Completa, *finis, finito.*

— Pena — falei. — Mas esta é minha.

De volta, conferi a secretária. Jim Shorter não ligara e eu esperava que tivesse ligado. Telefonei para ele mas não houve resposta. Em seguida tentei o número do meu telefone, do outro lado da rua, para ver se tinha esquecido de ligar a transferência automática, mas deu sinal de ocupado, significando que eu lembrara.

Tentei o número da viúva de Alan Watson, em Forest Hills. Sem resposta.

— Você está inquieto — Elaine disse. — Quer pegar um cinema? Ou acha que devia ir a uma reunião?

— Estava pensando em pegar um táxi até Yorkville — respondi.

— O que tem lá?

— Uma reunião.

— A Saint Paul é mais perto. Para que ir até lá? Você está é querendo dar uma espiada no seu afilhado, é isso?

— Ele não é meu afilhado.

— Seu afilhado não oficial. Ele não ligou e você está preocupado com ele.

— Acho que sim. O que diriam seus amigos do AA sobre isso?

— Eles me diriam que não é da minha conta como você cumpre o seu programa.

— Não foi isso que eu quis dizer.

— Eu sei. Você quis dizer o que eles diriam para *você*, mas se quiser saber isso, vai ter que perguntar a eles você mesmo.

— Eu devia é deixá-lo sossegado.

— Acha mesmo, é?

— Eu devia ir às reuniões por minha causa e de mais ninguém, e se ele ficar sem beber, ótimo, e se começar a beber de novo, ótimo também.

— Portanto?

— Portanto estou com medo de que ele beba de novo — respondi — e com medo de que a culpa seja minha. Mas se ele beber a culpa não será minha, como também não será por minha causa que ele vai continuar sóbrio, e além do mais ele tem seu próprio Poder Superior. Certo?

— O senhor é quem manda, mestre.

— Ai, meu Deus.

— Então, o que você resolveu? Tomar um táxi até lá?

— Não, que se foda o outro. Vamos ao cinema.

O filme tinha Don Johnson estrelando no papel de um gigolô homicida e Rebecca de Mornay como advogada dele. Ao sairmos do cinema, Elaine disse:

— É impressionante como ela é parecida com a Hillary. — Eu quis saber quem era Hillary e quem é que se parecia com ela.

— Hillary Clinton — disse Elaine. — Quem mais? E Rebecca de Mornay é tão parecida que seria capaz de confundir até o próprio presidente. Você não reparou? Não acredito. Por onde você andou, falando nisso?

— Perdido no espaço, acho eu. Lamentando o passado, temendo o futuro.

— Para não perder o hábito. Só para não deixá-lo no escuro, Don Johnson era o bandido.

— Até aí eu percebi.

— Bom, e será que precisa saber mais que isso? Acho que agora finalmente vai chover. Acabei de sentir uma gota, a menos que tenha sido do ar-condicionado de alguém.

— Não, eu também senti.

— Um duelo de condicionadores de ar? Improvável, eu diria. O que quer fazer agora?

— Não sei. Voltar para casa, acho.

— Ficar sentado espiando pela janela? Fazer alguns telefonemas para gente que não está em casa? Andar de lá para cá na sala?

— Algo do gênero.

— Eu tenho uma idéia melhor — ela disse. — Você me

leva até em casa e depois dá um pulo até o Mick. Para tomar um porre de café e Perrier. Ver o sol nascer. Ir à missa, receber a Santa Reunião.

— Comunhão.

— Como queira.

— Gói é gói, hein?

— Foi você que disse.

Em frente ao Parc Vendôme ela disse:

— Agora está chovendo mesmo. Não quer subir e pegar um guarda-chuva?

— Não está chovendo muito forte.

— Quer ver se alguém ligou? Quer ver a previsão do tempo e conferir a cor da gravata-borboleta que o seu amigo Gerry Billings está usando? Não, você não precisa do homem do tempo para lhe dizer de que lado a chuva está caindo.

— Não.

— Claro que não. Você só quer chegar ao Grogan's. Mande lembranças minhas para o Mick, tá? E divirta-se.

22

— Ele acabou de sair — Burke disse. — Não faz nem quinze minutos. Mas vai voltar. Ele falou que talvez você aparecesse.

— Falou?

— E que era para você esperar que ele não demora. Tem café fresco, se quiser uma xícara.

Levei a xícara que Burke me serviu para onde Mick e eu sempre acabávamos sentando, uma mesa de canto, debaixo do espelho em que havia um anúncio da Tullamore Dew. Alguém deixara um exemplar do *Post* na mesa pegada e eu abri o jornal na página de esportes para ver o que os colunistas tinham a dizer. Não tive êxito muito maior em decifrar-lhes as frases do que tivera em seguir o filme. Pouco depois larguei o jornal e pensei em tentar ligar para Jim Shorter de novo. Será que era muito tarde para telefonar? Estava estudando a questão quando a porta se abriu e Mick Ballou entrou.

Estava parado bem na soleira, o cabelo grudado no crânio por causa da chuva, as roupas ensopadas. Quando me viu, sua fisionomia iluminou-se.

— Minha nossa, eu não disse que você ia aparecer hoje? Mas que noite filha da puta você foi escolher.

— Não passava de uma garoinha fina quando eu cheguei.

— Eu sei, pois não saí debaixo dela eu também? Estava fazendo o que os irlandeses chamam de tempo "brando". Virou um puta pé-d'água, isso sim. — Esfregou as mãos, bateu com os pés no velho chão de lajotas. — Deixa eu tirar estas roupas molhadas. Se você pega um resfriado nesta época do ano, o desgraçado não te larga até o Natal.

Mick foi até o escritório, nos fundos do bar. Ele às vezes dorme ali, no sofá de couro verde, e guarda várias mudas de roupa no armário de carvalho. Também tem uma escrivaninha e um imenso cofre Mosler. Sempre há um bocado de dinheiro vivo lá dentro do cofre e não creio que seja muito difícil abri-lo. Até o momento ninguém foi idiota o bastante para tentar.

Saiu do escritório alguns minutos depois, com o cabelo todo penteado, com outra camisa esporte e outra calça. Trocou algumas palavras com alguém jogando dardo, fez um afago carinhoso no ombro de um velho de boné de pano e foi para trás do balcão, para pegar uma bebida. Engoliu uma dose rápida, para espantar o frio, e eu quase pude sentir aquela quentura luminosa esparramando-se pelo plexo solar, reconfortante, aquecendo o corpo e a alma. Depois encheu o copo de novo e levou-o até a mesa, junto com mais uma xícara de café para mim.

— Assim está melhor — ele disse, sentando-se numa cadeira em frente. — Coisa mais terrível, ser chamado a negócios numa noite assim.

— Espero que tenha saído tudo bem.

— Ah, nada muito sério, não. Tinha um cara que perdeu alguns dólares no jogo e assinou uma promissória pelo que devia. Depois decidiu que tinha sido jogo sujo e enfiou na cabeça que não ia pagar a dívida.

— E?

— E o cara que tinha pegado a promissória botou o papel à venda.

— E você comprou.

— Comprei — ele disse. — Achei que era um investimento decente. Feito comprar uma hipoteca, e com um gordo desconto de lambuja.

— Pagou em dinheiro?

— Paguei e mandei Andy Buckley falar com o rapaz. E sabe de uma coisa? O sujeito continuou insistindo que tinha sido jogo sujo e que por isso não devia nada, fosse lá quem fosse que estivesse com a promissória assinada. Falou que não adiantava nada discutir o assunto, que ele já tinha tomado uma decisão.

— E aí você fez o quê?

— Fui vê-lo.

— E?

— Ele mudou de idéia — Mick disse.

— Ele vai pagar?

— Já pagou. Portanto pode-se dizer que foi um investimento excelente, com um rendimento muito atraente. E vencimento antecipado.

Ele é um sujeito grandalhão, meu amigo Mick, alto, pesado, com uma cabeça que não destoaria se fosse colocada entre as antigas esculturas da Ilha de Páscoa. Há uma certa qualidade primitiva e monolítica nele. Anos atrás, um engraçadinho que freqüentava o nocívago Morrissey's disse que Stonehenge parecia com Mick e seus irmãos parados num círculo.

Vai daí que Mick é um dos últimos de uma raça quase extinta, a dos durões irlandeses que beberam, brigaram e fizeram o diabo entre as ruas 40 e 50 Oeste, isso desde antes da Guerra Civil. Houve uma sucessão de quadrilhas, bandos e gangues no controle de Hell's Kitchen — os Gophers, a Rhodes Gang, o Parlor Mob, os Gorillas. Muitos dos chefes também foram donos de bar, começando com Murphy "Marreta" e Paddy "Padre" até Owney "Furioso". Eram tão alegremente malvados quanto qualquer outro bando que Nova York já teve e talvez tivessem deixado uma marca mais duradoura na área, não fosse a sede devastadora de todos eles. Segundo Mick, Deus criou o uísque para impedir que os irlandeses tomassem conta do mundo. Com certeza para evitar que os arruaceiros de Hell's Kitchen tomassem conta da cidade.

Não faz muito tempo um pessoal da imprensa começou a chamar a safra atual de Hell's Kitchen de "Westies", mas até o rótulo pegar já não havia praticamente ninguém em quem grudá-lo. Os bandidos do bairro tinham sumido quase todos — uns mortos de tanto beber ou brigar, outros cumprindo pena de prisão perpétua em algum presídio no interior do estado ou apodrecendo numa enfermaria qualquer do Hospital Estadual de Manhattan. Ou então casaram e foram morar nos arredores de Jérsei e estavam agora gordos e preguiçosos, gerenciando alguma oficina mecânica marreta, trapaceando no jogo de alguma noite beneficente da igreja ou trabalhando a semana inteira para o sogro e se empapuçando de bebida nos fins de semana.

Mick, filho de uma irlandesa do condado de Mayo e de um francês nascido não muito longe de Marselha, era um homem que bebia uísque como se fosse água, um criminoso de carreira, um assassino brutal que se vestia para uma noite de carnificina com o avental de açougueiro que fora do pai, um sujeito que depois envergava esse mesmo avental para ir à missa na igreja de St. Bernard. Não havia um único motivo para que fôssemos amigos e nenhuma forma de explicar nossa amizade. Tampouco conseguia encontrar uma explicação para essas nossas noitadas, quando as histórias corriam feito água, ou feito uísque. Ele bebia por nós dois, enchendo inúmeras vezes o copo com o Jameson doze anos. Eu lhe fazia companhia com café, com Coca-Cola, com club soda.

Talvez, como Jim Faber sugeriu, fosse uma forma de eu ter a bebida sem ter a ressaca, de recapturar a doçura da vida de bar sem me arriscar a ter um colapso ou uma doença do fígado. Talvez, como aventou Elaine, nós dois tivéssemos o mesmo histórico de carmas e agora estávamos apenas renovando os laços que nos uniram em inúmeras vidas pregressas. Ou talvez, como já me ocorrera várias vezes, Mick fosse ao mesmo tempo o irmão que não tive e a estrada que não segui.

Ou vai ver somos apenas homens que gostam de uma longa noite numa sala sossegada acompanhada de uma ou duas boas histórias.

* * *

— Lembra-se — ele perguntou — quando eu fui à Irlanda, no ano retrasado?

Seu advogado, Mark Rosenstein, o mandara sair do país para evitar uma intimação.

— Eu fiquei de ir também — lembrei a ele —, mas aí houve alguma coisa.

— Ah, nós teríamos posto fogo nas urzes, você e eu. Eles são um povo engraçado, os irlandeses. Já lhe contei do pub de Paddy Meehan?

— Acho que não.

— Paddy Meehan tinha um bar no condado de Cork — Mick falou —, e eu desconfio que devia ser uma bela duma pocilga, se bem que não conheci o bar na época. Só que o homem tinha um tio em Boston e quando o velho morreu deixou uma quantia bem decente, segundo me disseram.

— Deixou para Paddy, suponho.

— Exato, e o dito-cujo demonstrou ter boa cabeça para os negócios pela primeira vez na vida. Investiu tudo na melhoria do bar. Mandou pôr lambris de pinho nodoso nas paredes, mandou instalar candelabros, com interruptores para regular a intensidade da luz, e na entrada mandou colocar um painel luminoso novo. Era uma verdadeira maravilha, visível a quilômetros de distância. — Sorriu, saboreando a lembrança. — E mandou revestir o chão de madeira com o melhor linóleo que havia, comprou mesas e cadeiras novas, realmente não poupou despesas. Mas o mais maravilhoso de tudo desse pub de interior eram as duas portas, lado a lado, na parede dos fundos, cada uma com uma plaquinha escrita em *ogham*, o antigo alfabeto irlandês, uma que dizia "FIR", que é o termo gaélico para homens, e a outra "MNA", mulheres. E tinha até aquelas silhuetas de um homem e uma mulher, como as que a gente vê em banheiros de aeroporto, para os turistas que não sabiam gaélico.

— Ele instalou banheiros no pub.

— Pois é, é o que se imagina, certo? Grande sujeito, esse

Paddy Meehan. Quando você atravessava qualquer uma das portas, FIR ou MNA, você se pegava no meio do campo, campo aberto.

Mick contou uma outra história sobre a Irlanda e isso me fez lembrar de algo que acontecera anos atrás num jantar da Emerald Society. A conversa foi achando seu próprio ritmo, entremeada de momentos de silêncio. Lá fora a chuva caía sem parar.

— Alguma vez já lhe contei — ele quis saber — sobre Dennis e o gato?

— Não que eu me lembre.

— Você se lembraria — ele disse. — Mesmo na época em que você bebia, essa não é fácil de esquecer. Ah, ele era um sujeito e tanto, o Dennis.

— Eu lembro dele.

— Nós fomos criados de modo decente, você sabe. Só eu é que me saí mal. Francis virou padre. Agora vende automóveis no Oregon. Uma mudança considerável, hein? E John está em White Plains, um dos pilares da porra da comunidade.

— Ele é advogado, não é?

— Advogado e proprietário de terras e toda vez que aparece uma história a meu respeito nos jornais, o café da manhã dele fica arruinado. — Os olhos verdes de Mick cintilaram com a idéia. — E Dennis era o que você chamaria de desmiolado. Não havia maldade nele, nenhum lado escuro tampouco. Claro que era chegado numa bebida.

— Claro.

— Gostava de uns tragos. Logo depois do colégio foi trabalhar na Railway Express, uma companhia de cargas postais. Da meia-noite às oito da manhã, cinco dias por semana, no depósito central da empresa, e nunca perdeu uma noite de trabalho nem nunca ficou sem beber da hora em que batia o ponto para entrar até a hora em que saía, ao amanhecer. Todos eles bebiam desse jeito, e quando não estavam bebendo estavam roubando, e quando não estavam roubando estavam pensando no que roubar em seguida. A companhia não existe mais e não precisa ser um grande gênio para descobrir por quê.

— Acho que não.

— Mas a melhor coisa que aconteceu lá — disse Mick — foi quando apareceu o gato. Tinha essa mulher, dona de um gato premiado, um gato persa, acho que era. Um daqueles de pêlo longo, enfim. Ela mandou fazer um caixote de madeira especialmente para o gato e levou o bicho até um dos postos coletores para ser enviado à Califórnia.

— E eles roubaram o gato?

— Não. Para que alguém ia roubar um gato? Tudo que eles fizeram foi deixar cair, caixote e tudo o mais. O caixote se despedaçou todo e o gato ficou ali parado, em meio às ruínas, olhou para aqueles idiotas bêbados e em segundos sumiu de vista. O que você acha que eles fizeram?

— O quê?

— Remontaram o caixote. Pegaram um martelo, pregos e montaram tudo de novo. Fizeram um bom trabalho, pelo que contaram. Mas só que o gato não apareceu e quem é que vai culpar o bichano? Bom, eles não podiam mandar um caixote vazio para San Diego, de modo que a equipe toda saiu pelo armazém chamando "Ei, bichano, bichano" e dando uns miados.

— Valia a pena ter visto.

— Se o gato viu, tomou todo o cuidado para não ser visto, porque eles nunca mais enxergaram um pêlo sequer da criatura, nunca mais. Mas acharam um outro gato, um macho todo estropiado, cego de um olho, com uma orelha faltando, o pêlo imundo todo manchado de sarna. Ele morava no armazém e vivia dos ratos, entende? E, se bobeasse, de criancinhas também, pelo visto.

Deu um belo sorriso, da lembrança.

— E foi Dennis quem resolveu o problema. "Aqui diz *Conteúdo: Um Gato*, e só diz isso, mais nada", falou para os companheiros. "Ela pôs um gato na caixa, ela vai tirar um gato da caixa. Qual o problema?" E foi assim que eles enfiaram o gato velho no caixote, fecharam direitinho e enviaram o bicho para a Califórnia.

— Não brinca.

— Ai, Jesus. Você pode imaginar a cena? A coitada da mulher vai ela mesma abrir o caixote e salta lá de dentro esse bicho selvagem com um brilho mau no olho bom.

— "Ah, Fofinho" — eu disse, esganiçando a voz o mais que pude — "o que foi que eles fizeram com você?"

— "Credo, Fofinho, nem estou te reconhecendo!"

— "Foi muito dura a viagem, Fofinho?"

— Você pode imaginar a cena? Ah, você devia ter escutado Dennis contando. Ele contava muito melhor que eu. — A fisionomia de Mick anuviou-se e ele tomou um longo gole de uísque. — E eles o chamaram para o Vietnã e o cretino idiota foi. Eu o teria safado dessa. Eu disse para ele que podia livrá-lo dessa, para mim era muito fácil, só precisava dar um telefonema.

— Ele não deixou?

— "Eu quero ir", me diz ele. "Quero servir meu país", me diz ele. "Dennis", eu disse para ele, "deixa um outro ir. Deixa os porras dos pretos servir a porra do país deles. Eles têm mais a ganhar e menos a perder do que você." Mas ele não quis nem ouvir falar no assunto. E lá se foi ele e morreu lá, e eles o mandaram de volta num saco fúnebre de plástico. Jesus meu, que puta desperdício.

— Por que você acha que ele quis ir, Mick?

— Quem vai saber? Ele passou uns dias de folga em casa, antes do embarque. Eu disse a ele que se quisesse cair fora seria preciso mais que um telefonema, mas que não teria o menor problema tirá-lo do país. Podia ir para o Canadá, ou para a Irlanda. "Mickey", vira-se ele e me diz, "o que eu ia fazer no Canadá? O que ia fazer na Irlanda? O que é que eu já fiz aqui?" E me deu aquele sorriso doce, um sorriso de despedaçar o coração. E eu sabia que ele ia morrer lá, e sabia que ele sabia.

Pensei uns momentos.

— Acha que foi por isso que ele foi?

— Acho.

— "Eu tenho um encontro marcado com a morte" — citei os poucos versos que sabia de cor do poema de Alan Seeger.

— É exatamente isso — Mick disse. — Um encontro marcado com a morte. Ele tinha um encontro e não quis desmarcar, o pobre rapaz.

Um pouco antes das duas Burke encerrou o expediente e mandou que o punhado de fregueses que havia no bar tomasse rumo, todos exceto o velhinho com o boné de pano. Ele ficou firme na banqueta, enquanto Burke punha as cadeiras sobre as mesas para que ficassem fora do caminho quando o chão fosse ser limpo, pela manhã. Depois que terminou de arrumar as coisas, levou a garrafa de Mick e uma outra, térmica, com café para mim, e pôs tudo ao alcance da mão, na mesa vizinha.

— Estou indo, Mick — ele disse.

— Bom rapaz.

— O senhor Dougherty ainda está lá sentado. Eu saio com ele, quer?

— Pergunte se ele prefere ficar até a chuva amainar. Ele não dá trabalho. Pode trancar tudo que eu abro quando ele quiser ir embora.

Mas o velho não queria ficar depois da hora de fechar. Seguiu Burke até a porta e saíram os dois juntos. Mick apagou todas as luzes, exceto a que ficava sobre nossa mesa, voltou e encheu de novo o copo.

— É o Eamonn Dougherty — explicou. — Nunca tinha posto os pés aqui, mas no começo da primavera eles fecharam o Galway Rose, na Décima Primeira Avenida. O prédio vai ser demolido, ou vai ver que até já foi. Ainda não passei por lá para ver. Dougherty ia todos os dias ao Galway Rose e agora vem aqui todo dia. Ele fica ali sentado umas oito horas seguidas, bebe duas canecas de cerveja e nunca diz uma palavra.

— Acho que não o conheço.

— E por que havia de conhecê-lo? Ele estava matando gente quinze anos antes de você nascer.

— Fala sério?

— Nós conversamos a respeito de Cork — Mick contou — e sobre os melhoramentos no bar de Paddy Meehan. O velho Eamonn Dougherty é de Skibbereen, em Cork. Durante os Troubles* ele estava com a coluna móvel de Tom Barry. — Mick cantou: — "Ah, que delícia que é/ Ver os Auxies, o RIC/ E os Black and Tans dando no pé/ Fugindo da coluna de Barry". Conhece essa música?

— Eu não entendo nem o que as palavras querem dizer.

— Os "Auxies" eram as forças auxiliares dos ingleses, o Royal Irish Constabulary era a polícia militar irlandesa da coroa e os Black and Tans você sabe quem eram. Olha aqui uma música que você vai entender sem glossário.

On the eighteenth day of November
Outside of the town of Macroom
The Tans in their great Crossley tender
Came hurryin' on to their doom
But the boys of the coll-yum were waiting
With rifle and powder and shot
And the Irish Republican Army
*Made shit of the whole fuckin' lot***

— Foi um massacre sangrento e só mesmo um filho da puta de um irlandês para fazer música a respeito. Eamonn Dougherty estava lá nesse dia. Ah, ele matou sua cota, aquele

(*) "Troubles" é o termo usado para rebeliões, distúrbios e guerras civis na Irlanda; em especial os de 1919-23; "Black and Tans" (do uniforme usado, mistura de preto e cáqui) refere-se às forças não regulares que combateram os nacionalistas irlandeses junto com os "Auxiliaries". (N. T.)

(**) No dia dezoito de novembro/Em frente à cidade de Macroom/Os Tans no grande reboque Crossley/Arremeteram contra o destino/Mas os rapazes da coluna aguardavam/Com rifles, balas e pólvora/E o Exército Republicano Irlandês/Fodeu com a merda do bando inteiro.

lá. Os britânicos puseram a cabeça dele a prêmio, depois foi a vez do governo do Estado Livre da Irlanda e aí ele veio para cá. Arrumou emprego num armazém, com a ajuda de um parente, de descarregar caminhão, se bem que ele não tem muito tamanho para isso. Depois trabalhou numa empresa de táxi e já se aposentou há muito tempo. Toma duas canecas de cerveja por dia, não diz uma palavra e só Deus sabe o que lhe passa pela cabeça.

— Quando você começou a falar nele — eu disse —, me peguei pensando num outro velhinho. O nome dele era Homer Champney.

— Não conheço.

— Nem eu o conhecia — eu disse —, mas ele começou algo. Ou continuou algo, é difícil dizer. Dá uma história e tanto.

— Ah — Mick disse. — Quero ouvir.

23

E assim eu contei a história do clube dos trinta e um. Falei durante um tempão. Depois que terminei, Mick continuou em silêncio mais um pouco. Encheu o copo e suspendeu-o contra a luz.

— Eu lembro do Cunningham's — ele disse. — A carne de lá era boa e o bar servia umas doses de gente. Quando penso em todos os lugares que se foram, em todas as pessoas que se foram. Eu não entendo o tempo. Não entendo mesmo.

— Nem eu.

— Areia caindo numa ampulheta. Uma hora você tem uma coisa, qualquer coisa, nas mãos. E aí some. — Mick soltou um suspiro. — Quando foi que eles se reuniram pela primeira vez, trinta anos atrás?

— Trinta e dois.

— Eu tinha vinte e cinco anos, um grandessíssimo bronco, eu era. Nunca que me aceitariam nesse clube, nem em qualquer outra associação decente. Mas eis aí um clube para o qual eu entraria de sócio, se me convidassem.

— Eu também.

— E jamais faltaria a uma reunião — Mick falou. — Todos juntos ali. Testemunhando. Esperando pelo homem com o grande machado.

— O homem com o...?

— A morte — falou. — É assim que eu a vejo. Um homem com os braços e os ombros nus, usando um capuz negro e carregando um imenso machado.

— Elaine diria que você foi condenado à morte numa

vida pregressa e que esse homem que você descreveu foi seu carrasco.

— E quem pode dizer que não esteja certa? — Mick sacudiu a cabeçorra. — Areia caindo numa ampulheta. Eamonn Dougherty, o porra do Flagelo de Skibbereen, sentado numa banqueta de bar vendo os anos escorrendo por ele. Sobreviveu ao Galway Rose, o baixinho homicida. Vai sobreviver a todos nós, com seu bonezinho e suas duas canecas de cerveja. — Bebeu mais um trago. — Uma longa fila de homens mortos — ele disse.

— Como é?

— Ah, é uma história. Você conhece Barney O'Day? Ele costumava freqüentar o Morrissey's.

— Mas não é de lá que eu o conheço. Eu conheci Barney quando estava no Sexto Distrito. Ele era gerente de um bar na rua 13 Oeste. Tinham música ao vivo e às vezes ele se levantava e cantava.

— Ele tinha voz boa?

— Acho que não era muito pior que a dos músicos pagos. Também costumava encontrá-lo no Lion's Head. Que tem ele?

— Bom, é uma história que eu ouvi de um sujeito, num velório. Parece que a mãe de Barney estava no hospital, ele lá do lado da cama da velha e aí a coitadinha se vira e diz que está preparada para morrer. "Eu tive uma vida boa", diz ela, "espremi toda a felicidade que pude e não quero saber de máquina nenhuma me mantendo viva nem de tubos enfiados pelo corpo. Dá cá um beijo, Barney, meu filho, porque você sempre foi o filho maravilhoso que toda mãe deseja, depois pede para o médico tirar o fio da tomada e me deixar ir embora."

— Nosso homem então lhe dá um beijo, sai à procura do médico e lhe diz na lata o que a velha quer que ele faça. O tal do médico ainda era um garoto. Não tinha muito tempo de hospital e Barney percebe que ele não tem peito para esse tipo de coisa. Seu negócio era prolongar a vida, não encurtá-la. O rapaz está perturbado e Barney é uma boa alma também, apesar de todo aquele enfezamento dele, e quer poupar o médico da agonia.

— "Doutor", diz ele, "pode ficar sossegado. Não é uma coisa assim tão terrível que o senhor tem que fazer. Nós, os O'Day, descendemos de uma longa fila de gente morta."

Lá fora, o vento assobiava e jogava a chuva contra a janela. Olhei pelo vidro e vi carros passando, os faróis refletidos no asfalto molhado.

— Essa é uma história maravilhosa — falei.

— Desde que me contaram, levo essa frase comigo. Afinal, todos nós somos descendentes de uma longa fila de gente morta, é ou não é?

— É.

— Essa sua história sobre o clube me fez lembrar disso. Trinta e um homens e, um por um, todos vão para a cova e o último começa tudo outra vez. Uma longa fila de homens mortos, recuando séculos e séculos.

— Até a Babilônia, segundo se diz.

— Até Adão — disse Mick. — Até o primeiro peixe que desenvolveu mãos e foi dar na praia. Tem algum desgraçado matando esses seus homens?

— Pelo visto, sim.

— Sabe dizer quem é?

— Não. Não sei, não. É um deles, ou não é um deles, e de um jeito ou de outro não consigo ver sentido na coisa. No começo fui pago por um dos sócios e dei duro tentando descobrir alguma coisa, mas duvido muito que tenha conseguido algo de útil. E agora todos se reuniram para me dar mais dinheiro, eu aceitei, mas não tenho a menor idéia do que fazer para ganhá-lo.

— Você vai encontrar o homem.

— Não sei como. Não sei nem o que fazer em seguida. Não tenho a menor pista.

— Espere.

— Esperar?

— Quantos sobraram? Catorze?

— Catorze.

— Espere o momento propício — Mick disse. — Quando só tiver sobrado um, prenda-o.

* * *

E, alguns momentos depois, acrescentou:

— Eles fizeram um monumento em Washington, um muro com o nome de todos que morreram lá do outro lado. Você já viu?

— Só em fotos.

— Eu pensava cá comigo: para que diabos quero ver aquilo? Eu sei que cara tem. Sei o nome dele. Se eu quisesse podia mandar imprimir e pendurar numa parede só minha. Mas alguma coisa me fez ir. Não sei explicar o quê. Peguei o trem. Na estação tomei um táxi e disse ao motorista que eu queria ver o Memorial do Vietnã. Não era muito longe. É só um muro, sabe, com uma forma simples. Mas você falou que já viu fotos, portanto sabe como é. Olhei aquilo e comecei a ler os nomes. "Uma longa fila de homens mortos." *Aquilo* é que é uma longa fila de homens mortos. Milhares de nomes, sem nenhuma ordem determinada, e só um deles, entre todos aqueles nomes, significava alguma coisa para mim, então para que ler os outros? E como é que eu ia encontrar o nome dele, ali no meio? Ouvi alguém dizendo para uma outra pessoa o que fazer para localizar um nome, aí parei de ler, fui até o registro e descobri onde o nome dele está. Estava com medo de que o tivessem deixado de fora mas não, estava ali, bem ali. Descobri-o no muro. Só o nome, Dennis Edward Ballou.

— Olhei para aquele nome — Mick continuou —, a minha garganta fechou e eu senti um negócio me enchendo o peito todo, como se tivesse levado um soco. As letras do nome dele se embaralharam na minha frente e eu tive que piscar para limpar a vista e pensei até que fosse chorar. Não faço isso desde que era garoto. Treinei para não chorar quando meu pai me batia, e foi uma lição que aprendi bem demais. Eu teria gostado de derrubar umas lágrimas naquele dia, mas elas já ficaram muito para trás. Secaram aqui dentro, viraram poeira. Só que eu não conseguia me afastar daquele desgraçado daquele monumento. Li o nome do meu irmão uma porção de vezes, depois li o nome que vinha antes do dele, o que vinha depois, aí fui andando e lendo mais nomes. Fiquei horas e horas lá. E quantos nomes será que eu li? Não faço a menor idéia. De vez em quando eu voltava, achava o nome dele de novo e lia outra vez. Pensei que fosse passar a noite na cidade, ver um pouco de Washington. Tinha feito reserva num hotel em frente à Casa Branca. Mas fiquei no Memorial até o sol sumir, depois saí andando até achar um bar, entrei e tomei um trago. Depois fui para outro bar, e mais outro, no fim comprei uma garrafa e peguei um táxi de volta à estação Union. Tomei o primeiro trem que saiu e deixei a garrafa fechada até a parada de Wilmington, Delaware. Aí tirei o selo, tomei um gole e até chegarmos a Nova York a garrafa esvaziou. E, pelo efeito que teve, eu podia ter bebido água da fonte, se você quer saber. Peguei um táxi na estação Penn e vim direto para cá. Quando cheguei, Andy Buckley estava esperando para me dizer que um amigo nosso do Bronx tinha ligado. Um sujeito que precisávamos encontrar fora visto entrando numa certa casa, numa travessa da rua Gun Hill. Andy foi dirigindo, chegamos à rua Gun Hill e encontrei o sujeito. E eu o matei de pancada, com minhas próprias mãos.

— Diga-me — Mick falou —, como era seu pai?

— Não sei muito bem. Morreu quando eu era menino.

— Ele também era policial?

— Santo Deus, não.

— Pensei que talvez fosse coisa de família.

— De jeito nenhum. Ele fazia, bom, coisas diferentes.

— Ele bebia?

— Essa era uma das coisas que ele fazia. Na maior parte do tempo trabalhava para os outros, mas umas duas vezes na vida teve seu próprio negócio. O que eu mais me lembro é da loja de sapatos. Ficava no Bronx. Era num sobrado, nós morávamos em cima da loja.

— E ele vendia sapato.

— Sapatos de criança, a maioria. E calçado para operário, daquelas botas com bico de aço que usam em construção. Era loja de bairro, as pessoas levavam os filhos uma vez por ano para comprar sapatos novos. Tinha uma máquina de raios X, você subia ali e dava para ver os ossos do pé e saber se precisava de um novo par.

— Não bastava dar um apertão no sapato para ver até onde iam os dedos?

— Suponho que sim, e deve ser por isso que não se vêem mais essas máquinas, hoje em dia, mas eram a última palavra quando nós tínhamos a loja. Me pergunto o que será que todos aqueles raios X não fizeram com nossos pés. Ninguém se preocupava com isso, na época, mas também ninguém se preocupava com amianto.

— Se viver bastante — Mick falou — vai acabar descobrindo que não tem nada na Terra que não faça mal. O que houve com a loja?

— Acho que faliu, ou quem sabe ele vendeu. Um dia tivemos que mudar e foi a última vez que vi a loja. Voltei lá, anos depois, e a rua toda tinha desaparecido, derrubaram e asfaltaram tudo quando alargaram a via expressa Cross—Bronx.

— Foi lá que você cresceu? No Bronx?

— Nós mudamos de casa muitas vezes — eu disse. — Eu morei no Bronx, no norte de Manhattan, em Queens. Meus avós, do lado da minha mãe, moravam no Brooklyn, na zona leste, e algumas vezes, quando meus pais se separavam, nós acabávamos indo morar com eles. Aí meu pai e minha mãe faziam as pazes e a gente começava tudo outra vez num novo apartamento em algum lugar.

— Quantos anos você tinha quando ele morreu?

— Catorze. — Já fazia algum tempo que eu tinha passado de café para Perrier. Peguei o copo e fiquei olhando um bom tempo para as pequenas bolhas de gás na água. — Estava andando de metrô — eu falei —, a linha da rua 14, o trem LL. Agora só dizem L, tiraram uma das letras. Deve ter sido medida de economia. Meu pai estava viajando entre dois vagões. Estava ali para poder fumar. Ele caiu e as rodas o despedaçaram.

— Nossa!

— Deve ter sido bem rápido — eu disse —, e ele devia estar bêbado, você não acha? Quem mais, a não ser um bêbado, acharia uma boa idéia viajar entre dois vagões daquele jeito?

— O que ele bebia?

— Meu pai? Uísque. Ele tomava uma cerveja de vez em quando nas refeições, mas se era para beber, então ia de uísque, uísque com club soda. Blended. Three Feathers, Four Roses, Carstair's. Nem sei se essas marcas ainda existem, mas era isso que ele tomava.

— O meu tomava vinho.

— Nunca vi uma garrafa de vinho em casa. Até onde eu sei, meu velho nunca tomou um gole de vinho na vida.

— O meu comprava de galão. Comprava de um homem que fazia vinho, um outro francês. Ele também tomava *marc*. Já tomou?

— Acho que eu nem sei direito o que é. Uma espécie de conhaque?

Mick fez que sim com a cabeça.

— Depois que você faz o vinho, faz uma aguardente com o bagaço das uvas. Os italianos fazem quase a mesma coisa e chamam de *grappa*. Mas olha, não importa o nome, é a pior coisa que você pode ter a infelicidade de tomar. Eu experimentei um pouco na França, na cidade onde meu pai nasceu, e não foi brincadeira engolir e manter aquele negócio aqui dentro. O *marc* ele comprava de um outro imigrante francês. Tinha uma porção de franceses por aqui, na época, sabia? Eles trabalhavam em restaurantes e hotéis, a maioria deles, e alguns, como meu pai, no mercado de carnes. — Mick tomou um trago. — Seu pai batia em você? Quando enchia a cara?

— Nossa, não. Ele era o homem mais delicado que eu já conheci.

— É mesmo?

— Era um homem calado — eu disse. — E triste. Acho que dá para dizer que era um homem sem esperança. Quando bebia, ficava feliz. Cantava e, sei lá, fazia coisas tolas. Aí continuava bebendo e acabava mais triste ainda do que no início da bebedeira. Mas nunca vi meu pai bravo e com certeza nunca soube que tivesse batido em alguém.

— O meu também era calado. O desgraçado não dizia uma palavra, nunca. — Mick encheu o copo. — O inglês dele não era bom, tinha um sotaque forte. Era difícil entender o sujeito. Mas falava tão raramente que não importava muito. Mas era liberal com as mãos.

— Batia em você?

— Batia em todos nós. Nela não, acho que ele morria de medo dela. Feito um elefante com medo de camundongos, ele aquele brutamontes enorme, ela um tico de gente. Só que ela era capaz de machucar muito mais com a língua do que ele com os punhos. — Mick inclinou a cabeça para trás e olhou para o teto de flandres estampado. — Puxei a ele no tamanho — ele disse. — E puxei cedo. Ele me batia sem dizer uma palavra e eu apanhava sem dizer um A, mas aí um dia, eu nem tinha completado dezesseis anos ainda, foi a gota d'água e nem pisquei quando ele me estapeou. Fiquei firme e bati nele de punho fechado, acertei bem na boca. Ele ficou parado de olho esbugalhado, espantado, eu acertei de novo, derrubei o velho, peguei uma cadeira de madeira, levantei para cima da cabeça e ia descer a cadeira nele, podia até ter matado o homem. A cadeira tinha um puta de um peso, mas com a raiva que eu estava parecia feita de algodão. Aí ele caiu na risada. Estava ali esparramado no chão, com sangue escorrendo da boca, eu a ponto de esmigalhar uma cadeira na cabeça dele e ele rindo. Nunca tinha escutado o homem rir na minha vida e, até onde eu me lembro, ele nunca mais deu risada, mas naquele dia riu. Salvou a porra da vida dele e me salvou de cometer o pior pecado que um homem pode cometer. Baixei a cadeira, estendi a mão para ajudá-lo a levantar, ele me deu um tapa nas costas e saiu sem dizer uma palavra. E nunca mais me bateu. Um ano depois eu já estava morando sozinho, fazendo coletas nas docas para uns italianos e roubando o que podia. E um ano depois disso meu pai estava morto.

— Como foi que ele morreu?

— Uma veia do cérebro. Foi de repente, sem aviso nenhum. Ele era quase vinte anos mais velho que minha mãe, tinha mais idade quando morreu do que eu tenho agora. O homem tinha quarenta e cinco anos quando eu nasci, de modo que devia ter quanto, uns sessenta e dois quando morreu? Estava trabalhando quando aconteceu. Tinha ido à missa de manhã, de modo que acho que morreu em estado de graça. Sei lá se isso faz mesmo alguma diferença. Sei que morreu com um cutelo na mão e com o avental ensangüentado no corpo. Eu guardei os dois, sabe, o cutelo e o avental. Uso o avental quando vou à missa. E já houve ocasiões em que achei utilidade para o cutelo.

— Eu sei.

— De fato sabe. Ele ia à missa toda manhã e até hoje eu não sei por que ele ia nem o que a missa fazia por ele. Também não sei por que eu vou, ou o que faz por mim. — Mick calou-se uns momentos, depois continuou. — Sua mãe já morreu, não morreu?

— Faz anos, já.

— A minha também. Morreu de câncer, mas sempre achei que foi a morte de Dennis que provocou a doença. Nunca mais ela foi a mesma, depois que recebeu o telegrama. — Mick me olhou. — Somos órfãos, nós dois — e acenou para a janela, batida pela chuva. — Órfãos da tempestade. — Tomou outro gole.

— Outro dia — eu disse —, um advogado conhecido meu disse que o homem é o único animal que sabe que vai morrer um dia. Também é o único animal que bebe.

— É uma coisa meio incomum para um advogado dizer.

— Ele é um advogado incomum. Mas você acha que tem alguma relação?

— Eu sei que tem.

Não sei como fomos parar nas mulheres. Mick não parecia necessitar mais tanto delas, me disse ele, e não sabia se era a idade ou a bebida que mereciam o crédito pela mudança.

— Bom, eu parei de beber — lembrei a ele.

— Por Deus do céu, pois não é que parou mesmo? E não há mulher que esteja a salvo, de Inwood a Battery.

— Elas estão seguras, eu lhe garanto.

— Continua vendo a outra?

— De vez em quando.

— E Elaine sabe?

— Acho que não, se bem que outro dia levei um susto. Eu estava tentando entrar em contato com uma mulher cujo marido foi morto a facadas em Forest Hills, em fevereiro. Comentei com Elaine que iria até lá para vê-la. Segundos depois ela vira e diz para eu me divertir com a viúva. Na hora eu levei o comentário mais longe do que a intenção dela. Acho que fiz cara de espanto, mas consegui disfarçar.

Isso o fez lembrar de uma história, contou-a, e a conversa foi serpenteando como um velho rio. Um pouco mais tarde Mick falou:

— A viúva em Forest Hills. Para que é que você precisa ir lá?

— Para ver se ela sabe de alguma coisa.

— E o que ela poderia saber?

— Talvez tenha visto algo. O marido pode ter dito qualquer coisa a ela. — Contei-lhe algumas das perguntas que faria, algumas das questões que eu tentaria cobrir.

— É assim que faz seu trabalho de detetive?

— Uma parte dele. Por quê?

— Porque eu não tenho idéia de como você faz isso.

— Nem eu, na maior parte do tempo.

— Ah, claro que sabe. E tenta todas essas abordagens diferentes até alguma dar certo. Eu jamais teria imaginação suficiente para pensar nelas todas, nem paciência para seguilas. Quando preciso saber um treco, para mim só tem um jeito de descobrir.

— Qual?

— Vou até o cara que tem as respostas e faço o que é preciso para o sujeito me dizer. Mas se eu não soubesse nem quem procurar, puxa, eu ficaria completamente perdido.

* * *

Se a chuva tivesse amainado, talvez tivesse ido para casa mais cedo. Comecei a capotar lá pelas quatro e meia ou cinco da manhã, e houve um momento em que a conversa parou e eu dei uma olhada para a janela. Mas continuava chovendo forte e em vez de me declarar exausto e tomar o caminho da porta afastei a Perrier e enchi mais uma xícara com o café da garrafa térmica. Um pouco mais tarde apanhei uma segunda ventania que me carregou alvorada adentro até a missa dos açougueiros na igreja de St. Bernard.

Havia umas quinze ou vinte pessoas na pequena capela lateral, inclusive sete ou oito homens do mercado de carnes, vestidos com aventais brancos, exatamente como o de Mick, alguns manchados como o dele. Havia também várias freiras, umas duas donas de casa e alguns homens já de terno e gravata. E um punhado de gente de idade, homens e mulheres, inclusive um que era sósia perfeito do mortífero Eamonn Dougherty, até no bonezinho de pano.

Saímos quando a missa terminou, sem receber a comunhão. O céu continuava fechado mas a chuva parara. O Cadillac de Mick continuava onde ele estacionara, no espaço reservado, na frente da agência funerária de Twomey. O próprio Twomey estava na porta e acenou quando nos viu. Mick lhe deu um sorriso e um aceno de cabeça.

— A época está boa para Twomey — ele disse. — O movimento dele dobrou, agora que eles começaram a morrer de Aids. São os maus ventos, hein?

— É verdade.

— Eu lhe conto mais uma — disse Mick. — Todo vento é um mau vento.

Deixou-me em frente de casa. Subi e tentei fazer o mínimo possível de barulho ao abrir a porta, com medo de acordar Elaine caso ainda estivesse dormindo.

Quando abri a porta ela estava de pé na sala, com o

roupão que eu comprara para ela. Pela expressão do rosto, vi na hora que havia alguma coisa errada.

Antes que eu tivesse chance de perguntar ela disse:

— Você ainda não sabe, não é? Não ouviu nada?

— Ouvi o quê?

Ela estendeu a mão, pegou a minha.

— Gerard Billings foi morto ontem à noite.

24

Durante doze anos Gerard Billings fora repórter meteorológico num canal de televisão independente de Nova York. Embora tido oficialmente como chefe da meteorologia, sua função primordial era a de apresentador. As roupas chamativas, a personalidade exuberante e a disposição evidente de se fazer de tolo na frente da câmera foram fatores mais importantes em sua escalada profissional do que a capacidade que porventura tivesse de ler o mapa do tempo.

Entrava no ar duas vezes por dia, às 18h55, logo antes do encerramento do noticiário das 18h30, e de novo às 23h15, bem no meio do jornal da noite e antes do longo resumo esportivo do dia. Invariavelmente chegava aos estúdios da emissora às cinco da tarde, ensaiava o que ia dizer, deixava os mapas e gráficos em ordem e saía para jantar depois da primeira transmissão. Às vezes demorava-se no jantar por algumas horas e voltava direto ao estúdio. Outras noites ia para casa tirar uma soneca e mudar de roupa, depois fazia a segunda rodada do dia. Chegava de volta entre dez e dez e meia; não precisava de muito tempo para se preparar porque usava os mesmos gráficos e dava basicamente o mesmo boletim.

Às sete da noite daquela terça-feira fora direto para casa, para o apartamento da rua 96 Oeste, onde morava desde que se divorciara, quatro anos antes. Telefonou a um restaurante chinês da avenida Amsterdã e pediu o jantar. Pouco depois das dez desceu e tomou um táxi dirigido por um imigrante bengali recém-chegado cujo nome era Rakhman Ali. Enquanto esperava para fazer uma conversão à esquerda, na avenida

Columbus, o táxi levou uma raspada de um carro que estava tentando ultrapassar pela direita. O motorista saltou e começou a gritar com Rakhman Ali e, no auge da briga, puxou um revólver e deu três tiros na cara e no peito de Ali, depois escancarou a porta do táxi e descarregou o resto das balas no passageiro. Em seguida entrou e saiu a toda no próprio carro, cuja descrição variava de um modelo de dois a doze anos de idade. As testemunhas pareciam concordar que se tratava de um veículo de passeio de quatro portas, de cor escura, que já vira dias melhores.

Elaine, assistindo ao noticiário, sabia que havia algo errado, mesmo antes que entrasse um meteorologista substituto no lugar de Billings. Não houve nenhum trocadilho pela ausência do homem do tempo e todos os repórteres no estúdio estavam com cara de quem está guardando um desagradável segredo. Como se soube depois, foram informados da morte de Billings momentos antes de entrar no ar e decidiram não dar a notícia até que os parentes fossem notificados. A decisão foi derrubada já quase no final das transmissões, quando a estação percebeu que havia o risco de o furo ser dado pelo canal concorrente; de modo que o âncora fez a infeliz comunicação logo após o resumo esportivo.

— Eu não sabia o que fazer — Elaine disse. — Eu sabia que você estava no Grogan's, procurei o número na lista, pensei em ligar, mas o que é que você poderia fazer no meio de uma noite chuvosa? Além do mais, pelo que estavam dizendo tinha sido exatamente o que parecia ser, uma discussão por causa de uma batida de trânsito que degringolou em tiroteio. Acontece o tempo todo, todo mundo tem arma hoje em dia, quem sabe a polícia ia pegar o infeliz miserável logo mais, para que estragar sua noitada com Mick por causa disso? Aí o que eu fiz? Liguei o rádio na WINS e fiquei acordada até tarde. Liguei bem baixinho, peguei um livro para ler e escutei o mesmo boletim de notícias de meia em meia hora não sei quantas vezes, e sempre que eles chegavam à notícia de Billings eu parava de ler e aumentava o volume, e sempre a mesma coisa, palavra por palavra. Acabei pegando no sono com o rádio ligado e acordei às sete da manhã com ele a toda. Será que devia ter ligado para você? Eu não sabia o que fazer — falou, desolada.

Ainda bem que ela não me ligara. Eu não poderia ter feito nada. Aliás, havia muito pouca coisa a fazer naquele momento, na manhã seguinte ao tiroteio, exceto rebater os telefonemas que vieram de Ray Gruliow, Lewis Hildebrand e Gordon Walser. Eu teria de descobrir mais coisas, disse a cada um deles, antes de saber como prosseguir.

No começo da tarde encontraram o carro, um Ford 88, modelo Crown Victoria, com placas de Jérsei, registrado no nome de um oftalmologista de Teaneck. O veículo fora localizado no pátio para onde o guincharam por ter estacionado numa zona proibida na região dos teatros. A identificação foi feita com base num número parcial das placas, fornecido por uma das testemunhas, e confirmada por vestígios de tinta no carro e no táxi amarelo de Rakhman Ali. A mulher do oftalmologista disse à polícia que o marido estava em Houston, participando de uma conferência; tinha tomado o avião para lá na sexta-feira, em Newark, depois de deixar o carro no estacionamento de longa permanência do aeroporto.

Havia impressões digitais na direção e no painel, mas acabaram sendo do guarda de trânsito que abrira a porta e pusera o carro em ponto morto para poder ser guinchado. Não havia nenhuma digital que pudesse pertencer ao atirador, a quem as testemunhas descreveram como de altura mediana, com um boné de basquete na cabeça e uma jaqueta brilhante azul-escura, com um nome bordado no bolso da frente. Nenhuma das testemunhas chegara perto o suficiente para ler o nome.

O incidente parecia bastante comum, digno de ser noticiado apenas na medida em que uma das duas vítimas gozava de certo grau de notoriedade local. Alguém roubara um carro de um estacionamento de aeroporto, provavelmente com a intenção de usá-lo na prática de algum crime. Quem sabe a pessoa se encontrasse quimicamente afetada no momento do acidente. Quem sabe estivesse apenas tendo um dia péssimo, mais nada. Enfim, reagira meio mal a uma colisão corriqueira. Em vez de anotar o nome do motorista e o número do seguro, puxara uma arma e começara a atirar.

Podia ter acontecido dessa forma.

Ou ele podia ter estacionado o carro roubado num local de onde desse para ficar de olho no prédio de Billings, podia ter seguido o táxi que apanhou o meteorologista, podia ter forçado a batida e suas conseqüências.

Canja.

Fiquei acordado o dia inteiro, tomando café demais e lutando para espantar o cansaço. Às oito e meia da noite forcei-me a ir até a igreja St. Paul para assistir a minha reunião de hábito, mas não consegui prestar atenção nem consegui evitar de sair no intervalo. Quando cheguei em casa, Elaine me disse para tomar um banho quente e ir para a cama.

— Vá e não discuta — ela disse.

A água quente aliviou um pouco a tensão e quando entrei na cama adormeci quase que imediatamente. Devo ter sonhado com Jim Shorter porque acordei preocupado com ele. Comentei com Elaine e ela me disse que ele ligara na noite anterior, quando eu estava na reunião da St. Paul.

— Disse que não era importante e para você não ligar porque ele estava de saída. Por isso não falei nada.

Liguei para ele. Ninguém atendeu.

Ouvi o noticiário e não havia nada sobre Billings. Saí, comprei o *Times* e os três tablóides e li quatro versões da mesma história. O artigo do *Times* pulava da primeira página para a seção de óbitos. O artigo sobre Billings incluía uma foto e quinze centímetros de texto. Li e passei os olhos por mais meia dúzia de obituários. Depois fui para a meia página de anúncios fúnebres pagos. Quase um terço era de um homem morto na semana anterior que evidentemente fizera fartas contribuições a uma grande variedade de instituições de beneficência; cada uma delas agora se esforçava ao máximo para recompensá-lo anunciando, mediante pagamento, a dor causada por seu falecimento.

Passei meio batido por esses, mas li os outros atentamente, como é meu costume hoje em dia. Minha atenção se reduziu um pouco lá pelo final, como em geral acontece. Assim que eu passo dos S sem encontrar meu próprio nome, meu apetite pelo assunto vai ficando menos afiado. Mas continuei firme até o fim do alfabeto e assim tomei conhecimento da morte, na segunda-feira, de Helen Stromberg Watson, mulher do falecido Alan Watson, de Forest Hills.

Foram necessários alguns telefonemas antes de achar um policial disposto a falar comigo.

— Afogamento acidental — ele disse. — Pode ter escorregado, batido a cabeça no ladrilho. Afogada dentro da própria banheira. Para isso não precisa mais que ficar desacordado o tempo de encher os pulmões de água. Acontece o tempo todo.

— É mesmo?

— Se quer minha opinião, para mim eles deviam pôr selos de advertência nas banheiras. Não, olha, tem a possibilidade de que seja suicídio. A mulher perdeu o marido no começo do ano, estava desesperada por causa da morte etc. e tal. Encontramos uma garrafa de J & B no chão, ao lado da banheira. Se você vai beber dentro da banheira e desmaia, dá para chamar isso de suicídio? *Eu* não chamaria, não sem um bilhete, não quando você tem o sentimento dos filhos para levar em conta, perder pai e mãe assim em menos de seis meses. Fora isso, quem é que sabe o que vai pela cabeça das pessoas? Você toma uns tragos e, antes de se dar conta, desmaia e se afoga. Ou então a bebida cai mal, principalmente numa banheira cheia de água quente, você perde o equilíbrio, bate a cabeça e desmaia. Ei, acidentes acontecem, cara.

— E ela morreu na segunda?

— Segunda foi quando encontraram o corpo. O médico calcula que ela já estivesse na água fazia uns três dias.

Não admira que não tivesse atendido ao telefone.

— Sabe como andou o tempo, nos últimos dias — disse o policial. — E talvez também saiba de que jeito fica um cadáver depois de três dias na água. Junte as duas coisas e sabe o que dá?

— Quem achou o corpo?

— Uma vizinha. Um dos filhos da morta ligou para ela, preocupado porque não conseguia falar com a mãe pelo telefone. A vizinha tinha uma chave e entrou. Coisa mais horrível de achar.

Liguei para Jim Shorter. Ninguém atendeu.

Liguei para Elaine na loja. Perguntei:

— Quando Shorter ligou ontem à noite, ele parecia nervoso? Deu a impressão de alguém que estivesse com medo?

— Não. Por quê?

— A viúva de Alan Watson se afogou na banheira durante o fim de semana, não se sabe direito que dia. Está difícil precisar a hora da morte, mas evidentemente aconteceu depois que eu fui até a Corona e conversei com o diretor da empresa de segurança.

— Não estou bem certa de estar vendo a conexão.

— Tem que haver uma — eu disse. — Eu acho que o assassino está amarrando as pontas soltas. Deve estar com medo de que alguém tenha visto algo ou saiba alguma coisa. Matou a viúva e o próximo passo lógico é a pessoa que chegou primeiro ao local, o guarda que descobriu o corpo de Watson.

— Jim Shorter?

— O telefone dele não atende.

— Ele pode estar em qualquer lugar deste mundo — ela disse. — Quem sabe está numa reunião do AA.

— Ou num bar. Ou no quarto dele, com uma garrafa, sem atender ao telefone.

— Ou tomando café da manhã, ou vendo a retrospectiva de Rothko no Whitney, que seria minha primeira opção se eu não tivesse a loja para cuidar. O que você vai fazer?

— Procurá-lo. Tem alguma coisa que ele sabe, mesmo que ele não saiba que sabe. Quero encontrá-lo antes que morra por causa disso.

— Espere um instantinho — Elaine disse. Cobriu o bocal e logo depois voltou e disse: — TJ está aqui. Ele perguntou se você quer companhia.

Até eu me vestir e descer, ele já estava me esperando na frente do prédio. Trajado de bom moço, ainda que o efeito ficasse ligeiramente comprometido pelo boné preto do Raiders.

— Se precisar ficar mais careta ainda a gente esquece o boné, Tomé.

— Eu não abri minha boca sobre o boné.

— Devo estar ouvindo coisas.

— Ou lendo pensamento. — Fui até o meio-fio, chamei um táxi e disse ao motorista para seguir até a rua 82, esquina da Segunda Avenida. — De todo modo — eu disse —, acho que não tem a menor importância o que as pessoas usam. Isto aqui é pura perda de tempo.

— Você está achando que não vai dar em nada.

— Exato.

— Só me chamou para fazer companhia.

— Mais ou menos.

Ele girou os olhos.

— Então o que a gente está fazendo num táxi, Máxi? Cara como você pagando corrida, tem coisa aí, meu.

— Bom, só nos resta esperar que você esteja errado.

Deixei TJ esperando no táxi enquanto subia um lance de escada para dar uma conferida na sala de reuniões do grupo da rua 82. Foi ali que levei Jim na sexta à noite e ele comentara ter ido a outras reuniões no mesmo lugar, depois daquilo. Havia uma reunião em andamento. Entrei e achei um bom lugar de onde observar a sala, ao lado da cafeteira. Depois de me certificar de que ele não estava, desci e entrei de novo no táxi. Fiz o motorista ir até a Primeira Avenida e nos deixar na esquina da 94.

Nossa primeira parada foi no Blue Canoe. Se Shorter não se embebedasse nem viesse a morrer, algum dia talvez o lugar figurasse em seu primeiro depoimento. "Eu conheci esse cara lá", diria ele, quem sabe, "achando que podia embromá-lo a me pagar umas cervejas e quando me dei conta estava numa reunião do AA. E aqui estou eu, e não pus uma gota de álcool na boca desde então."

Ele não estava no Blue Canoe nem em nenhum dos bares e lanchonetes da Primeira Avenida. TJ e eu fizemos juntos a ronda. Teria sido mais conveniente se pudéssemos dividir o trabalho, mas como é que ele iria reconhecer Shorter se o visse?

Depois de percorrermos os bares de quatro quarteirões da Primeira Avenida, pegamos a 94 Oeste e fomos a pé até a casa de cômodos de Shorter. Eu teria tocado a campainha, caso soubesse qual era. Mas toquei a que dizia ZELADOR. Como ninguém atendeu, saímos rumo à Segunda Avenida, onde perdemos mais algum tempo vasculhando mais bares e restaurantes, da 92 até a 96, e de volta ao ponto inicial. Encontrei um telefone público funcionando, disquei o número de Shorter mas ninguém atendeu.

Comecei a ter um mau pressentimento.

Não fazia sentido vasculhar a cidade à procura dele, pensei, porque não era assim que o encontraríamos. E não fazia sentido ligar para ele porque ele não iria atender ao telefone.

Voltei rapidamente até a casa de cômodos, com TJ indo ao meu lado. Toquei a campainha do zelador, não obtive resposta e então comecei a apertar outros botões ao acaso, para que alguém me abrisse a porta. Ninguém abriu, mas depois de alguns minutos uma mulher imensa surgiu de um dos quartos do térreo e veio bamboleando até a entrada. Franziu a testa atrás do vidro, olhando para nós, e sem abrir perguntou o que queríamos.

Eu disse que estava procurando o zelador.

— Está perdendo seu tempo — ela disse. — Não tem vaga.

— Onde está ele?

— Isto aqui é uma casa de respeito. — Sabe Deus quem ela achou que fôssemos. Peguei um dos cartões da Reliable e mostrei-o pelo vidro. Ela leu o que dizia, com a vista espremida e mexendo os lábios. Quando terminou, os lábios se fecharam numa linhazinha estreita. — É ele ali no alpendre do prédio em frente — informou ela, de má vontade. — O nome dele é Carlos.

Havia três homens no alpendre que ela apontara, dois jogando damas, o terceiro peruando o jogo. O peru estava tomando uma lata de Miller's. Os jogadores dividiam uma caixa de suco de laranja Tropicana. Eu disse:

— Carlos? — e todos eles me olharam.

Estendi meu cartão e um dos jogadores pegou-o. Era troncudo, com um nariz chato e olhos brilhantes, castanhos. Decidi que devia ser Carlos.

— Estou preocupado com um dos inquilinos — falei. — Receio que tenha sofrido um acidente.

— Quem?

— James Shorter.

— Shorter.

— Quarentão, altura mediana, cabelo escuro...

— Sei quem é — ele disse. — Não precisa descrever o cara para mim. Conheço todos. Só estou tentando lembrar se vi o homem hoje. — Cerrou os olhos, concentrando-se. — Não — ele disse, depois de um bom tempo. — Faz um tempinho que não vejo ele. Se quiser deixar o cartão, eu ligo quando ele aparecer.

— Acho que devíamos ver se está tudo bem com ele.

— Você diz abrir a porta dele?

— É o que eu estou querendo dizer.

— Já tocou a campainha?

— Eu não sei qual é a campainha dele.

— Não tem o nome dele na porta?

— Não.

Carlos deu um suspiro.

— Tem um monte deles que não quer saber de nome na

campainha. Eu boto nome, eles tiram fora. Aí chegam os amigos, tocam campainha errada, perturbam todo mundo. Ou então vem tudo na minha. É um pé no saco, pode crer.

— Acredito — falei.

Ele levantou-se.

— Primeira coisa que a gente faz é tocar a campainha dele. Aí depois a gente vê.

Tocamos a campainha e não houve resposta. Entramos e subimos três lances de escada. O prédio era mais ou menos o que eu esperava, com o cheiro de creolina brigando com os odores de comida, ratos e urina. Carlos levou-nos até o que, segundo ele, era a porta de Shorter e bateu com seus punhos pesados.

— Ei, abre a porta — ele gritou. — Tem um cavalheiro aqui querendo falar com você.

Nada.

— Não está em casa — Carlos disse, sacudindo os ombros. — Melhor escrever um bilhete, botar debaixo da porta e, quando ele chegar...

— Eu acho que você devia abrir a porta.

— Não sei, não.

— Estou preocupado com ele — insisti. — Acho que pode ter sofrido um acidente.

— Que tipo de acidente?

— Dos maus. Abra a porta.

— O senhor diz isso daí, mas a encrenca depois é para cima de mim.

— Eu assumo a responsabilidade.

— E eu digo o quê, hein? "Aquele cara assumiu a responsabilidade." Mas é eu que continuo com o rabo numa fria, cara.

— Se você não abrir eu abro no chute.

— Está falando sério? — Olhou para mim e chegou à conclusão de que eu estava. — Acha que ele pode estar doente aí dentro, é?

— Ou pior que isso.

— E tem coisa pior que doença? — Acho que foi aí que a ficha caiu, porque ele piscou mais forte à lembrança. — Merda, tomara que não. — Sacou de um molho de chaves, encontrou a chave mestra e encaixou-a na fechadura. — De todo modo — comentou —, não ia precisar chutar, só se ele está com a corrente. Essas fechaduras aqui não prestam para nada, dá para abrir com um cartão de plástico. Mas se tiver com a corrente, pô, aí vai ter que chutar mesmo.

Não havia corrente. Ele virou a fechadura, ainda deu uma última e desnecessária batida na porta, e empurrou a porta.

O quarto estava vazio.

Ele ficou parado sob o vão da porta. Passei na frente do zelador, percorri o quartinho. Estava limpo e pelado como a cela de um monge. Havia uma cama de ferro, uma cômoda, uma mesa-de-cabeceira. A cama estava arrumada.

As gavetas estavam vazias. Mesma coisa com o armário. Olhei embaixo da cama. Não havia nenhum artigo pessoal em parte alguma, apenas a mobília de brechó que já devia estar lá quando ele se instalou.

— Acho que ele se mudou — disse Carlos.

O telefone ficava sobre a mesa-de-cabeceira. Enfiei um lápis sob o receptor e ergui-o o suficiente para ouvir o sinal de discagem, depois soltei o fone de novo.

— Ele não falou nada para ninguém — Carlos disse. — Paga por semana e já tinha acertado até domingo. Gozado, né?

TJ foi até a cama, pegou o travesseiro. Havia um pequeno livro embaixo. Deu uma boa olhada nele e entregou-me.

Eu já sabia o que era.

— Não faz muito sentido — disse Carlos. — Se você vai mudar, para que arrumar a cama primeiro? Eu vou ter que trocar mesmo, antes de alugar de novo, não vou?

— Esperemos que sim.

— Claro que eu troco. — Ele franziu a testa, atônito. — Vai ver que ainda volta.

Eu olhei para o livro com a relação dos grupos do AA, o que eu comprara para ele, a única coisa que deixara para trás.

— Não — eu disse. — Ele não volta mais.

25

Martin Banszak tirou os óculos sem aro, embaçou-os com o hálito e poliu cada uma das lentes com o lenço. Quando se deu por satisfeito com os resultados, colocou-os de novo no rosto e voltou os tristes olhos azuis para mim.

— Você deve saber o tipo de homens que nós temos aqui — ele disse. — Serviço de vigilância paga somente um ou dois dólares por hora acima do salário mínimo. É um trabalho que não exige experiência e o treinamento é mínimo. Nossos melhores homens são policiais aposentados interessados em reforçar a aposentadoria da prefeitura, mas gente assim em geral consegue achar coisa melhor. Nós ficamos com o pessoal que está desempregado e à procura de um bico qualquer até que apareça algum trabalho. Em geral são pessoas boas, mas não ficam muito tempo conosco. E temos aqueles que trabalham para nós porque não conseguem arrumar nada melhor.

— Que tipo de checagem vocês fazem dos candidatos?

— O mínimo. Eu tento não contratar ex-presidiários. Afinal de contas, o trabalho aqui é segurança. Você não contrata a raposa para guardar as galinhas, certo? Mas é difícil evitar. Eu podia fazer uma checagem por computador, mas de que adianta quando é um desses nomes comuns? Eu peço a informação: "Teve algum William Johnson cumprindo pena no sistema penitenciário estadual de Nova York?". O negócio é que deve ter provavelmente meia dúzia de indivíduos chamados William Johnson presos neste estado, em qualquer dia do ano. E aí como é que fica? E quando um sujeito chega para mim e diz que o nome dele é William Johnson, como é que eu vou saber se foi esse o nome que lhe deram quando nasceu? Se o sujeito me dá o cartão da Previdência Social e a carteira de habilitação, o que mais eu posso fazer a não ser aceitar os documentos?

— Não tira impressões digitais?

— Não.

— Por que não?

— Leva muito tempo — Banszak explicou. — Até eu obter uma resposta de Washington, lá se foram duas semanas. O candidato já encontrou outro emprego nesse meio tempo.

— Não poderia contratá-los condicionalmente? E dispensar se as informações não batessem?

— É assim que eles fazem na Reliable? Bom, eu tenho certeza de que lá vocês cobram bem mais pelo serviço. Empresa de Manhattan, endereço chique. Isso é muito bom, ótimo, para os clientes que têm dinheiro para cobrir as despesas da sua empresa. — Pegou um lápis, bateu com a borracha da ponta sobre a escrivaninha. — Eu não posso me dar ao luxo de botar metade dos meus funcionários conferindo os antecedentes da outra metade. Seria falência na certa.

Eu não disse nada.

— Dois anos atrás — ele continuou —, tentamos tirar as impressões digitais dos candidatos que a gente aceitava. Sabe o que aconteceu?

— Os candidatos sumiram.

— Exatamente. As pessoas não queriam se submeter a um processo que é sujo e humilhante.

— Principalmente aqueles com mandados pendentes de prisão — eu disse. — Para esses teria sido especialmente sujo e humilhante.

Banszak me olhou fixo.

— E para os que pararam de pagar pensão alimentícia. E para os que estão fugindo de dívidas. E, claro, para os que cumpriram pena por pequenas violações por posse de drogas e outros delitos menores. É difícil crescer em certos bairros sem ser preso, sem ter as digitais registradas no distrito da região. A maior parte desses homens se dá muitíssimo bem no nosso ramo.

Concordei com a cabeça. Quem era eu para julgá-lo e que me importava como ele administrava sua empresa? Ele mandava embora por causa de bebida porque isso incomodava os clientes. Mas que cliente iria se importar porque o sujeito vigiando seu armazém não pagou a pensão dos filhos ou vendeu um grama de cocaína para um policial à paisana? Esses não são crimes que se possa detectar no hálito ou no andar de um homem.

— Vamos voltar ao caso de Shorter — eu disse.

A pasta de Shorter continha a ficha que ele preenchera, juntamente com um registro das horas que trabalhara e a indenização que recebera. Nenhuma foto, e eu perguntei sobre isso. Não fazia parte da rotina fotografar todos os empregados?

— Claro. Precisamos de uma foto para o crachá deles. Tiramos aqui mesmo, em frente àquela parede. É um fundo perfeito. — Então onde estava a foto? Grudada no crachá, fui informado, crachá que Shorter deveria ter devolvido quando foi dispensado e que deveria ter sido destruído conforme a rotina da empresa.

— E ele devolveu?

— Eu suponho que sim.

— E foi destruído?

— Deve ter sido.

— E o negativo da foto?

Ele sacudiu a cabeça.

— Nós usamos uma Polaroid. Todo mundo usa. Você quer fazer o crachá na mesma hora, não esperar até o filme voltar revelado.

— Quer dizer que não tem negativo.

— Não.

— E vocês só tiram uma foto? Não tiram uma de reserva para guardar no arquivo?

— Na verdade tiramos — ele disse, procurando pela

pasta. — Mas parece que não está por aqui. Talvez tenha sido arquivada na pasta errada.

Ou tirada da pasta por Shorter, eu pensei. Ou então nem fora tirada, porque Martin Banszak não me parecia o mais organizado dos empresários.

Dei mais uma espiada na ficha de inscrição. Shorter já morava no mesmo endereço, na rua 94 Leste, quando pediu emprego na firma, em julho de 1992.

Julho de 1992?

Conferi a data com Banszak. Quer dizer que Shorter já estava trabalhando havia sete meses lá quando Alan Watson foi assassinado?

— Estava, e era muito responsável, muito confiável. Foi por isso que me senti inclinado a lhe dar uma segunda chance, quando houve o primeiro incidente.

— Da bebida.

— É. Deve ter ficado envergonhado, porque nem tentou argumentar em defesa própria, só baixou a cabeça, esperando ser despedido. Mas a ficha dele era excelente, estava conosco fazia mais de sete meses, por isso lhe dei uma segunda oportunidade. — Banszak franziu a testa. — Da segunda vez, claro, houve uma queixa oficial. Eu tive que despedi-lo.

Sete meses. Esperando, aguardando o momento oportuno.

Peguei a ficha.

— Preciso de uma cópia disto. Tem algum lugar aqui por perto onde eu possa tirar uma cópia? — Ele disse que tinha uma copiadora de mesa e que ele mesmo faria para mim. Foi até uma outra sala, voltou com a cópia mas ficou com ela na mão.

— Não sei se estou entendendo direito. Se Shorter sabe de alguma coisa, se ele sumiu para escapar do homem que matou Watson — essa fora a desculpa que eu lhe dera —, será que a polícia não deveria entrar na história?

— Se chegarmos a isso — eu disse. — Mas tudo indica que Shorter vivia com nome falso e que talvez tenha inventado grande parte do que está aqui nesta ficha de inscrição. Se eu puder lhe poupar o constrangimento das atenções oficiais da polícia...

— Sim, claro. Claro.

Ele não existia.

Era portador de uma carteira de habilitação expedida pelo estado de Nova York e o número da licença constava de sua ficha de inscrição. Mas o Departamento Estadual de Trânsito nunca ouvira falar de Shorter, e o número da habilitação que constava da ficha não estava em circulação. O número da Previdência Social era verdadeiro, só que pertencia a um agente de seguros agrícolas de Emporia, Kansas, cujo nome era Bennett Gunnarson, não James Shorter.

Teria facilitado muito minha vida se Banszak tivesse por praxe tirar as impressões digitais de seus empregados, mesmo que não fosse para fazer nada com elas a não ser arquivar. Isto porque, antes de ir vê-lo, eu deixara TJ de plantão na frente da casa de cômodos enquanto pegava um táxi até o edifício Flatiron para emprestar um estojo de tirar digitais de Wally Donn, da Reliable. Ao sair do quarto de Shorter eu embaçara o telefone com uma baforada, do jeito que Banszak fez com os óculos. Não vi nenhuma impressão, mas às vezes elas aparecem melhor quando a gente espalha um pó por cima. E o telefone não era a única superfície no quarto que poderia ter uma impressão digital.

De volta à rua 94 Leste, empoeirei o telefone, a janela, a pia, o pé e a cabeceira da cama, o espelho do interruptor, e tudo o mais que me parecesse promissor. Não havia nada, nem borrões.

— Ele limpou tudo — eu disse a TJ. — Esfregou deliberadamente todas as superfícies do quarto.

— Vai ver o cara é limpo.

— O cara é um assassino. Ele matou Alan Watson em fevereiro. Faz alguns dias ele matou Helen Watson e... Jesus Cristo!

— Diga.

— Helen Watson. Um dia estávamos conversando e ele me perguntou se eu já tinha conseguido falar com Helen Watson. Como é que ele sabia o primeiro nome dela? De mim não foi que ouviu. Há quanto tempo será que ele andava rondando o casal?

Agora já tinha a resposta.

Ele rastreara Alan Watson durante no mínimo sete meses, do momento em que começou a trabalhar para a Queensboro-Corona até a noite em que aproveitou a chance para enfiar uma faca no coração do corretor de commodities. Sabe Deus quantas outras oportunidades não terá tido naquele tempo todo, mas não estava com pressa, sentia prazer em aguardar o momento certo, esperar, deixar a expectativa crescer.

Depois, quando finalmente atacou, ainda se permitira a satisfação extra de descobrir o corpo e avisar a polícia, como um piromaníaco que volta para ver os bombeiros combatendo o incêndio que provocou. Aí, espantosamente, continuara no emprego mais seis semanas antes que conseguisse dar um jeito de ser despedido.

Naquele momento fiquei sabendo que ele gostava de ir devagar e também que, querendo, era capaz de atacar com presteza. Eu o vira na sexta à noite e um dia depois a viúva de Watson estava morta. Alguns dias depois disso, Gerard Billings fora morto a tiros no banco de trás de um táxi.

Ah, ele era esperto.

Mas quem era ele?

Liguei para Ray Gruliow e o pus a par dos acontecimentos recentes.

— Sinto-me como um idiota completo — falei. — Eu encontrei o filho da mãe e depois o perdi.

— Você não sabia o que tinha encontrado.

— Não. Ele sabia, e eu não. Ele estava brincando comigo, o desgraçado. Ele era o gato e eu um rato especialmente cretino. Sabe o que foi que eu fiz? Eu levei o filho da puta para as reuniões do AA.

— Não brinca.

— Bom, ele tinha sido despedido do emprego por causa da bebida, estava levando uma vida chinfrim e tinha toda a cara de um alcoólatra se preparando para cair na sarjeta. Não vi nenhum motivo para não falar do programa, e quando eu falei ele fez um belo trabalho, deu a impressão de estar interessado mas meio com o pé atrás. Devo admitir que, em se tratando de anonimato, isso nele é coisa nata. É a pessoa mais anônima que eu já conheci na vida. E continuo sem saber quem é o desgraçado.

— Mas você o viu. Sentou-se com ele e conversou com o sujeito.

— Certo. Eu sei que cara ele tem. — Descrevi Shorter com detalhes. — Agora nós dois sabemos como ele é — eu disse. — Parece com alguém que você conheça?

— Não sou muito bom para reconhecer gente a partir de descrições.

— Ele tem quarenta e oito anos. Botou na ficha que nasceu em Klamath Falls, Oregon, mas lá nunca ninguém ouviu falar desse nome e não há por que supor que ele tenha passado perto desse lugar algum dia. Mudou-se para a casa de cômodos uma semana antes de ir bater na porta da Queensboro-Corona e meu palpite é que James Shorter nasceu bem nessa época. Acho que ele arrumou uma identidade falsa, alugou um quarto por semana e saiu para procurar emprego.

— Para poder rastrear Alan.

— Exato. Eu desconfio que ele é do tipo rastreador. É a única explicação que encontrei para começar a entender o que ele anda fazendo. Dei uma pesquisada no assunto e há certos elementos aqui que se encaixam no padrão. A forma como estruturou a vida de modo a poder seguir Alan Watson. E a maneira como adiou o assassinato. Quantas chances você acha que ele teve nos seis meses em que trabalhou para a Q-C? Umas cem? Mas foi adiando, não porque tivesse medo de ser apanhado.

— Estava se segurando para aumentar o prazer.

— Exatamente.

— Mas no caso de Gerry...

— Eu desconfio que ele começou a rastrear alguém pouco depois de matar Watson. Provavelmente Billings, mas pode ter sido outra pessoa. Talvez estivesse marcando uns dois ou três de vocês. Ainda estava morando na mesma casa de cômodos, ainda sob o nome de James Shorter, portanto eu acho que ainda não tinha chegado nem perto do último ato dessa encenação dele. Mas aí eu apareci e ele então percebeu que era hora de James Shorter sumir, só que resolveu fazer alguma coisa bem dramática na saída.

— Ele escolheu um jeito bem dramático de matar Gerry.

— Sabia onde Gerry morava, conhecia seu horário habitual. Devia ter uma arma, suponho, ou sabia onde arranjar uma. Não deve ter sido muito difícil para ele tomar um ônibus até o aeroporto de Newark e voltar com um carro roubado. Depois tudo que tinha a fazer era esperar por Billings e aproveitar o momento certo. Forçar uma batida no trânsito foi um belo toque, mas ele tinha outras opções. Podia ter encenado um tiroteio ao acaso, com o carro em movimento, podia ter atropelado Billings.

Ou podia ter achado um jeito de jogar uma bomba contra a janela de plástico high-tech de Gruliow. Dessa maneira poderia ter acabado com nove dos catorze sócios restantes de uma tacada só. Ele sabia do encontro porque eu fizera a gentileza de lhe contar e quando me sondou um pouco mais eu até disse que era no Village. Gruliow era o único sócio que morava no Village. Talvez Shorter tenha passado pela rua Commerce, na terça-feira à tarde, talvez estivesse do outro lado da rua, no Grange, tomando uma cervejinha e observando a chegada deles. Observando a mim, também.

— Quem será esse sujeito? Tem alguma idéia? — eu disse.

— Nenhuma. Sabemos que ele não é um dos sócios, mas acho que nenhum de nós chegou algum dia a pensar seriamente que pudesse ser um de nós. Quem mais sabe a respeito do clube? Ninguém, na verdade. Não em detalhes.

— Ele está com quarenta e oito anos. Em 1961 teria quantos anos, uns dezesseis? Será que pode ser o irmão mais novo de alguém transferindo seus ressentimentos fraternos contra o clube inteiro?

— Nossa, isso me parece um pouco fantasioso demais.

— Não estou muito seguro de que se possa encontrar um motivo lógico — falei. — Por que haveria de existir uma explicação sadia para um padrão tão duradouro de comportamento insano? Tudo que ele precisava era um pretexto.

— Será que não precisaria ser um bom pretexto, para sustentá-lo assim tanto tempo?

— Não. Tudo que precisava era dar o primeiro passo. Depois de iniciado o processo, o próprio impulso o manteria em curso, não importa quão frágil fosse o ímpeto original.

— Isso porque ele gosta do que está fazendo.

— Ele adora, mas eu tenho a impressão de que é mais do que isso. É a vida toda dele.

Eu resumi uma versão dessa conversa com tantos sócios quantos fui capaz de encontrar. Descrevia Shorter e perguntava se a descrição parecia se encaixar com alguma pessoa que pudesse ter tido algum ressentimento contra o grupo, anos atrás. Todos disseram essencialmente a mesma coisa — a descrição correspondia à de diversas pessoas e eles não conseguiam se lembrar de ninguém, desse ou daquele aspecto físico, que tivesse algum motivo, consciente ou não, para odiar o grupo. Ou mesmo para saber que o clube existia.

— É uma pena que não haja uma foto — mais de um deles me disse. E eu expliquei que seus empregadores na Corona tinham tirado duas Polaroids dele, mas que não puderam me fornecer uma cópia. Uma das fotos estava no crachá, que ele provavelmente não devolvera; a outra desaparecera convenientemente do arquivo.

E quando, eu me perguntava, isso teria ocorrido? Será que era ardiloso o bastante para ter pegado a foto antes que o dispensassem? Ou será que fez uma visita desautorizada durante o fim de semana para deixar tudo em ordem? Podia inclusive ter aproveitado a viagem que fez até Forest Hills, no dia em que foi matar Helen Watson na banheira.

— Será que ele não tirou outras fotos? — Elaine quis saber. — Como é que ele sacava o cheque do salário? Não acredito que ele tivesse conta em banco.

— Usava um serviço de desconto de cheques. Tinha o crachá da Queensboro-Corona e uma carteira de habilitação. Não precisaria de mais nada.

— E você sentou-se na frente dele.

— E levei-o a uma reunião.

— E ninguém tira três por quatro e pega as impressões digitais nas reuniões do AA, certo? Suponho que seria uma violação do princípio de anonimato, não é mesmo?

— Receio que sim.

— Se eu estivesse junto — ela disse —, poderia ter tirado uma foto escondida dele, como fiz no Wallbanger's. Lembra-se?

— Minha nossa!

— O que foi? Eu disse alguma coisa errada?

— Não. Você disse a coisa certa. Eu não sei o que está havendo comigo, realmente não sei. Por que eu não consigo pensar direito?

— O que está querendo dizer com isso?

Por resposta, apontei para um desenho emoldurado, na parede.

26

— De uma coisa você pode ter certeza — Ray Galindez disse. — Isto aqui é a maior moleza. Você tinha uma imagem mental muito clara do sujeito. Quanto tempo levou para tirá-la da sua cabeça e botar no papel? Quinze, vinte minutos?

— Por aí.

— Perto das testemunhas que não sabem usar os olhos, que nem conseguem lembrar do que viram com eles, isto aqui é barbada. Na semana passada eu trabalhei com uma, a mulher não parava de me dizer que eu não tinha acertado os olhos, que os olhos estavam errados. Errados como? Muito grandes, muito pequenos, muito separados, muito juntos, o quê? São puxados? Amendoados? De pálpebras caídas? Me diga alguma coisa, porque só falar que estão errados não funciona. Eu tentei de um jeito, de outro, mudei aqui, consertei ali e sempre a mesma coisa, estavam errados. Sabe o que era?

— O quê?

— Ela nunca viu a porra dos olhos do cara. O sujeito estava usando óculos espelhados. Levou quase uma hora para se lembrar disso, e olha que o cara ficou bem na fuça da mulher, de revólver apontado. "Os olhos estão errados", ela dizia. "Eu nunca vou esquecer daqueles olhos." Só que ela nem viu os olhos dele, como é que ia esquecer?

— Pelo menos ela teve o bom senso de sentar com você — falei. — E eu, que não conseguia ir além do fato de que não tinha uma foto dele? Estava sentado num quarto, com um daqueles seus desenhos do lado, e ainda assim não entendi o recado.

— Às vezes é difícil enxergar o que está bem debaixo do nariz da gente.

— Deve ser.

Quando fui pagar-lhe, Ray não quis receber o dinheiro.

— Acho que eu lhe devo isso — ele disse —, por tudo que Elaine fez por mim. Levei minha mãe para ver a galeria e agora tudo que ela sabe dizer é *mi hijo el artista*. Ela não ficou assim tão impressionada quando consegui meu emprego. Que, por falar nisso, já não é mais o mesmo.

— Na polícia?

— É, sei lá, eu só estou falando da minha parte. Eles agora querem que eu use um computador para fazer o que faço.

— Você diz um tipo de kit de identificação?

— Não, o kit é diferente. O computador é muito mais flexível. Dá para fazer ajustes mínimos no formato da boca, alongar a cabeça, aprofundar os olhos, tudo que você faz com lápis e papel. — Explicou-me como o software funcionava e o que era capaz de fazer. — Só que não é desenho — ele disse. — Não é arte.

Ele riu e perguntei-lhe o que havia de engraçado.

— Nada, me ouvir dizendo a palavra. Eu sempre corrigia Elaine quando ela chamava o que faço de arte. Estou começando a achar que ela tem razão. Mas pode ter certeza, o que estou fazendo com aquela mulher européia é diferente de tudo que já fiz. Sabe da história? Freguesa de Elaine, ela perdeu a família toda no Holocausto.

— Elaine me contou. Não sabia que já tinha começado a trabalhar com ela.

— Duas sessões, até agora, e é a coisa mais exaustiva que eu já fiz na vida. Ela não se lembra da fisionomia de parente nenhum.

— Então como é que você pode desenhá-los?

— A memória está lá. É uma questão de ir buscar e trazer para fora. Começamos pelo pai dela. Como era ele? Só que isso não dá em nada, porque ela não sabe a resposta. O máximo que consegue é dizer que era alto. Tudo bem, que tipo de homem ele era? Muito bondoso, ela diz. Ótimo, aí eu começo o desenho. Tinha uma voz grave, ela lembra. Eu desenho um pouco mais. Às vezes perdia as estribeiras. Muito bem, agora estou desenhando um homem alto, bondoso, de voz grave que fica bravo. Tarde da noite ele sentava na cozinha e ficava somando colunas de números. Ótimo, vamos desenhar isso. E assim vamos, o tempo todo, e de vez em quando temos que parar porque ela está chorando ou não consegue mais olhar para o papel, ou então está esgotada. Acredite, quando a gente termina, estamos *os dois* completamente pregados.

— E você conseguiu um rosto humano?

— Consegui um rosto humano, mas rosto de quem? Será que se parece com o homem que entrou na câmara de gás? Não dá para saber. Eu trouxe de volta algumas memórias, isso eu sei. E ela tem um retrato que significa alguma coisa para ela, portanto, que diferença faz? É tão bom quanto uma fotografia? Bom, quem sabe é melhor. É arte? — Ele sacudiu os ombros. — Confesso que eu acho que é.

— E isto?

— Esse merda? — Debruçou-se sobre o desenho, soprou a poeira da borracha de cima do papel. — Isso não precisa ser arte. Basta que se pareça com ele.

Fui até uma copiadora, tirei duas dúzias de cópias do esboço. A mim parecia haver uma boa semelhança. Dei o original a Elaine mas avisei para não pendurá-lo em lugar nenhum por enquanto. Deixei uma cópia com TJ, que ergueu uma sobrancelha e disse que Shorter era um cara bem feioso.

Durante as semanas seguintes entrei em contato com a maioria dos homens que participaram da reunião na casa de Gruliow e com alguns dos que não puderam comparecer. Ninguém fez eco às impressões de TJ, mas também nenhum deles reconheceu em Shorter algum primo distante.

— O sujeito tem uma aparência bem comum — Bob Berk me disse. — Não é um rosto que chame a atenção numa multidão.

Vários disseram que ele parecia vagamente familiar. Lewis Hildebrand disse que talvez já tivesse visto Shorter, mas que era impossível afirmar com certeza.

— O impacto visual nesta cidade é acachapante. Você anda alguns quarteirões pelo centro de Manhattan e vê mais gente passando pelo seu campo de visão do que o morador de uma cidade de tamanho médio vê num ano inteiro. Ande pela estação Grand Central no horário de pico e verá milhares de pessoas sem na verdade ver ninguém. Quanto disso tudo a gente peneira? Quantas a gente registra, conscientemente ou não?

Em sua sala de estar, na rua Commerce, "Hard-Way" Ray Gruliow espremeu a vista na frente do desenho e abanou a cabeça.

— Parece alguém conhecido — ele disse. — Mas de forma muito vaga.

— É o que todos estão me dizendo.

— Que coisa maluca, hein? Eis aqui alguém que nos odeia a ponto de dedicar a vida inteira a nos matar. Porque este não é um sujeito que levantou de saco cheio um dia, passou a mão na espingarda e foi até uma loja dos Correios. Esse é o trabalho de uma vida.

— Exato.

— E a gente olha para ele — Gruliow falou —, e tudo que conseguimos dizer é que parece vagamente familiar. Quem poderá ser? E como é que ele nos conhece?

— De onde é que você poderia se lembrar dele?

— Não sei. Nós só nos reuníamos uma vez por ano, num jantar. Talvez fosse um garçom no Cunningham's. Quantos anos nós chegamos à conclusão de que ele tinha, dezesseis? Não podia ser garçom. Vai ver era um cumim.

— E quem sabe vocês economizaram na gorjeta.

— Não, nós não faríamos uma coisa dessas. Somos uma turma generosa.

A agência 100 do Sindicato Nacional dos Trabalhadores em Restaurantes e Hotéis está instalada na Oitava Avenida, justamente a dois quarteirões do Restaurant Row. Conversei com um sujeito lá chamado Gus Brann, que achou muito divertida a idéia de tentar caçar um funcionário de um restaurante que fechara vinte anos antes.

— O trabalho em restaurante não é mais a profissão que era antes — ele me disse. — Não na área de serviços. Antes a gente tinha gente que passava a vida sendo garçom. Conheciam os fregueses e sabiam como servir. Hoje em dia sabe o que nós temos? Atores e atrizes. "Meu nome é Scott e, juntos, vamos partilhar a experiência de um jantar." E adivinha qual a proporção da ralé que também é membro do Sindicato dos Atores?

— Não faço idéia.

— Muitos. Pode acreditar em mim. Você sai para comer fora e lhe servem um teste de interpretação.

— O movimento já não é mais o mesmo nos restaurantes mais antigos, especializados em carnes, não é mesmo?

— Não, quanto a isso tem razão, mas ainda existem boas steak houses. Você tem a Gallagher's, tem a Old Homestead, Keens, Peter Luger, a Smith e, como é mesmo, Wollensky...

— Em geral um garçom que sai de um lugar continua trabalhando no mesmo tipo de restaurante, não é? — perguntei.

— Eu acabei de lhe dizer, eles nem sequer continuam sendo garçons.

— Mas o tipo antiquado de garçom. Se um sujeito estivesse trabalhando para o Cunningham's e o restaurante fechasse, ele provavelmente iria procurar emprego num desses lugares que acabou de mencionar, não acha?

— A menos que tenha inclinação para ficar servindo sorvete num Baskin-Robbins. Não, mas tem razão, a tendência é ficar naquilo que a gente conhece.

— Quer dizer que se você quisesse encontrar alguém que trabalhava no Cunningham's, esses são os lugares onde procurar.

— Acho que sim.

— Mas eu pessoalmente não saberia ao certo por onde começar. E teria que passar alguns dias correndo toda a cidade, tentando convencer as pessoas a me darem uns minutos de seu tempo. Ao passo que uma pessoa assim com seu conhecimento provavelmente conseguiria cobrir a coisa toda só com uns telefonemas.

— Ei, eu tenho meu trabalho a fazer, sabia?

— Eu sei disso.

— Não posso ficar sentando fazendo telefonemas, enchendo o saco das pessoas, perguntando quem trabalhou onde há vinte, trinta anos.

— Você estaria me poupando tempo — eu disse — e tempo é dinheiro. Eu não estava pensando em obter a informação de graça.

— Ah. Aí então as coisas mudam de figura, certo?

No dia seguinte liguei para Gruliow e contei que encontrara não um, mas dois cavalheiros que passaram a vida inteira servindo carne a cidadãos com bom apetite.

— Estavam ambos trabalhando no Cunningham's quando ele fechou. Um deles começou lá como cumim, quarenta anos atrás.

— Então devia estar lá no nosso primeiro jantar. Nossa, e em alguns dos jantares do grupo anterior também.

— Mas ele não reconheceu o retrato. Nem o outro sujeito, que é bem mais velho, mas esse só começou a trabalhar no Cunningham's em 1967. Dali ele foi para o Old Homestead e era ali que estava quando se aposentou, três anos atrás, em setembro. Os dois disseram a mesma coisa.

— O quê?

— Disseram que ele parecia familiar.

— Ai, Deus. Sabe qual o problema do nosso amigo? Ele tem um rosto universalmente familiar. Ninguém consegue dizer de onde, mas todo mundo acha que já o viu antes, em algum lugar. Olha, Matt, foi só um comentário fortuito meu, isso de ele ter trabalhado no Cunningham's.

— Eu sei.

— Mesmo assim seguiu a pista.

— Valia a pena checar.

— Como foi que descobriu esses sujeitos?

— Não fui eu. Descobri alguém que podia achá-los por mim. Sabe, se eu entregasse isso para a polícia, eles seriam capazes de desencavar uma dúzia de homens que trabalharam no Cunningham's durante o período em questão. E um deles talvez fosse capaz de pôr um nome nesse rosto.

— Estive conversando com alguns sócios.

— E?

— Todos nós temos a intenção de tomar o maior cuidado. Todos nós vamos ficar de olho no homem do retrato. Mas continuamos preferindo não ir a público, se pudermos evitar.

— Se alguém mais for assassinado...

— Você disse que ele provavelmente vai ficar na moita pelos próximos seis meses.

— Foi o que eu disse — concordei —, mas que sei eu? Não posso ter a presunção de prever o que um louco vai fazer a seguir. E até o momento ele não demonstrou nenhuma inclinação de me ligar e contar.

Isso foi na quarta à tarde. Naquela noite fui a uma reunião pela primeira vez na semana, depois dei uma parada no Flame e tomei um café. Um dos companheiros na mesa era um recém-chegado e os outros estavam tentando ajudá-lo, esclarecendo suas dúvidas e garantindo-lhe que realmente havia vida depois da sobriedade. O novo homem tinha uns trinta e poucos anos e não se parecia em nada com Jim Shorter, mas sua atitude era muito semelhante à da personagem que Shorter adotara para a ocasião, uma mistura de esperança reservada e ceticismo cínico. Não fiquei à vontade sentado à mesma mesa que ele. Não que ele estivesse fazendo alguma coisa errada, e eu sabia que não estava fingindo, mas não pude evitar a sensação de que estava sendo novamente enganado.

Fui para casa e contei a Elaine. Ela disse:

— Você gostaria de matá-lo, não?

— O sujeito de hoje? Ah, você diz Shorter.

— Claro.

— Acho que estou bravo. Não sinto nada, na verdade, mas a raiva deve estar por aqui. Eu estava tentando ajudá-lo, aquele veado, e ele estava brincando comigo feito um peixe na ponta do anzol. O filho da puta.

— É. Acho que você deve estar mesmo ligeiramente bravo. — Começou a dizer alguma outra coisa mas o telefone tocou, ela se levantou e foi atender. — Sim — ela disse. — Um momentinho, vou ver se ele está.

Cobriu o fone com a mão.

— É ele.

27

— Jim — eu disse —, que bom que você ligou. Estava esperando notícias suas.

— Bom, eu andei meio ocupado, Matt.

— É, eu sei como são essas coisas. Eu mesmo ando bem atarefado. Tentei falar com você algumas vezes, mas acho que não estava em casa.

— Acho que não.

— Pensei que talvez a gente fosse se encontrar numa reunião, mas é que eu estou do outro lado da cidade.

— Um mundo totalmente diferente.

— Verdade. Como vão as coisas?

Houve uma pausa. Depois ele disse:

— Eu sei que você sabe, Matt.

— É?

— O gozado é que eu pensei que você soubesse desde o começo. Pensei, merda, eles finalmente perceberam o que está havendo e contrataram um detetive. Mas você não sabia de nada, não é mesmo?

— Não.

— Me levando para uma reunião do AA. No começo achei que era uma cilada. Me fazer baixar a guarda, me pegar de surpresa. Mas você não estava nem um pouco desconfiado, estava? Achou que eu precisava de ajuda e quis me ajudar.

— Algo assim.

— Sabe, foi muito decente da sua parte, Matt. Sério.

— Se você acha...

— E as reuniões foram interessantes. Dá para ver como

uma pessoa que tem problema com bebida consegue encontrar uma vida nova naquelas salas. E tive a impressão de que tem gente por lá que não é alcoólatra, que vai lá só para ter companhia e a sensação de que está dando um jeito na vida.

— Acho que não vai encontrar muitas do tipo.

— Não? Bom, você é um juiz melhor que eu nessas coisas, Matt. Sabe, eu, hã, lhe dei uma falsa impressão. Eu não sou alcoólatra.

— Como quiser.

Ele riu.

— Negação, certo? Aposto que você escuta isso o tempo todo. Não, olha, eu só queria sair legal da Queensboro-Corona, e Marty Banszak é um dragão com esse negócio de bebida. O filho da puta engole Valium o dia inteiro, se dopa pior que a noite dos mortos-vivos, mas se sentir cheiro de álcool no seu hálito, você está frito.

— Mas ele lhe deu uma segunda oportunidade.

— É, não foi hilário? Da segunda vez achei melhor não dar bobeira.

— Como foi que conseguiu? Você mesmo ligou fazendo a queixa?

— Como sabe? Ei, você é detetive, certo? É sua função descobrir as coisas.

— É, e parece que não estou me saindo muito bem.

— Ei, eu acho que você está indo muito bem, Matt.

— Tem algumas coisas que eu não entendo, Jim.

— O quê, por exemplo?

— Por exemplo por que você está fazendo isso.

— Ah. Não está entendendo, é?

— Pensei que talvez pudesse me ajudar.

— Meio assim do tipo dar uma dica?

— Algo assim.

— Não, não dá para eu fazer isso. Olha, vou te dizer, não tem a menor importância como foi que eu comecei esse projeto. O sujeito começa a colecionar selos, gruda eles nos livros, mora num sótão, vive de sanduíche de pasta de amendoim, enfia cada centavo que pode na coleção de selos, e você vai perguntar para ele por que começou a colecionar? Ele é colecionador de selos. É o que ele faz na vida.

— Você é um colecionador, Jim?

— Se estou colecionando os sócios, é isso que quer saber? Pegando todos eles numa rede de caçar borboleta? Não vou dar um minuto de folga enquanto o conjunto não estiver completo? — Ele riu. — É uma bela idéia, mas não, não é isso. Olha, eu vou te dizer um negócio: tenho minhas razões.

— Mas não vai dizer quais são.

— Não.

— Então eu suponho que elas não são racionais. Do contrário você não teria problema em pôr as cartas na mesa.

— Ei, essa é boa — ele disse, como quem gostou da idéia. — Faça o cara provar que não é louco. O problema é que eu teria que ser, para cair nessa.

— Bom, essa é uma das coisas que me preocupam um pouco, Jim.

— Que eu seja louco?

— Que você esteja perdendo o controle.

— Por que diz isso?

— O taxista.

— O taxista? Ah, o árabe.

— Ele era bengali, não era?

— Uma porra dessas qualquer. Ali não sei o quê. Que tem ele?

— Por que matá-lo? Ele não estava no clube.

— Ele estava no caminho.

— Você bateu no táxi dele.

— E daí? Eles mentem feito o diabo na imigração, quando desembarcam no JFK, e dez minutos depois estão aí pela rua, com uma licença temporária de taxista. Não conseguem nem encontrar a estação Penn mas estão por aí, tirando o emprego de um verdadeiro americano.

— E isso o deixou bravo?

— Está me gozando? E eu lá estou me importando com essa porra? Chegou a vez de Ali e ele estava no caminho. Sayonara, meu bem. Foi tudo que ela disse.

— Está vendo só? Você parece descontrolado.

— Está completamente enganado a esse respeito. Estou cem por cento *no* controle.

— Você costumava se limitar aos sócios do clube.

— E que me diz de Diana Shipton? Ela não era do clube. Tive um bocado de chances de pegar Boyd quando ele estava sozinho.

— E por que não pegou?

— Às vezes a gente quer fazer um auê. E essa não foi a primeira vez. Teve a... não, esquece.

— O quê?

— Esquece. Estou falando demais.

— Por que foi atrás de Helen Watson?

— Ah, está sabendo dessa aí, é?

— Por quê?

— Você ia falar com ela. Ela podia lembrar.

— Lembrar do quê?

— Porra, eu estava trepando com ela, entendeu? Você não acha que ela ia se lembrar?

— Suponho que sim.

— Você não sabia disso, sabia?

— Não.

— E agora não sabe se deve acreditar ou não em mim.

— Eu não sei nem se você a matou. Quem sabe ela bebeu demais e se afogou.

— O uísque no banheiro. Achei que você ia gostar desse detalhe. Foi uma piscadinha para você, Matt. Um alô meu.

— Como o livro com os endereços debaixo do travesseiro.

— Algo do gênero. Eu gostei do livro, sabia? Gostei de sua bondade. Não estou acostumado com gente se esforçando para me fazer uma boa ação.

— As pessoas têm sido duras com você, Jim?

— O que vem a ser isso, ala psiquiátrica? "Ah, é, irmã, as pessoas têm sido cruéis e desalmadas."

— Só estou tentando entender, só isso.

— Tentando decifrar o código.

— Acho que sim.

— Para quê? Seus camaradinhas podem ficar numa boa e relaxar. Eu vou fazer um retiro voluntário.

— É?

— Para dizer a verdade, eu já estava meio cheio de Jim Shorter. Cheio daquele quartinho na rua 94. Sabe o que talvez eu faça? Pode ser que saia da cidade.

— E para onde iria?

— Ei, tem um mundo enorme aí fora. Se eu quiser ver alguma coisa dele, é melhor engatar a primeira e mexer a bunda. Sabe quantos anos eu tenho?

— Quarenta e oito.

Uma pausa.

— É, correto. E não estou ficando mais jovem.

— Quase ninguém fica.

— E tem os que também não estão ficando mais velhos. — A risada dele foi ríspida, feia, e parou de repente, como se tivesse percebido como devia estar me soando. — A questão é que não vai haver mais mortes por uns tempos.

— Quanto tempo vem a ser uns tempos?

— Por que você fica querendo botar um cara na parede o tempo todo? Não haverá mais morte nenhuma até o próximo jantar.

— E quando será isso?

— Que é isso, companheiro, está querendo me checar? Primeira quinta-feira de maio, lembra-se? Até lá, estou de molho.

— E tenho sua palavra?

— Total. Minha palavra de cavalheiro. Quanto acha que vale?

— Não sei. Como foi que ficou sabendo sobre o clube, Jim?

— Boa pergunta.

— Por que odeia os sócios?

— Quem disse que eu os odeio?

— Gostaria que você me explicasse para eu poder entender.

— E eu gostaria que você parasse de tentar.

— Não, não gostaria.

— Não?

— Não, porque senão não teria ligado.

— Liguei porque você foi legal comigo. Eu quis ser legal também.

— Você ligou porque quer continuar o jogo.

— Você acha que é um jogo?

— *Você* acha que é um jogo.

— Ah! Eu devia desligar agora mesmo.

— A menos que esteja gostando disto.

— Estou, mas para que ficar até muito tarde na festa? Tem uma hora que basta. Mas você quer uma dica, não quer?

— Claro.

— Não, não uma dica. Você é um detetive. O que você quer é uma pista, certo?

— Não sei. Não sou muito bom de trabalhar com pistas.

— Claro que é. Sherlock Holmes.

— É essa a pista?

— Não, isso é o que você é. Puta Sherlock Holmes. Rumpelstiltskin. *Essa* é a pista.

— Rumpelstiltskin?

— Ainda há esperança para você — ele disse. — Tchau.

28

Combinei de ir ver Felicia Karp às quatro da tarde, na casa dela. Cheguei à avenida Stafford dez minutos adiantado e às quatro e vinte comecei a ficar preocupado. Quinze minutos depois eu estava no vestíbulo, examinando a fechadura da porta que levava ao apartamento do segundo andar e me perguntando o quão difícil seria entrar sem a chave. A possibilidade de ser indiciado por entrada ilícita me preocupava menos do que a lembrança do que poderia encontrar lá dentro. Afinal de contas Felicia morava a uns quinze minutos a pé do local onde Helen Watson se afogara na banheira.

Tirei uma lâmina de aço flexível da carteira e dei uma olhada para me certificar de que não haveria ninguém olhando quando eu forçasse a porta. Do outro lado da rua alguém estava manobrando um Ford Escort num espaço bem apertado. Eu podia ter aberto a porta e subido as escadas antes que o veículo estacionasse, mas esperei e Felicia Karp surgiu de dentro do carro. Guardei minhas ferramentas de larápio e fui em sua direção.

— Eu sinto muito — ela disse. — Eles nos convocaram para uma reunião literalmente no último minuto e não havia como avisar. — Ela me deu a sacola de pano para segurar enquanto destrancava a porta. Depois me levou para a cozinha e esquentou duas xícaras do café da manhã no microondas. Da parede, o gato preto balançava o rabo-pêndulo e girava os olhos para mim.

Mostrei-lhe o retrato desenhado por Ray Galindez. Ela esticou o braço para olhá-lo e perguntou quem era.

— Não o reconhece?

— A fisionomia me é familiar. Quem é ele?

— Trabalhava como guarda para uma firma particular de segurança. Em fevereiro último ele descobriu o corpo de Alan Watson durante a ronda que fazia a alguns quarteirões da avenida Continental. Watson morreu esfaqueado e não foi muito difícil para este homem ser o primeiro a chegar ao local.

— Está insinuando que ele o matou.

— Exato.

— Alan Watson era um dos homens com quem meu marido jantava uma vez por ano? — Eu disse que sim. — E este homem? Foi ele que matou meu marido?

— Acredito que sim.

— Meu Deus — ela olhou para o retrato, teve um estremecimento. — Eu sabia que Fred Karp jamais teria se matado. Meu Deus.

— Disse que a fisionomia era familiar.

— Eu o conheço.

— Verdade?

— Sei que já vi este homem. Onde é que era a ronda dele? Nós não temos guardas particulares por aqui, embora a associação de moradores ande falando em contratar alguns. Disse que era do outro lado da avenida Continental? Não, não foi ali que eu o vi. É uma parte boa do bairro, mais chique que aqui, mas não tenho nenhum motivo para circular por lá. O fato é que conheço esse rosto e não é um rosto que eu tenha visto de relance, atrás do vidro de um carro de patrulha. Por que eu conheço esse rosto? Ajude-me.

— Será que o viu pelas redondezas, nos últimos tempos?

— Não.

— Ele veio a sua casa? — Ela sacudiu a cabeça. — Quem sabe na escola? Pode ter passado por pai de aluno.

— Por que ele faria isso? Estou correndo algum perigo?

— É possível.

— Pelo amor de Deus. — Ela estudou o retrato. — Parece um sujeito tão banal. Olhando para ele assim, a gente acha até que é meio palerma demais para ser segurança.

— Que tipo de atividade consegue vê-lo exercendo?

— Não sei. Alguma coisa servil, alguma coisa totalmente prosaica.

— Feche os olhos. Ele está fazendo alguma coisa. O que o vê fazer?

— O que vem a ser isto, alguma nova técnica para induzir a imaginação? Não vai funcionar. Eu racionalizo demais, meu problema é justamente esse.

— Tente assim mesmo. O que ele está fazendo?

— Não consigo vê-lo.

— Caso conseguisse vê-lo, o que ele estaria fazendo?

— Eu não...

— Não pense. Responda apenas. O que ele está fazendo?

— Empurrando uma vassoura. Meu Deus, não acredito.

— O quê?

— É isso. Ele trabalhava no edifício Kashin, onde Fred tinha escritório. Usava uniforme, calça e camisa da mesma cor, um cinza meio esverdeado. Como é que fui lembrar disso?

— Não sei.

— Às vezes eu ia encontrar Fred no escritório e nós jantávamos fora e íamos ao teatro. E uma vez eu vi esse homem. Eu acho...

— Sim?

— Parece que estou lembrando que ele estava no escritório de Fred quando eu cheguei, e eles estavam conversando. Estava varrendo o chão e esvaziando o cesto de lixo.

— Como era o nome dele?

— E eu vou saber?

— Talvez seu marido o tenha apresentado.

— Receio que... John. Chamava-se John.

— Muito bom.

— Ninguém o apresentou. Estava na camisa dele. — Felicia desenhou uma linha horizontal curta sobre o seio esquerdo. — Sobre o bolso, bordado em branco. Não! Branco não, amarelo. — Sacudiu a cabeça. — É impressionante as coisas que a gente é capaz de lembrar.

— E o nome dele era John.

— Isso. Não gostei dele.

— Por quê?

— Tinha alguma coisa nele. Achei-o meio dissimulado. Na verdade eu quase comentei com Fred, mas depois deixei passar.

— O que teria dito?

— Eu o teria avisado.

— Achou que o homem fosse perigoso?

Ela abanou a cabeça.

— Não fisicamente perigoso. Achei que podia roubar alguma coisa. Ele tinha um ar furtivo. Sabe o que estou querendo dizer?

— Sei.

— Mas nada muito pronunciado a ponto de me ficar na cabeça. Acho que nunca mais nem pensei nele, até hoje. E tenho certeza de que nunca mais o vi.

— Se algum dia o vir...

— Sim, sim. Eu o chamo imediatamente, pode ficar descansado. — Franziu o cenho diante do retrato. — Decididamente amarelo. O nome, quero dizer. John, em letras amarelas, sobre o bolso esquerdo da camisa.

O zelador do edifício Kashin não reconheceu o retrato, mas acabei descobrindo que ele não trabalhava ali na época da morte de Fred Karp. Fui até a administradora do prédio, na rua 37 Oeste. Ninguém ali reconheceu o retrato, mas uma moça conferiu os arquivos e voltou com a ficha de um funcionário chamado John Siebert. Começara a trabalhar cinco meses antes da morte de Karp e saíra três semanas depois. Como "Motivo de Saída", me disse ela, estava escrito "De mudança para a Flórida".

— Acho que ele decidiu se aposentar — ela falou.

Hal Gabriel vivera quase como um recluso, nos últimos tempos de vida. Saía raramente do apartamento e recebia em casa a comida do chinês e a bebida do empório. Havia bem uma meia dúzia de restaurantes chineses nas imediações do prédio onde morava, na 92 com a West End. Eu não sabia quais deles estavam funcionando doze anos atrás, quando Gabriel foi encontrado enforcado, mas até hoje nunca vi um restaurante chinês empregar entregadores caucasianos.

Conferi os dois armazéns de bebida um quarteirão a leste, na Broadway. Ambos tinham mudado de dono recentemente. Um deles fora vendido quando o dono se aposentou e mudou para Miami. O dono do outro fora assassinado cinco anos antes, num assalto. Ninguém, em nenhum dos armazéns, reconheceu James Shorter no retrato.

Estava com TJ, os dois trabalhando em lados opostos da rua, mostrando o retrato em cafés e pizzarias. O empregado no balcão do Poseidon olhou e disse:

— Faz anos e anos que não vejo esse cara. Dois ovos mexidos, torrada à inglesa, sem manteiga. — Sorriu da expressão na minha cara. — Boa memória, hein?

Quase boa demais. Cumprimentei-o pela façanha, saí da lanchonete e fui informado por TJ de que na lavanderia em frente também reconheceram o retrato de Shorter e lembravam que o nome dele era Smith.

— Sei, sei, Smith — eu disse. — E ele nunca queria manteiga no bolinho inglês.

— Hein?

— Smith? E o tintureiro lembra do sujeito depois de doze anos?

— É mulher — TJ disse. — E ela se lembra porque ele nunca mais voltou para buscar o paletó. A mulher guardou o paletó dele durante anos e acabou dando para a Legião da Boa Vontade no ano passado. Assim que eu mostrei o retrato ela se assustou, ficou com medo de ter se metido em confusão. "Eu guardei um tempão", ela me falou.

Ninguém no prédio de Hal Gabriel reconheceu o retrato e tampouco a lista de inquilinos de 1981 sugeria alguma coisa. Mas havia um hotel SRO na esquina, um daqueles só para solteiros, e num dos antigos livros de registro da espelunca constava que um Joseph Smith ocupara um cômodo no quarto andar durante vários meses antes da morte de Gabriel. Uma semana depois que o corpo foi encontrado, o senhor Smith mudou-se e não deixou endereço para correspondência.

Rumpelstiltskin.

Pensei nele muitas vezes, no anão malvado do conto de fadas. Não sabia o que Shorter queria dizer com a pista, nem se chegava a ser uma pista. Segui uma série de trilhas frias, em busca de mais vestígios de sua presença nas imediações da cena dos outros crimes.

Não adiantou. Nenhuma delas levou a parte alguma.

Venho fazendo o trabalho de investigação há tanto tempo, de um modo ou de outro, que certos aspectos do processo se tornaram praticamente automáticos. De vez em quando, nos últimos anos, tenho olhado em volta em busca de outra maneira de ganhar a vida e, invariavelmente, chego à conclusão de que é essa que eu tenho, de que sou razoavelmente bom no que faço, e de que minha experiência e talento não me equipam para nenhuma outra coisa.

E no entanto ainda estou longe de entender.

Às vezes é muito simples. Você sobe uma rua, desce pelo outro lado, bate em todas as portas, figurativa e literalmente falando, e os pedaços de informação vão se encaixando, apontando para uma outra rua, com novas portas onde bater. No fim você percorreu um número suficiente de ruas e bateu num número suficiente de portas e a última se abre e lá está sua resposta. Não é fácil e raramente é simples, mas há uma lógica na maneira como as coisas vão se desdobrando.

Só que nem sempre é assim.

Às vezes é como um quebra-cabeça. Você separa todas as peças que têm a borda reta e monta a moldura de fora, depois separa por cores, tenta daqui, tenta dali, até progredir um pouco. Aí começa a procurar uma determinada peça que não está lá na caixa. Só pode estar faltando e você tem vontade de escrever para o fabricante reclamando, mas de repente pega uma peça que já tentou encaixar naquele exato lugar umas três ou quatro vezes, sabe que não é a peça que está procurando, mas dessa vez ela encaixa.

Também nem sempre é assim.

Jim Shorter, aliás Joseph Smith, aliás John Siebert. Aliás Rumpelstiltskin?

— Quem sabe ele roubou algumas malas com o monograma JS — Elaine sugeriu — e agora não tem coragem de se separar delas de jeito nenhum.

— Nos lugares onde ele mora as pessoas iam reparar até se ele entrasse com sacos de uma boa loja. Mas que ele gosta dessas iniciais, lá isso gosta. O que será que significa JS?

— Joan Scherman.

— Quem é Joan Scherman?

— Uma produtora de fotografia. Ela apareceu na loja ontem, querendo alugar aquela cadeirinha Biedermeier como acessório para o anúncio de uma loja. O preço marcado era trezentos e cinqüenta e eu teria aceitado trezentos, mas ela está pagando cem dólares para alugar a cadeira durante dois dias. Não é fantástico?

— É se você receber a cadeira de volta.

— Ah, ela deixou um depósito para cobrir danos eventuais e tudo o mais. É um bom jeito de fazer dinheiro, você não acha? Mas isso não está ajudando você.

— Não.

— JS, JS, JS. Jonas Salk. Jesus Salva. Já Saí. Jacaré Sacana. Desculpe. Não estou ajudando grande coisa.

— Tudo bem.

Ela fez uma pose.

— Já sei. Judia Sensual. Que tal?

— Acho que é hora de ir para a cama.

E assim fui para a cama e esqueci completamente de James Shorter e de seus vários pseudônimos até que, na manhã seguinte, fazendo a barba, me veio.

Pus terno e gravata, tomei uma xícara de café e peguei um táxi até a estação Penn.

Dezesseis horas mais tarde estava outra vez saindo da estação Penn. Passava da meia-noite. Havia um homem com quem eu queria conversar, mas já era muito tarde para ligar para ele. Teria de esperar até o dia seguinte.

O tempo mudara e estava bem mais fresco. Senti vontade de esticar as pernas porque, embora tivesse ficado de pé um tempão durante o dia, também passara várias horas sentado no trem, e acabei esticando as ditas-cujas até a esquina da Décima Avenida com a rua 50.

— Pensei em você hoje — eu disse a Mick Ballou. — Estive em Washington e fui dar uma espiada no Memorial do Vietnã.

— É mesmo?

— Vi o nome de seu irmão.

— Ah, quer dizer que ninguém foi lá e apagou.

— Não.

— Não tinha me passado pela cabeça que alguém pudesse fazer isso, mas nunca se sabe o que as pessoas são capazes de fazer.

— Nunca.

— É uma vista e tanto, não achou? O Memorial. A forma dele, e todos aqueles nomes. Nomes e mais nomes e mais nomes.

— É uma longa fila de homens mortos. Você tinha razão.

— Você não pode ter ido lá só para ver o nome de Dennis. Mal o conhecia.

— É verdade.

— Você conhecia Eddie Dunphy, e Eddie conhecia Dennis, mas fora isso...

— De fato eu o conhecia só de vista, mais nada.

— De modo que deve ter ido tratar de outros assuntos em Washington e aproveitou para ir dar uma espiada no Memorial enquanto estava por lá.

— Não — eu disse. — Na verdade eu fui só para ver o Memorial.

— Não me diga.

— Usei o catálogo — expliquei — e consegui encontrar

o nome de Dennis e os nomes de alguns outros homens que eu conhecia que morreram por lá. O irmão de uma garota que eu conheci no colégio. Gente que morreu no Vietnã há vinte, vinte e cinco anos, em quem eu nunca mais tinha pensado. Procurei o nome deles e lá estavam, todos eles.

— É.

— E aí me peguei fazendo exatamente o que você disse que fez, fiquei andando de lá para cá, lendo nomes mais ou menos ao acaso. Foi muito comovente. Foi bom ter ido, só por isso.

— Mas você não foi até lá só por isso.

— Não. Não fui. Havia um outro nome que eu queria procurar.

— E estava lá?

— Não estava.

— Quer dizer que foi até lá por nada?

— Não. Eu achei o que estava procurando.

29

Marquei encontro com Ray Gruliow num bar chamado Dirty Mary's, a um quarteirão da prefeitura. O lugar ali é movimentadíssimo na hora do almoço, cheio de advogados e burocratas, sendo que a especialidade da casa é shepherd's pie, carne moída coberta com purê de batata e queijo cheddar por cima de tudo, que eles põem na grelha para tostar. Só que ainda faltava uma hora para o almoço e o lugar estava vazio, à exceção de uns dois malandros velhos no bar, que talvez tivessem sobrado da noite anterior.

"Hard-Way" Ray também apareceu com cara de quem tivesse sobrado da noite anterior, com o rosto chupado e olheiras fundas. Estava num dos cubículos tomando uma xícara de café quando cheguei e disse ao garçom que tomaria a mesma coisa.

— Não, ele não vai tomar isto, não — Gruliow disse. — Ele toma um café normal. Preto, certo?

— Preto — concordei.

— E eu vou querer mais um deste aqui. — Quando o garçom se retirou, explicou que aquilo era café batizado com bebida. Eu falei que tinha dado para perceber.

— Bom, você pega as coisas rápido. Em geral não começo o dia assim, mas tive uma noite dos demônios ontem. Aliás estou de pé já faz horas. Tinha que estar no tribunal às nove da manhã. Consegui o adiamento, mas precisei aparecer e pedi-lo ao meritíssimo. — Tomou um gole do café cortado. — Eu gosto de beber em xícara de café. Dá uma idéia do que deve ter sido a Lei Seca. E eu gosto de misturar bebida no café. Evita que a cafeína ataque os nervos.

— Fale mais sobre isso.

— Você também tomava café assim?

— De vez em quando. — Peguei uma cópia do retrato e entreguei-lhe. Gruliow desdobrou o papel, deu uma espiada, balançou a cabeça e começou a dobrá-lo de novo. Estendi a mão para interromper o gesto.

— Santo Deus — ele disse. — Já olhei tanto para a cara feia desse sujeito que estou até sonhando com ele. E me pego na expectativa de topar com ele por toda parte. No táxi, vindo para cá hoje, fiquei o tempo todo tentando espiar a cara do motorista, tentando ver se poderia ser ele. E conferi a cara do garçom também.

— Dê só mais uma espiada no retrato — eu sugeri.

— E o que é que eu vou ver que já não vi antes?

— Você conhecia esse homem.

— Eu já lhe disse que ele parece familiar, mas...

— Você não o vê há trinta anos. Ele tinha uns vinte e poucos anos quando o conheceu.

Ele fez as contas, franziu a testa.

— Ele tem quarenta e oito anos, não é isso? Trinta anos atrás ele estaria com...

— Ele mentiu sobre a idade, ou para ficar de acordo com a identidade falsa ou porque não quis ser considerado muito velho para o emprego de segurança. Deve ter tirado uns oito ou nove anos da idade verdadeira. E não foi a maior mentira que ele pregou na vida.

— Deus, eu o conheço. Posso ver a cara que tinha, posso vê-lo falando, quase posso ouvir a voz dele. Você não quer me dar uma ajuda?

— Você sabe o nome dele. Faz parte da litania anual de vocês.

— Parte da nossa...

— Faz muitos anos que vocês acham que ele está morto.

— Meu Deus. É ele, não é?

— Você me diz, Ray.

— É ele, sim. É Severance.

— Fiz algumas visitas antes de vir para cá — falei. — Fui

até o apartamento de Lew Hildebrand e peguei-o antes que saísse para trabalhar. Fui ver Avery Davis no escritório. Ambos identificaram o retrato como sendo James Severance. Na verdade Davis disse que já tinha percebido a semelhança do assassino com Severance e que ele até teria mencionado o fato, mas Severance estava morto e ele sabia. Todo mundo sabia disso. Aliás como é que alguém ia esquecer? Faz anos que vocês vêm lendo o nome dele.

— E ele não está morto?

— Fui até Washington ontem. Fui ver se o nome dele estava gravado no Memorial.

— E não estava?

— Não.

— Não sei se isso prova alguma coisa, Matt. A exatidão deles está muito aquém dos cem por cento. Teve gente que ficou de fora do Memorial e teve soldado que sobreviveu à guerra e encontrou o nome gravado na pedra. Ele pode estar registrado como desaparecido em ação, há várias maneiras de ter sido deixado de fora.

— Ele nunca serviu.

— Ele nunca esteve no Vietnã?

— Ele nunca serviu o Exército, ponto final. Dei um pulo na repartição dos veteranos e encontrei alguém que conhecia alguém no Pentágono. Eles fizeram uma checagem bem minuciosa dos arquivos. Ele nunca serviu em nenhuma das armas do Exército. Não sei se chegou a ser convocado ou se ele se deu ao trabalho de se alistar para a convocação. Isso já seria mais difícil de conferir e nem sei se adiantaria muita coisa. O que importa é que ele não morreu no Vietnã e também não parece ter morrido em nenhum outro lugar. Porque o homem está vivo.

— Parece impossível.

— Avery Davis disse que é como descobrir aos trinta anos que você foi adotado.

— Eu entendo o que ele quis dizer. Eu mal conhecia Severance. Nunca abriu muito a boca. Encontrei com ele uma vez por ano, durante alguns anos, depois ele faltou a um jantar porque estava no Exército e aí no seguinte ou no outro Homer leu o nome dele. E dali em diante ouvi esse nome uma vez por ano.

— Como é que ele foi escolhido para o clube?

— Não sei. Ou era amigo de alguém ou então Homer o encontrou por conta própria. Quando você falou com Lew e Avery, eles não...

Balancei a cabeça.

— Eles o conheceram no Cunningham's. E também não sabiam como fora parar ali. Me pergunto como será que ele falsificou a morte. Como ficou sabendo?

— Deixa eu pensar. — Tomou um gole do café batizado. — Nossa, faz tanto tempo. Parece que me lembro de Homer lendo uma carta dele, explicando que seu coração continuava conosco embora o corpo estivesse de farda. Que esperava nos reencontrar em breve mas que, se algo lhe acontecesse, tomara providências para que fôssemos avisados.

— Estava preparando o terreno.

— Suponho que sim. Deve ter sido um ano depois que Homer leu o nome dele junto com o de Phil Kalish e explicou que recebera um telegrama alguns meses antes.

— De quem?

— Acho que ele não disse. Desconfio que eu presumi que tivesse sido ou do Exército ou então de algum parente de Severance. Obviamente não foi de nenhum dos dois, apesar da assinatura que havia. Foi o próprio Severance quem enviou.

— Foi.

— Será que já estava planejando nos matar?

— Difícil dizer.

— E por quê, santo Deus? O que foi que nós lhe fizemos?

— Eu não sei. Sabe, eu o vi algumas vezes. Sentei e conversei com ele.

— Você falou.

— E conheci os sócios sobreviventes, a maioria pelo menos. É difícil imaginá-lo jantando com vocês. Reconheço que todos vocês deram duro mas construíram uma vida bem-sucedida, ao passo que ele tem vivido em hotéis vagabundos, comendo em espeluncas e trabalhando só para sobreviver, isso quando está trabalhando. Os caminhos diversos que vocês seguiram nesses últimos trinta anos talvez expliquem algumas das diferenças, mas acho que ele já devia ser diferente, desde o começo.

— Bom, que diabos. Eu não queria dizer isso quando o julgava um dos mortos honrados, mas posso dizer agora, não posso? Ele me parecia um derrotado.

— Um derrotado.

— Um zé-ninguém, um palerma. Um cara que não ia chegar lá. Você tem razão, não era do nosso time. O lugar dele não era ali na mesma mesa junto conosco.

— Talvez ele mesmo tenha se dado conta disso. E talvez tenha ficado chateado com isso.

Gruliow queria especular mais um pouco sobre os motivos e as coisas que podiam estar passando pela cabeça de Severance. No começo, me disse ele, antes de ter uma idéia mais clara de quem era o assassino ou de quais seriam seus motivos, ocorreu-lhe que o caso era uma espécie de forma coletiva de erotomania, em que um indivíduo perturbado desenvolve uma fixação por alguém, em geral por uma celebridade.

— Como aquela mulher que vivia invadindo a casa de David Letterman. Ou o maluco que matou John Lennon.

— Depois — eu disse — haverá muito tempo para descobrir o que o fazia funcionar.

— Depois?

— Depois que estiver atrás das grades. E acho que chegou a hora de providenciarmos isso o mais rápido possível. Receio que eu fui até onde poderia ir com isso, Ray. Estou pronto para entregar o caso aos profissionais.

— Nunca pensei em você como um amador.

— Eu sou, quando se trata de organizar uma caçada humana em grande escala. E esse é o jeito de pegá-lo rapidamente. Entre a polícia, os tablóides e os *Mais Procurados da América* ele não terá como permanecer escondido.

Gruliow me olhou de frente.

— E nós?

— A história do clube virá a público, se é isso que está querendo saber. Mas não tem como evitar.

— Não?

— Não vejo como.

Ele apoiou o queixo na mão.

— Vamos supor que ele esteja em Nova York. Acha que conseguiria encontrá-lo?

— Sem a polícia?

— Sem polícia nem imprensa.

— Eu não tenho os recursos deles.

— Não, mas tem outros recursos a sua disposição. Nós poderíamos lhe dar uma verba operacional considerável. E você poderia oferecer uma recompensa.

— Não é impossível. Mas vocês estariam apenas adiando o inevitável. A história acabaria vindo à tona quando ele fosse a julgamento, seria igualmente sensacionalista e ocuparia o mesmo espaço na mídia.

— Quando ele fosse a julgamento.

— Exato.

— E o que você supõe que fosse acontecer nesse julgamento? E depois?

— Não estou muito certo de estar entendendo você.

— O que aconteceria? Qual seria o resultado desse julgamento?

— Suponho que ele seria condenado por assassinato. A menos que tivesse "Hard-Way" Ray como advogado.

Ele riu.

— Não, receio que ele teria que se virar sem meus préstimos. Mas tem tanta certeza assim de que ele seria considerado culpado? Por qual assassinato você acha que ele seria julgado?

— Billings é o mais recente.

— E quais são as provas? Você tem como pôr o homem na cena do crime? Pode ligá-lo com o carro? Por acaso tem a arma do crime, sem falar na prova de que ele a empunhou?

— Assim que a polícia entrar no meio...

— Pode ser que consigam uma testemunha ou duas capazes de identificá-lo numa triagem de suspeitos, mas eu não contaria com isso, nem preciso lhe dizer o pouco que vale o testemunho ocular em tribunal. Quem mais ele matou? A viúva de Watson? O próprio Watson? Pode provar? Sabemos que ele esteve no local do crime, ele descobriu o corpo de Alan, mas onde estão suas provas?

— Aonde está querendo chegar?

— No fato de que a condenação dele não é de maneira alguma uma coisa líquida e certa. Você pode descartar os casos mais antigos por completo. Ele matou Boyd e Diana Shipton, ele foi até Atlanta e baleou Ned Bayliss, enforcou Hal Gabriel com um cinto, sabe Deus o que mais ele fez, mas você pode esquecer disso tudo porque não há como provar que foi ele. E eu sinceramente duvido que você seja capaz de provar que ele matou alguém mais.

Lembrei-me de algo que Joe Durkin dissera.

— Até espanta quando alguém vai para a cadeia por alguma coisa — eu disse.

— Quanto a isso, eu não sei. Na minha opinião o sistema até que é muito eficiente quando se trata de trancafiar as pessoas. Bom demais, às vezes. Mas isso não significa que você consiga montar um processo contra Severance bem amarrado a ponto de condená-lo. Droga, mesmo que você tivesse alguma coisa concreta, ele provavelmente poderia alegar insanidade e provar. O sujeito dedicou a vida a uma carreira sistemática de assassinatos em série sem o menor sentido. Você quer tentar fazer o júri acreditar que ele é um modelo de sanidade mental?

— Eu mesmo não consigo acreditar nisso.

— Nem eu. Acho que o desgraçado é louco de pedra. Acho também que já fez estragos suficientes.

Eu tinha uma idéia de onde isso iria dar. E não estava muito inclinado a ir até lá. Consegui a atenção do garçom e pedi mais uma xícara de café.

— Diga que estou errado — Gruliow disse. — Ele vai a julgamento, é considerado culpado por todas as acusações e vai para a cadeia.

— Isso me parece excelente.

— Parece, é? Claro, com isso o clube e os sócios se tornam alvo de muita publicidade indesejável, mas não tem como evitar, tem? Talvez a gente consiga sobreviver como instituição. De minha parte, não consigo imaginar não reunir o grupo todo mês de maio. Mas detesto pensar em como essa atenção da mídia mudaria as coisas.

— É lamentável, mas...

— Mas estamos falando de perigo de vida, aqui, e comparado com isso nossa vontade de permanecer em sigilo é irrelevante. Não vou negar. Mas vamos levar o caso um pouco mais adiante. O que acontece com Severance?

— Fica em algum presídio de segurança máxima pelo resto da vida.

— Você acha?

— Pensei que estivéssemos supondo que ele foi julgado culpado. Não acredito que o tribunal vá lhe dar um tapinha na mão e deixá-lo ir embora com cinco anos de condicional, mais o tempo já cumprido na cadeia.

— Vamos supor que pegue prisão perpétua. Quanto tempo ele cumpriria?

— Isso depende.

— Sete anos?

— Pode ser bem mais que isso.

— Você não acredita que ele consiga se comportar na prisão? Não acredita que ele conseguiria convencer o pessoal da condicional de que é um homem transformado? Matt, o homem é o filho da puta mais paciente da face da Terra. Ele passou trinta anos nos matando e só eliminou pouco mais da metade. Acha mesmo que ele não ficaria muito satisfeito de esperar o momento oportuno? Em pouco tempo eles o põem para imprimir placas de licenciamento e para ele será mais um trabalhinho temporário, como servir de segurança em Queens. Vão botá-lo numa cela e para ele será apenas mais um quarto mobiliado que ele ocupa. Ele não está preocupado com quanto tempo mais vai ter que ficar com a bunda pregada na cadeira esperando. Ele vem fazendo isso há trinta anos. Mais cedo ou mais tarde terão que libertá-lo e você acredita de fato que vai sair de lá reabilitado como num passe de mágica?

Olhei para Gruliow.

— E aí? Acredita?

— Não, claro que não.

— Ele vai retomar de onde parou. Até ele sair, Mãe Natureza já terá feito uma parte do trabalho. Sem dúvida as fileiras estarão enfraquecidas. Mas haverá alguns sobrando e quanto quer apostar que ele irá atrás desses? Quanto quer apostar que ele vai tentar nos pegar, um por um?

Abri a boca mas fechei sem dizer nada.

— Você sabe que eu estou certo.

— Sei que sempre se opôs à pena capital.

— Completamente. Inequivocamente.

— Não é o que está me parecendo hoje.

— Acho lamentável que um homem como Severance possa um dia vir a ser solto da prisão. O que não significa que eu ache que o Estado deva se encarregar de assassinatos oficiais.

— Não achei que estivéssemos falando do Estado.

— É mesmo?

— Você quer pegá-lo sem envolver a imprensa ou a polícia. Estou com a impressão de que gostaria de ver a sentença passada e executada mais ou menos da mesma forma.

— Em outras palavras?

— Quer que eu o descubra para vocês e o mate. Eu não vou fazer isso.

— Eu não lhe pediria que fizesse.

— Também não quero encontrá-lo para que vocês o matem. Como iriam fazer uma coisa dessas? Tirar no palitinho para ver quem pega o serviço? Ou amarrando uma corda no pescoço dele e cada um dando um puxão?

— O que você faria?

— Eu?

— Na nossa posição.

— Eu estive na posição de vocês uma vez. Tinha um homem chamado... bom, não importa o nome dele. A questão é que ele tinha jurado me matar. Já tinha matado várias outras pessoas. Não sei se teria conseguido mandá-lo para a prisão, mas sei que eles não teriam ficado com ele lá a vida toda. Mais cedo ou mais tarde eles teriam que libertá-lo.

— O que você fez?

— Fiz o que tinha que fazer.

— Você o matou?

— Fiz o que tinha que fazer.

— Arrepende-se?

— Não.

— Sente-se culpado?

— Não.

— Faria de novo?

— Acho que sim. Se tivesse que fazer.

— Eu também — Gruliow disse —, se *eu* tivesse que fazer. Mas não é isso que tenho em mente. Eu realmente não acredito na pena capital, seja ela imposta pelo Estado ou pelo indivíduo.

— Estou boiando. Você vai ter que explicar.

— E pretendo. — Tomou um gole do café. — Andei pensando no assunto e conversei com vários sócios. Diga o que pensa disso.

Escutei-o. Eu tinha uma série de perguntas e fiz várias objeções, mas ele se preparara muito bem. Não tive escolha senão lhe dar o veredicto desejado.

— Parece loucura — eu disse, depois de um bom tempo —, e os custos...

— Isso não é problema.

— Bom, eu não tenho nenhuma objeção moral. E talvez dê certo.

30

Na primeira semana de agosto recebi um telefonema por volta da uma da tarde. De Joe Durkin:

— Matt, eu queria falar com você. Por que não dá um pulo aqui na delegacia?

— Com prazer. A que horas seria melhor para você?

— Agora seria ótimo.

Fui direto para lá, parando no caminho para comprar dois cafés para viagem. Ofereci um deles a Joe, que tirou a tampinha e aspirou o aroma.

— Isto vai me estragar. Estava começando a me acostumar com o café da delegacia. De que tipo é este aqui, torrefação francesa?

— Não sei.

— Tem um cheiro excelente, seja qual for.

Pôs o café sobre a mesa, abriu uma gaveta, tirou um dos cartões que andavam circulando pela cidade fazia algumas semanas. Feito com material de postal e mais ou menos do tamanho de um postal. Um dos lados estava em branco. O outro mostrava James Severance conforme o desenho de Ray Galindez. Embaixo do desenho havia um número de telefone de sete dígitos.

— O que é isto? — Deu um peteleco no cartão sobre a mesa, na minha direção.

— Parece um cartão-postal. — Virei-o. — Em branco no verso. Acho que você escreve a mensagem aqui e põe o endereço aqui, à direita. O selo vai no canto.

— Esse telefone sob o retrato é o seu.

— E é mesmo. Mas se o retrato era para ser o meu, eu diria que a semelhança ficou uma droga.

Joe estendeu a mão para pegar o cartão, me olhou, olhou para o cartão, olhou de novo para mim.

— Não sei por que, mas acho que não é você.

— Também acho que não.

— Seja quem for, um informante meu disse que o retrato desse sujeito está circulando pela cidade inteira. Ninguém sabe quem ele é nem por que estão procurando por ele. De modo que achei melhor ligar para esse número e perguntar.

— E?

— E estou perguntando.

— Bom, tem a ver com um caso em que estou trabalhando.

— Não me diga.

— E o retratado pode ser uma testemunha importante.

— Testemunha do quê?

— Não posso dizer.

— O que foi que houve com você, ordenou-se padre? Está sob o segredo do confessionário?

— Fui contratado por um advogado — respondi —, e o que me foi dito está protegido pelo privilégio entre advogado e cliente.

— Quem contratou você?

— Raymond Gruliow.

— Raymond Gruliow.

— Exato.

— "Hard-Way" Ray.

— É, de fato já tinha ouvido o apelido.

Joe deu mais uma boa olhada para o retrato.

— O sujeito me parece familiar.

— É o que todo mundo diz.

— Como ele se chama? Isso não pode ser confidencial.

— Se nós soubéssemos o nome dele, ficaria bem mais fácil achá-lo.

— Quer dizer que uma testemunha o viu, deu os detalhes para um artista e é daí que vem o desenho.

— Algo assim.

— Fiquei sabendo que há uma recompensa.

Olhei para o cartão.

— Gozado. Aqui não diz nada sobre recompensa.

— Ouvi falar em dez mil.

— Isso é muito dinheiro.

— A mim parece um dinheirão, quando penso no que já fiz pelo preço de uma ninharia. O gozado é que você nunca trouxe o retrato aqui para mim.

— Não achei que pudesse reconhecê-lo. Não reconheceu, não é?

— Não.

— Portanto não havia motivo para lhe mostrar o retrato.

Recebi uma olhada comprida.

— Quando há uma recompensa assim grande por alguém, em geral é uma pessoa que não quer ser encontrada.

— Ah, isso não. E que me diz daquele garoto que desapareceu no SoHo? Havia cartazes oferecendo recompensa por toda parte.

— É exatamente esse o ponto. Não há nenhum cartaz desse sujeito espalhado por aí, há?

— Eu não vi nenhum.

— Só cartões que você pode guardar fora da vista. Nada nos postes nem nas caixas de correio, nada em quadros de aviso. Apenas um monte de cartões circulando em surdina pelos bairros.

— É uma operação de orçamento curto, Joe.

— Com uma recompensa de dez mil.

— Se você insiste, mas eu continuo não vendo nada aqui sobre recompensa.

— Não, nem eu. Este café é muito bom.

— Fico contente que tenha gostado.

— Da última vez em que conversamos, você estava revirando todos aqueles casos antigos. O pintor e a mulher dele, o sujeito gay que acabou entrando pelo cano, o taxista que pegou o passageiro errado. Lembra?

— Como se fosse ontem.

— Aposto que sim. Este cara aqui tem alguma coisa a ver com eles?

— Como poderia ter?

— Por que você sempre tem que responder a uma pergunta com outra?

— Precisa ter algum motivo?

— Espertinho filho da mãe. Qual a situação daqueles casos antigos, falando nisso?

— Até onde eu sei — respondi —, eles continuam mortos.

A espera foi dura de agüentar.

Pusemos a notícia para circular bem uns dez dias antes do telefonema de Joe Durkin. Comecei com umas poucas pessoas do tipo de Danny Boy Bell, profissionalmente chegadas em espalhar e recolher informações, e dei a cada uma delas uma pilha de cartões impressos com o retrato de Severance e o número de meu telefone. TJ foi trabalhar na região da 42, espalhando a notícia entre o pessoal conhecido da rua e das redondezas, visitando as espeluncas e os SRO do bairro. Gruliow fez alguns telefonemas e me mandou falar com vários criminosos e marginais políticos que ele defendera no decorrer dos anos. De um deles Gruliow disse:

— Esse aí me abraçou depois do julgamento e me disse para ligar para ele se algum dia quisesse alguém morto. Já me senti tentado algumas vezes, acredite. Até que é bom eu não acreditar em pena capital, nem mesmo para ex-mulheres.

Eu tinha certeza quase absoluta de que Severance se entocaria em Manhattan. Se algum dia morou fora do distrito, eu nunca soube. Durante todos os meses em que rastreou Alan Watson, patrulhando as ruas da vítima num uniforme da Queensboro-Corona, e mesmo (se por acaso tivesse dito a verdade) quando estava tendo um caso com a mulher de Watson, preferira morar em Manhattan. Podia ter encontrado um quarto mais barato e mais confortável a alguns quarteirões do escritório da Q-C, ou a pouca distância da residência dos Watson em Forest Hills. Mas escolhera mudar-se para a rua 94 Leste. Ele tinha de tomar dois trens para chegar ao trabalho e outros dois para voltar para casa.

De modo que limitei a caçada à região de Manhattan e me concentrei mais nas zonas onde uma pessoa como Severance não seria um peixe fora d'água. Bati na porta de lugares que se auto-intitulavam hotéis ou pensões e percorri lanchonetes e drugstores perguntando se alguém sabia onde eu podia encontrar um quarto para alugar, já que todo bairro tem uns hotéis SRO que não põem placa na frente.

Também deixamos cartões nas *delis* e bodegas, com os engraxates, nos botecos e nos antros de jogo ilícito. Depois veio a hora de sentar e esperar, hora de ficar em casa para o caso de o telefone tocar, e aí é que ficou difícil.

É muito mais fácil quando se está fazendo alguma coisa. Sentado em meu quarto no Northwestern, assistindo a um jogo ou noticiário, lendo um livro ou um jornal, espiando pela janela, não podia evitar de pensar que fora tudo um esforço equivocado, tudo uma perda de tempo.

Ele não precisava estar em Manhattan, necessariamente. Podia estar deitado numa praia da Califórnia, à espreita do momento certo, esperando acabar o verão em Nova York. Podia estar em Jérsei ou Connecticut, rondando um dos sócios que moravam no interior. Enquanto eu ficava ali sentado, esperando o telefone tocar, ele estaria mirando o alvo e pegando sua presa.

Um dia depois que falei com Durkin passei a mão no telefone e liguei para Lisa Holtzmann.

Nem cheguei a pensar. Estava com o telefone na mão, discando o número dela, sem ter tomado nenhuma decisão consciente. O telefone tocou quatro vezes e a secretária eletrônica atendeu. Desliguei sem deixar recado.

Na tarde seguinte liguei para ela.

— Estava pensando em você — eu disse, mas nem sei se era verdade. Ela me disse para ir e eu fui.

Dois dias depois compareci à reunião das oito e meia na St. Paul. Saí no intervalo e liguei para ela de um telefone público na esquina. Não, ela disse, não estava ocupada. Sim, gostaria de companhia.

Na cama, aquela noite, ela me disse que continuava vendo o diretor de arte da revista de bordo.

— Fui para a cama com ele.

— Ele é um homem de sorte.

— Não sei por que me dou ao trabalho de bolar conversas na cabeça. Você nunca diz aquilo que eu espero que vá dizer. Acha mesmo que ele é um homem de sorte? Porque eu não acho.

— Por que não?

— Porque eu sou uma puta. Eu saí com ele anteontem à noite. Você apareceu à tarde, aí eu saí para jantar com ele. Depois eu o trouxe para cá e trepei com ele. Ainda estava dolorida da sessão da tarde, mas fui em frente e trepei com ele assim mesmo.

Eu não disse nada nem ela. Pela janela eu via Nova Jérsei toda iluminada como uma árvore de Natal. Depois de um longo momento estendi a mão para acariciá-la. De início senti que ela estava tentando se controlar, mas depois relaxou e se permitiu corresponder, e eu continuei lhe fazendo carinhos até que ela gritou e se agarrou em mim.

Mais tarde eu falei:

— Eu estou ferrando a sua vida, Lisa? Me diga que eu paro.

— Ah!

— Falo sério.

— Eu sei que sim. E não, não está. Eu estou ferrando a minha própria vida. Como todo mundo.

— Suponho.

— Um dia você vai parar de me ligar. Ou um dia você vai ligar e eu vou dizer não, não quero que venha. — Pegou minha mão, colocou-a em seu seio. — Mas ainda não.

Os dias foram passando e o verão acabando. Elaine e eu assistimos a alguns filmes e fomos ouvir um pouco de jazz. Eu fui às reuniões e, um dia de cada vez, não toquei em bebida.

Wally ligou mas disse a ele que não podia aceitar nenhum trabalho temporário, não até resolver o caso em que estava trabalhando.

Aos domingos jantava com meu padrinho. De vez em quando dava um pulo ao Grogan's, em geral depois de uma reunião de meia-noite do AA. Passava uma ou duas horas com Mick e sempre conseguíamos encontrar assunto. Mas nunca varávamos a noite e eu estava sempre de volta bem antes do amanhecer.

Uma amiga de Elaine nos convidou para passar o fim de semana em East Hampton e eu achei que não poderia me dar ao luxo de sair algumas horas da cidade. Disse a ela para ir sozinha, ela pensou no caso e foi. Perversamente, não liguei para Lisa durante todo o fim de semana. Porém saí para jantar com Ray Gruliow, num restaurante de frutos do mar do qual ele gostava. Não tinham sua marca de uísque irlandês, mas Ray se contentou com algo menos exótico e bebeu feito uma esponja durante a noitada.

Acabei lhe contando a respeito de Lisa. Nem sei bem por quê. Ele disse:

— Bom, quem diria? O sujeito é humano.

— Tinha dúvidas a respeito?

— Não, na verdade não. Mas achei que as pessoas largavam essas coisas depois de entrar para o AA.

— Eu também.

— Quer dizer que estávamos ambos errados. É bom ficar sabendo. E é bom para você, meu caro. Sabe quais são as quatro coisas de que um homem precisa na vida, não sabe? — Eu não sabia. — Comida, abrigo e xota. — Comentei que ele só falava três. — E xota nova. Essa é a quarta.

Foi uma boa companhia até a bebida levar a melhor sobre ele, aí começou a me contar a mesma história uma infinidade de vezes. Era uma história muito boa, mas uma vez era suficiente. Coloquei-o num táxi e fui para casa.

Os Yankees estavam conferindo um certo interesse ao campeonato americano na chave Leste, vencendo uma porção de partidas mas encontrando alguma dificuldade em passar à frente dos Blue Jays. Na outra chave, os Mets estavam com a última colocação quase garantida. Não viajamos no feriado do Dia do Trabalho, na primeira segunda-feira de setembro, e Elaine abriu a loja durante o fim de semana prolongado.

Numa quinta-feira à tarde, no meio do mês, eu estava no hotel, vendo a chuva. O telefone tocou.

Uma mulher disse:

— Quem fala? É o homem que está procurando o homem do retrato?

Eu já recebera alguns telefonemas fortuitos, antes desse. Quem era o sujeito do retrato? O que eu queria com ele? Era verdade o negócio da recompensa?

— Ele mesmo.

— É verdade que vai me pagar aquele dinheiro?

Prendi a respiração.

— Porque eu vi o cara — ela disse. — Sei direitinho onde ele está.

31

Duas horas depois eu estava numa lavanderia automática na esquina da avenida Manhattan com a rua 117, pegada a uma igreja haitiana que funcionava nas antigas instalações de uma loja. TJ foi junto, de calça cáqui e camisa pólo verde-clara, prancheta em punho. A gerente era uma baixotinha troncuda que devia andar pela casa dos sessenta, com sotaque europeu e um cabelo amarelo não muito convincente. Foi ela quem me ligou e o duro mesmo foi persuadi-la de que receberia de fato os dez mil dólares quando estivéssemos com o sujeito do cartão sob custódia, mas que não veria nem um tostão se ele escapasse. Ela queria alguma coisa a mais além de promessas antes de soltar a informação e eu entendi seus motivos. Dei-lhe duzentos dólares de sinal e a fiz assinar um recibo pelo dinheiro. Acho que foi o recibo que acabou convencendo, porque quem iria querer pôr alguma coisa no papel se o plano fosse passar a perna nela? Pegou quatro notas de cinqüenta da minha mão, dobrou todas juntas, enfiou-as num bolso do avental e prendeu lá com um alfinete de gancho. Depois me levou até a janela e apontou para o outro lado da rua, na diagonal.

O que ela me mostrou era um prédio de apartamentos de sete andares, construído antes da Primeira Guerra Mundial. A fachada estava em bom estado e havia plantas penduradas em algumas janelas. Não se parecia com nenhum hotel SRO que eu conhecia.

Mas a mulher tinha certeza de que era ali que ele morava. O homem já tinha usado a lavanderia antes, pelo menos uma vez; depois que foi embora ela lembrou do cartão que alguém lhe dera, achou-o numa gaveta e não teve dúvida, era ele mesmo. Quase me ligou na época, mas iria dizer o quê? Não sabia o nome dele nem onde morava. Se contasse alguma coisa a alguém, quem garantia que a recompensa ficaria com ela?

De modo que ficou de bico calado, preferindo esperar que ele voltasse. Afinal de contas ir à lavanderia não é uma coisa que se faz uma vez só na vida. Você lava a roupa e mais cedo ou mais tarde vai ter de lavar de novo. Todos os dias ela olhava o retrato no cartão para se certificar de que o reconheceria quando o visse outra vez. Estava começando a achar que talvez não fosse ele e aí, naquele dia, ele apareceu na lavanderia com uma sacola de roupas e uma caixa de sabão Tide e era ele mesmo. Não havia dúvida alguma. Era igualzinho ao retrato.

Ela quase telefonou enquanto as roupas dele estavam lá na máquina, primeiro na de lavar, depois na secadora. Mas como é que ia ter certeza de que seria ela a receber a recompensa? Então deixou que ele ficasse ali sentado, cara enterrada no jornal, até terminar. Depois que ele saiu, deu uma escapada e seguiu-o. Deixou a lavanderia sem ninguém tomando conta, arriscou-se a perder o emprego. E se o dono tivesse passado enquanto estava fora? E se tivesse acontecido algum incidente em sua ausência?

Mas não se afastou por muito tempo. Seguiu sua presa um quarteirão e meio na direção norte e esperou do outro lado da rua enquanto ele parava numa *deli*. Ele saiu pouco depois com uma sacola de compras, além da sacola de roupas limpas, tomou de novo a direção de onde viera e acabou entrando no prédio quase em frente a sua lavandeira.

Da porta do prédio ela o viu tomar o elevador, viu quando a porta se fechou. Havia um painel sobre a porta com números que acendiam quando o elevador andava, para mostrar onde estava. Da entrada não conseguiu ver o número, mas quando o elevador parou ela cruzou o vestíbulo, que estava sem porteiro, e apertou o botão para chamá-lo. O 5 acendeu na hora.

— O que significa que ele mora no quinto andar. Não sei em que apartamento.

E em sua opinião ele estava em casa. Não podia jurar, porque tinha trabalho a fazer, arrumar troco em moeda para as pessoas usarem as máquinas, lavar, secar e dobrar a roupa dos fregueses que pagavam a mais para deixar as roupas com ela e apanhar depois. De modo que não pudera passar o tempo todo vigiando a entrada do prédio, mas vigiara o quanto lhe foi possível e não o vira sair.

Fiquei na lavanderia, para não me arriscar a cruzar com ele no vestíbulo de entrada ou ser visto de uma janela do quinto andar, enquanto TJ checava as campainhas e as caixas de correspondência. Voltou com uma lista dos moradores do quinto andar. Nenhum dos sobrenomes começava com S.

Esquivei-me para fora com o rosto virado para a parede, fui andando até a esquina da 116, depois atravessei a rua e voltei pela outra calçada até o prédio onde Severance fora visto entrando. Toquei a campainha do zelador e ouvi uma voz pelo interfone, coberta de estática. Eu disse:

— Investigação. Gostaria de falar com o senhor. — Ele me disse para descer até o subsolo e apertou o botão para me abrir a porta da frente.

Tomei o elevador, passei diante de uma porta trancada a cadeado na qual estava escrito LAVANDERIA e por outra que dizia DEPÓSITO. No final do corredor havia uma porta aberta. Lá dentro, um senhor de cabelos brancos assistia televisão tomando café. Tinha as mãos artríticas, o dorso coberto com manchas de velhice. Mostrei-lhe o retrato e ele não o reconheceu logo de cara. Falei que me parecia que o cavalheiro morava no quinto andar.

— Ah — ele disse, pegando um par de óculos para leitura e colocando-os para olhar de novo.

— Não o reconheci de imediato. Chama-se Silverman.

— Silverman?

— 5-K. Está sublocando o apartamento dos Tierney.

Kevin Tierney era professor na Universidade Columbia e a mulher lecionava numa escola particular no Upper West Side. Como estavam de férias os dois, foram passar o verão na Grécia e Turquia. Pouco antes de partirem, apresentaram Joel Silverman como um amigo que ficaria no apartamento deles.

— Mas não era amigo deles coisa nenhuma. O mês inteiro eles trouxeram gente para ver o apartamento. Eles não queriam era notificar o proprietário e sublocar formalmente, de modo que no instante em que o sujeito aceitou ficar ele virou amigo, se é que está me entendendo. Tierney me deu um dinheiro para fazer vista grossa, o que foi até bem decente da parte dele, sem dúvida, mas com isso ele se entregou, não é mesmo?

E que tipo de inquilino era Silverman?

— Nunca encontro com ele. Por isso não reconheci de início, não até o senhor me dizer que era do quinto andar. Não me fez nenhuma queixa e não me fizeram nenhuma queixa dele. Para mim seria ótimo se fossem todos assim.

Se eu fosse um tira munido de mandado, reforço policial e colete Kevlar de alta resistência, teria subido na hora. Destacaria um homem para ficar de guarda na saída de incêndio, outros para vigiarem as saídas normais e teria entrado de arma em punho no apartamento.

Em vez disso ficamos esperando do outro lado da rua, na lavanderia. TJ e eu nos revezávamos para não perder de vista a entrada do prédio em frente e o par de janelas do apartamento 5-K, visíveis de nosso posto de observação. A todo momento TJ vinha com um plano novo para entrar no apartamento. Podia se fingir de entregador, de aluno do professor Tierney, de dedetizador que fora matar as baratas. Eu lhe dizia que iríamos apenas aguardar.

Pouco depois de escurecer vimos uma luz acendendo no apartamento de Severance. Eu estava ao telefone quando aconteceu e TJ me alertou. Sabíamos, então, que ele ainda estava lá dentro, que não tinha escapado antes de chegarmos ao local ou enquanto olhávamos para o outro lado.

TJ foi até a esquina e voltou com uma pizza e duas Cocas. Eu fiz mais um telefonema. A luz do outro lado da rua apagou.

— O que significa? Que ele vai deitar? — TJ perguntou.

— Muito cedo.

Cinco minutos depois ele estava parado na frente do prédio, de camiseta e calça militar de campanha. De cabelo bem mais curto que da última vez em que o vira, mas era o próprio, sem sombra de dúvida.

— Vá — eu disse a TJ.

— Está com o bip?

— Estou com tudo. Tente não perdê-lo de vista, mas eu prefiro que você o perca a ele perceber que está sendo seguido. Se por acaso você o perder, me chame pelo bip e me diga. Já sabe o código.

— Tá tudo escrito.

— Depois de me dar o sinal do bip, volte para cá, de onde possa vigiar a entrada do prédio. Me dê outro sinal quando o vir entrando em casa. Não faz mal se por acaso você o perder, mas tente não deixar que ele o veja.

TJ abriu um sorriso.

— Relaxa, Natacha. Ninguém saca o Sombra.

Eu conseguira um conjunto de chaves com o zelador. Serenei a consciência do homem com dinheiro vivo. Uma das chaves era da porta do prédio. As outras duas abriam as fechaduras de lingüeta do apartamento 5-K. Entrei no escuro, fechei a porta e tranquei de novo. Sem acender as luzes, andei pelo apartamento, para ter uma idéia do lugar. Havia uma sala de estar de bom tamanho, um quarto pequeno, uma cozinha de balcão e um escritório que originalmente devia ter sido o segundo quarto, menor, da casa.

Sentei e esperei.

O tempo teria passado mais rápido se eu pudesse ter lido algum dos livros da imensa biblioteca de Tierney, mas não queria arriscar uma luz saindo pela janela. Não liguei a televisão pelo mesmo motivo. O tédio fazia parte do negócio, mas o problema era o cansaço. Minha mente vagava e os olhos insistiam em fechar. Fui até a cozinha, em busca de alguma coisa que pudesse me manter acordado, encontrei um saco pela metade de café em grão na geladeira. Enfiei um punhado no bolso e fui mastigando um por vez. Não sei o que foi mais potente, se a cafeína ou se o sabor amargo, mas de um jeito ou de outro meus olhos permaneceram abertos.

Uns quarenta e cinco minutos depois de eu chegar, o bip de TJ tocou. Tínhamos combinado todo um sistema de sinais de dois dígitos, mas ele marcou um número de sete dígitos. Peguei o telefone e disquei.

Ele atendeu assim que tocou. Com a voz bem baixa, falou:

— A gente está no cinema. Segui ele pela Broadway, até o fim. Sabe aquele jeito que as pessoas ficam olhando pra trás para ver se tem alguém seguindo? Ele não fez isso.

— Provavelmente é bom sinal.

— Só que eu achei que ele ia dar uma de espertinho. Vai ver só vai entrar no cinema e sair pela lateral. Mas na hora que ele comprou um saco grande de pipoca eu percebi que não precisava me preocupar. O cara veio pra ficar, Niomar.

— Você está no cinema?

— Estou no saguão. Já entrei e vi onde ele sentou. Depois que eu desligar eu volto lá pra ficar de olho nele. Na tela é que eu não vou ficar olhando, podes crer. Sabe que filme que ele escolheu?

— Qual?

— *Parque dos dinossauros.*

— Esse você já viu, não foi?

— Duas vezes. Cara, estou de saco cheio de dinossauro. Se eles não tivessem extintos, eu mesmo ia lá matar eles.

A sessão terminaria às dez e quinze e acrescentamos mais um sinal a nossa bateria de códigos. Vinte minutos depois das dez o bip tocou e eu vi que ele marcara os números 5 e 6, indicando que haviam saído do cinema. No decorrer dos sessenta minutos seguintes ele me mandou três recados pelo bip, todos com o mesmo código, 2-4, indicando que continuava de olho em Severance. Veio outro bip às dez para a meia-noite, e o 1-1 significava que Severance estava entrando no prédio.

Desliguei o aparelho, não queria que fizesse nenhum ruído. Mudei-me para uma cadeira à esquerda da porta de entrada.

Tirei o revólver, o mesmo que eu estava carregando desde que recebera o telefonema, aquela tarde. Virei-o nas mãos, tentando me acostumar à sensação.

Coloquei-o no colo e fiquei esperando.

Estava prestando o máximo de atenção, mas não ouvi nenhum passo. O corredor era acarpetado e suponho que isso deva ter abafado o ruído, porque o primeiro aviso que tive de sua presença foi o som da chave na fechadura. Ele abriu uma das fechaduras, depois houve uma longa pausa, longa o suficiente para me fazer pensar que de algum modo ele pressentira algo. Aí ouvi a chave de novo, abrindo a segunda fechadura. Vi quando a maçaneta girou, observei quando a porta se abriu, para o lado de dentro.

Ele entrou, estendeu automaticamente a mão para acender a luz do teto, virou-se automaticamente para fechar a porta.

— Severance! — chamei.

Ele rodopiou ao som de minha voz. Eu estava com a arma levantada e, quando ele se aproximou para me olhar, mirei bem no meio do corpo e dei uma apertada no gatilho. Fez o barulho de um pequeno galho partindo-se.

Ele olhou para mim, depois baixou os olhos para o peito. Havia um dardo de sete centímetros e meio pendurado na camiseta. A mão tentou agarrá-lo em câmara lenta. Os dedos não chegaram a fechar em volta do dardo. Ele tentou, Deus sabe como tentou, mas não conseguiu.

Depois os olhos embaçaram e ele caiu.

Peguei mais um dardo do estojo, carreguei a pistola. Fiquei ali parado observando durante alguns minutos, depois me curvei para checar respiração e pulso. Levara dois pares de algemas comigo e usei os dois, algemei-lhe as mãos atrás das costas, algemei-lhe os pés com a corrente presa em volta de um pé de mesa.

Levantei-me e peguei o telefone.

32

Quando acordou, fui a primeira coisa que ele viu. Eu estava sentado numa daquelas cadeiras dobráveis de metal e ele deitado num colchão em cima de um estrado baixo de compensado. Estava com as duas mãos e uma das pernas livres, mas com uma grossa algema de aço em volta de um dos tornozelos. Da algema saía uma corrente, com a outra ponta presa numa placa no chão.

— Matt — ele disse —, como foi que me achou?

— Você não era assim tão difícil de achar.

— Passo duas horas vendo dinossauros, abro a porta e pumba! Com o que foi que você me pegou, um dardo tranqüilizante?

— Exatamente.

— Minha nossa, quanto tempo fiquei desacordado? Devem ter sido algumas horas.

— Mais do que isso, Jim.

— "Jim." Não foi assim que você me chamou quando atirou em mim.

— Não.

— Você disse um outro nome.

— Eu o chamei de Severance.

— Adianta eu fingir que não sei do que está falando?

— Não.

— Claro que, se tiver algum gravador ligado...

— Não tem.

— Porque não me lembro de ninguém ter lido os meus direitos.

— Ninguém leu.

— Então quem sabe deviam, hein?

— Por quê? Você não está preso. Não está sendo acusado de nada.

— Não? O que estão esperando?

— Não vai haver julgamento nenhum.

— Já entendi. Seu filho da puta, por que não usou um revólver de verdade? Por que não acabou logo com isso? — Ele sentou-se, ou tentou, e reparou na corrente na perna. Com a descoberta veio também a percepção de que não estava mais deitado no tapete oriental do apartamento dos Tierney em Morningside Heights.

— O que é esta bosta aqui, os ferros das galés? Onde é que eu estou? — ele disse.

— Ilha Red Hawk.

— Red Hook não é ilha. É só uma zona ruim da cidade.

— Red Hawk, não Red Hook. É uma pequena ilha na baía Georgian.

— E onde fica essa porra de baía Georgian?

— No Canadá — respondi. — É um braço do lago Huron. Estamos a algumas centenas de quilômetros ao norte de Cleveland.

— Você está me gozando, certo?

— Sente-se, Jim. Olhe lá para fora pela janela.

Ele tirou as pernas para fora da cama, sentou-se, levantou-se. — Uau! — ele sentou-se de novo. — Meio grogue ainda.

— São as drogas.

Levantou-se de novo e conseguiu ficar de pé. Arrastando a corrente, caminhou até a única janela do aposento.

— Pinheiros. Tem uma puta de uma floresta lá fora.

— E não é o Central Park.

Ele virou-se para me olhar.

— Que raio de história é esta? Como foi que nós chegamos aqui?

— Dois homens tiraram você do apartamento de Tierney numa maca. Puseram você no banco de trás de uma limusine. Foram até um aeroporto privado na comarca de Westchester e lá transferiram você para um avião particular. Tem uma pista de pouso pequena aqui na ilha Red Hawk, e foi aqui que aterrissamos. Lá por volta do meio-dia, umas doze horas depois de você chegar em casa do cinema. Agora são quase cinco da tarde. Você tomou umas injeções para continuar inconsciente enquanto nós preparávamos tudo para você.

— E isto aqui é o quê? Um chalé?

Acenei que sim.

— Há uma casa principal e vários anexos. Este aqui é um dos anexos. O chão é de concreto, caso esteja curioso, e essa placa à qual está preso foi solidamente chumbada no chão. Caso esteja curioso.

— Traduzindo: eu não vou a parte alguma.

— Algo do gênero.

Voltou até a cama e sentou-se.

— Quanto trabalho para matar um cara — ele disse.

— Olha só quem fala.

— Hein?

— Veja todo o trabalho que você teve para matar aqueles homens. Por quê, Jim?

Ele ficou quieto a princípio, mas depois falou:

— Você me chamou de Jim o tempo todo. Foi com esse nome que você me conheceu, Jim Shorter. Gozado, porque esse era justamente o nome que eu sempre evitava. Durante vários anos eu adotei nomes diferentes, sempre com as mesmas iniciais, mas nunca Jim, nunca James. Usei Joe algumas vezes, John, Jack. Fui Jeremy uma vez. E Jeffrey. Eu chamava Jeffrey quando peguei Carl Uhl. "Ai, meu Deus, Jeff, o que você está fazendo!" Implorou para eu não matá-lo, aquele chupador de pau. — O sorriso foi curto e maldoso. — Mas eu nunca usei o nome que me deram quando nasci, durante aquele tempo todo. Aí, no fim, eu pensei comigo mesmo, por que não, qual o problema? Quer dizer que o nome que eu tinha quando você me conheceu acabou sendo meu nome mesmo. Quer dizer, o primeiro nome.

— O que o levou a começar isso?

— Eu não tenho que te contar bosta nenhuma.

— Foram tantos anos. Será que já não está na hora de você contar para alguém?

— Muitos anos. Eu acabei com um belo punhado deles, hein?

— É, de fato.

— Eu devia é ter sumido, sabia? Quando te conheci, já estava com este lugar aqui alugado.

— Este lugar?

— Você acredita? Estou achando que continuo lá na avenida Manhattan. Eu já tinha combinado de sublocar o apartamento dos Tierney. Estava só esperando que eles embarcassem. Assim que eles saíssem, adeus Jim Shorter, olá Joel Silverman. É um ótimo rapaz judeu, o Joel. Pode ficar tranqüilo que ele põe água nas plantas e não mija no tapete. — Ele riu. — Aí você apareceu. Eu não podia sumir de cara, não do jeito que tinha planejado. Precisava esperar até você perder o interesse. Mas em vez de despistar e me livrar de você, acabei indo parar naquela merda de encontro do AA. Dá para acreditar?

— E um encontro mudou sua vida.

— É, isso, feito aqueles cretinos contando a história da vida deles. De repente você está ligando para mim, eu estou ligando para você, e como é que vou tirar você do meu pé e deixar de ser Jim Shorter? Primeiro fui até Forest Hills resolver o caso de Helen, porque não foi conversa aquele negócio de eu transar com ela. Viúva é alvo fácil, sabia? Não foi a primeira que eu comi depois de matar o marido. Tinha um cara chamado Bayliss, acho que você nem imagina que foi um dos meus...

— Num quarto de hotel em Atlanta.

— Isso. Eu fui procurar a mulher dele depois. A mesma coisa de Helen, tamanho choque ver o corpo do marido, blá, blá, blá, blá, e de repente ela já está de perna para cima e eu enfiando o salame nela. Acho que eu nem sei explicar o prazer que foi. Igual a matar o marido uma segunda vez.

— E aí você matou Helen.

— Pensei que eu podia dar um jeito de você não descobrir. Você estava falando em ir lá falar com ela, de modo que achei melhor ir primeiro. Aí depois eu pensei, merda, até mesmo um bom acidente é meio suspeito. Você já sabia que eu era bom de arranjar acidentes. Saquei que tinha que acabar com Jim Shorter, sumir e mandar à puta que pariu a possibilidade de você sacar ou não. Aí eu pensei, mas vamos embora em estilo, vamos ser dramáticos, aí peguei aquele porra daquele palhaço do tempo.

— Gerry Billings.

— Cretino. Merdinha de nada, todo satisfeito da vida com aquelas gravatinhas-borboleta e aquele sorriso maravilhoso. A cara dele quando eu atirei... Ele acreditou na encenação, sabia? Pensou que fosse um acidente de trânsito e ele um espectador inocente que estava sendo morto sem motivo nenhum. Eu estava rezando para ele me reconhecer e ir embora sabendo, só que eu não tinha tempo a perder, de modo que atirei e me mandei.

— Por que matá-los, Jim?

— Você acha que eu preciso ter um motivo?

— Eu acho que você tem um.

— E por que haveria de lhe contar?

— Não sei, mas acho que provavelmente você vai me contar.

Odiou todos eles desde o início.

Bando de filhos da mãe cheios de si. Comendo, bebendo e falando pelos cotovelos e ele lá sentado, querendo saber o que estava fazendo ali no meio deles. Quem tivera a idéia de convidá-lo? O que levara alguém a pensar que ele se encaixaria?

Meio loucura, também. Um bando de homens adultos ali sentados esperando para morrer. Essa idéia toda de morrer aliás o deixava de estômago revirado. Não gostava de pensar no assunto. Todo mundo morria, a morte estava ali fora esperando por todos, mas será que por isso tinha de pensar nela?

Estava tremendo quando saiu do Cunningham's, naquela primeira noite, em 1961. E se havia alguma certeza nele era que o assunto com aqueles birutas estava encerrado. Podiam se reunir sem ele no ano seguinte. De sua parte, estava encerrado. Que eles lessem seu nome, ou queimassem seu nome, a bosta que quisessem fazer, porque ele não queria mais saber daquilo. Felizmente não o fizeram assinar o nome com sangue, jurar alguma coisa pela vida da mãe, nem nada das baboseiras de hábito das sociedades secretas. Deixaram que entrasse, sabe Deus por quê, e podiam muito bem deixá-lo sair. E nem precisavam se incomodar de me mostrar onde é a porta, muito agradecido, eu mesmo acho.

Só que no ano seguinte ele voltou. Não planejara voltar, mas quando chegou o momento alguma coisa o fez ir.

Foi tão ruim quanto da primeira vez. Boa parte da conversa girou em torno dos progressos que haviam feito desde o último jantar — as promoções, os aumentos de salário, os malditos sucessos por todos os lados. No ano seguinte a mesma coisa e ele decidiu que bastava, que não iria mais.

Aí Phil Kalish morreu e ele sentiu como se tivesse sido atingido por uma descarga elétrica de tanta excitação. Eu venci você, ele pensou. Você era mais inteligente, mais alto, mais bonito, ganhava bem, tinha mulher e filhos e o que foi que conseguiu com isso tudo? Você está morto e eu estou vivo, seu filho da puta.

E não era essa a questão toda, ficar vivo? Não era isso que eles se reuniam para comemorar? O estarem vivos e o fato de que quem não estivesse lá estava morto?

De modo que foi ao jantar de 1964 e ouviu o nome de Phil Kalish ser lido. E olhou em volta da sala, perguntando-se quem seria o próximo.

Foi então que começou a planejar. Não tinha certeza se faria alguma coisa ou não, mas naquele meio tempo poderia ir preparando o palco.

A primeira coisa a fazer era morrer. Pensou numa porção de maneiras de encenar sua morte, a maioria envolvendo matar alguém e plantar a própria identidade no cadáver. Mas o Vietnã estava começando a esquentar e foi muito fácil. Ligou para Homer Champney e explicou que seu pelotão de reservistas fora convocado e que não poderia voltar para a cidade a tempo de ir ao jantar. Ele não era reservista, nunca tinha servido o Exército ou a Guarda Nacional, uma avaliação psiquiátrica o deixara de fora do serviço militar, o que por sinal mostrava o quanto eles sabiam, os idiotas, porque acabara dando provas de ser um assassino muito melhor do que se poderia imaginar. Ligou de novo, na semana anterior ao jantar, para contar que fora mandado para o Vietnã.

No ano seguinte já tinha morrido em combate. Na noite do jantar fora a um cinema na rua 42 e ficara imaginando o grupo lendo seu nome junto com o de Phil Kalish, todo mundo lhe fazendo elogios tristonhos, mas no fundo os veados estavam é muito contentes por estarem vivos.

Mal sabiam eles.

Levou um bom tempo para pegar o primeiro. Levou um bom tempo com cada um deles, sempre se perguntando quantos conseguiria matar antes que começassem a desconfiar. Bom, ficaram reduzidos a catorze até que alguém suspeitasse de algo. Mais da metade já tinha morrido, se bem que nem todos fossem responsabilidade sua, de jeito nenhum.

Mas a maioria, sim. E de cada vez, durante todo o planejamento e as providências preliminares, sentira-se verdadeiramente vivo, realmente no comando da própria vida. E quando chegava o momento, bom, matar era muito excitante justamente por ser perigoso, era preciso tomar todo o cuidado para que nada saísse errado.

Depois de feito, porém, era meio triste.

Não pela morte deles. Fodam-se eles, eles mereceram o que tiveram. Além do mais era maravilhosamente satisfatório porque, a cada vez, caía mais um e ele continuava de pé, vencera mais um desgraçado.

Não, o triste é que tinha terminado. Um gato provavelmente sente a mesma coisa quando o camundongo que apanhou finalmente entrega os pontos e morre. Você tem sua janta mas a brincadeira acabou. Algo meio agridoce, digamos assim.

Por isso é que esticara tanto a coisa. Por isso levara tantos anos, em vez de acabar com um por mês. Durante um tempão conseguira evitar que descobrissem o que estava acontecendo e quando descobriram de certa forma foi melhor ainda, por que o que eles poderiam fazer a respeito? Gerard Billings sabia, e de que lhe adiantou?

Eles usavam as melhores roupas, comiam nos melhores restaurantes e o nome deles aparecia nos jornais. Dentistas caríssimos mantinham branquinhos os dentes de todos, médicos caríssimos os mantinham em forma e eles mantinham o bronzeado em praias caríssimas. Esse era o jogo deles, não seu, e ele estava vencendo. Porque um dia estariam todos mortos e ele estaria vivo.

— Só que eu acho que perdi — ele disse. — Você vai me matar.

— Não.

— Então alguém vai fazer isso por você. Qual é o problema? Não quer sujar as mãos? Foi para isso que eles contrataram você, porque esses merdas jamais iriam sujar a mão *deles*, então por que está passando a bola para a frente? Estou com vergonha de você, Matt. Pensei que tivesse mais peito.

— Ninguém vai matar você, Jim.

— Espera que eu acredite nisso?

— Acredite no que quiser. Daqui mais ou menos uma hora eu vou pegar o avião com os outros.

— E?

— E você vai ficar aqui.

— O que está tentando dizer?

— Você não foi preso, não houve denúncia e não haverá julgamento. Mas a sentença já foi decretada e é prisão perpétua, sem chance de condicional. Espero que goste deste quarto, Jim. Você vai passar o resto da vida aqui.

— Vai simplesmente me largar aqui?

— Exato.

— Algemado desse jeito? Eu vou morrer de fome.

Sacudi a cabeça.

— Terá comida e água. A ilha Red Hawk pertence a Avery Davis. Ele vem para cá uma vez por ano, para pescar *bass* de água doce. No resto do ano não tem ninguém aqui, fora uma família de índios Cree, que moram na ilha e tomam conta do lugar. Um deles lhe trará as refeições.

— E para me lavar? E usar o banheiro, santo Deus?

— Atrás de você. Tem privada e pia. Receio que vai ter que se contentar em tomar banho de caneca, mas também não vai trocar muito de roupa. Tem um outro macacão como esse que você está usando e só. Está vendo esses colchetes aí perto da costura? É para você poder tirar e pôr a roupa sem precisar abrir a algema do tornozelo.

— Ótimo.

Observei seus olhos.

— Acho que não vai dar certo, Jim.

— Do que está falando?

— Você acha que vai conseguir escapar. Eu acho que não vai.

— Como quiser, Matt.

— Essa família de índios Cree trabalha para Davis há vinte anos. Acho que não vai conseguir suborná-los ou enganá-los. A algema não sai. Você não tem como abri-la. E não vai conseguir arrancá-la da placa de metal que foi chumbada no bloco de concreto.

— Então acho que estou encalhado aqui.

— Acho que sim. Você pode arrebentar sua cela, mas não vai lhe trazer nenhum benefício. Se você quebrar o vidro da janela, ele não será substituído — e pode fazer um frio danado por aqui. Se quebrar a privada, vai ter que viver com o cheiro de suas próprias fezes. Se conseguir um jeito de pôr fogo em alguma coisa, bom, Davis já deu ordens aos empregados para que deixem que seu pedaço aqui pegue fogo. Ninguém está muito preocupado em salvar sua vida.

— Então por que não me matam?

— Seus colegas do clube não querem seu sangue na mão deles. Mas também não querem mais o sangue deles nas suas mãos. Não há apelação desta sentença, Jim. Não tem redução de pena por bom comportamento. Você fica aqui até morrer. E quando isso ocorrer você vai para uma vala comum e eles começarão a ler seu nome de novo nos jantares anuais.

— Seu filho da puta.

Eu não disse nada.

— Você não pode me enjaular como um animal. Eu vou sair daqui.

— Talvez saia.

— Ou então eu me mato. Não deve ser muito difícil achar um jeito.

— Não será nada difícil — falei. Tirei uma caixa de fósforos do bolso e joguei para ele. Ele apanhou-a de cima da cama e ficou olhando, sem entender. Disse-lhe para abri-la. Ele pegou o que havia dentro, segurando com o polegar e o indicador.

— O que é isto?

— Uma cápsula — respondi. — Cortesia do doutor Kendall McGarry. Ele mandou fazer para você. É cianureto.

— E o que eu faço com isso?

— Morda e seus problemas se acabam. Ou, se isso não o atrai...

Apontei para um canto do quarto. Ele não enxergou a princípio.

— Mais para cima — falei, e ele ergueu os olhos e viu o laço pendurado do teto.

— Se arrastar uma cadeira até ali e subir em cima, deve estar na altura certa. Depois chute fora a cadeira. Provavelmente vai lhe servir tanto quanto o cinto na porta do armário serviu para Hal Gabriel.

— Seu miserável.

Levantei-me.

— Não tem saída — eu disse. — Aqui é o ponto final e isso é tudo que precisa saber. Mais cedo ou mais tarde você provavelmente vai tentar passar a perna no vigia, achando que conseguirá derrubá-lo e dominá-lo. Mas não vai adiantar nada. Você não poderá obrigar o homem a libertá-lo, mesmo que a vida dele dependa disso. Ele não tem a chave. Não existe uma chave. A algema não está trancada em volta do tornozelo. Está soldada. Você precisaria de um maçarico ou de um laser para cortar e não tem nada disso aqui na ilha.

— Tem que haver um jeito.

— Bom, você sempre pode morder o pé até cortá-lo fora. É isso que uma raposa ou um lobo fariam, mas não sei se funciona muito bem para eles, nem até onde eles conseguem chegar antes de morrer de hemorragia. Também não acho que você tenha dentes para tanto. Fora isso, sempre pode tentar a cápsula ou a corda.

— Não vou lhe dar essa satisfação.

— Será mesmo? Pessoalmente, acho que você vai se matar. Não acredito que consiga ficar deste jeito por muito tempo, não com uma saída rápida assim à mão. Mas talvez eu esteja enganado. Talvez você até consiga aquilo que sempre quis. Talvez você viva mais que todos. Talvez venha ser o último a morrer.

Quando voltei à casa principal, Davis e Gruliow estavam tomando um drinque. Olhei para a garrafa e para os dois copos com o uísque cor de âmbar e me pareceu uma idéia simplesmente perfeita. Mas foi uma idéia que eu preferi não alimentar. O piloto estava tomando café e eu servi uma xícara para mim.

Bem antes de anoitecer já estávamos no avião, voando. Fechei os olhos por alguns minutos e quando me dei conta Ray Gruliow estava me sacudindo e já tínhamos descido de novo em Westchester.

33

Quando a poeira baixou, levei Elaine a um restaurante vegetariano de alta classe na Nona Avenida, em Chelsea. A sala era agradável, o serviço atencioso e era perfeitamente possível, por mais extraordinário que pareça, gastar cem dólares num jantar para dois em que não havia nada que rastejasse, nadasse ou voasse.

Depois saímos caminhando pelo Village e tomamos um expresso num café com mesas na calçada. Eu disse:

— Andei chegando a umas conclusões. Estou com cinqüenta e cinco anos. Não preciso me matar para ser o próximo Allan Pinkerton. Vou tirar minha licença de detetive particular, mas não vou alugar um escritório nem contratar gente para trabalhar para mim. Consegui me virar durante os últimos vinte anos do meu jeito. Não quero mudar.

— Se não está na lona, para que...

— Bom, *eu andei* na lona, uma vez ou outra. Mas sempre apareceu alguma coisa.

— E sempre vai aparecer.

— Tomara que sim. E eis aqui uma outra coisa que decidi. Não quero adiar as coisas que eu realmente quero fazer. Você já foi à Europa quantas vezes, três?

— Quatro.

— Bom, eu nunca fui e gostaria de dar um pulo até lá antes de começar a usar bengala. Quero ir a Londres e Paris.

— Acho uma ótima idéia.

— Eles me deram uma bela gratificação. De modo que assim que o cheque foi compensado eu fui a uma agência de viagens e fiz a reserva. Achei melhor gastar o dinheiro imediatamente.

— Senão você era capaz de desperdiçá-lo todo em necessidades.

— Foi o que pensei. Nosso vôo sai do JFK segunda-feira que vem, sem ser essa, a próxima. Vamos ficar fora quinze dias. Isso nos dá uma semana em cada cidade. Significa fechar a loja, mas...

— Que se dane a loja. É minha loja. Eu posso pelo menos decidir quando fechar. Nossa, que emocionante! Prometo que não vou levar muita coisa. Vamos viajar sem muita bagagem.

— Sim, claro.

— Já ouviu essa ladainha antes, não é? Bom eu vou *tentar* não levar muita coisa. Que tal?

— Leve o que quiser — falei. — Vai ser nossa lua-de-mel, portanto por que você não pode levar tudo que quiser?

Ele me olhou.

— A gente vive falando que devia se casar — continuei — e acabamos nunca fazendo. Tentando decidir onde casar, quem convidar e todas aquelas malditas coisinhas. Se você concordar, eu queria fazer o seguinte: ir até a prefeitura na segunda-feira de manhã e pegar a cerimônia padrão de três minutos. Vinte e quatro horas depois estaremos descendo em Heathrow.

— Você é cheio de surpresas, não é mesmo?

— O que me diz?

Ela pegou minha mão.

— Nas palavras de Gary Gilmore — disse ela —, vamos lá.

Em Paris, tomando o mesmo tipo de expresso num café muito parecido da Rive Gauche, peguei-me pensando em James Severance.

— Fico vendo o sujeito ali sentado — eu disse. — Sentado na beira da cama com uma corrente na perna e por cima do ombro dele fico vendo a corda pendurada de uma viga do teto.

— Rumpelstiltskin. O anão malvado. O que significava isso? Ele contou?

— Provavelmente teria contado, se eu tivesse lhe perguntado. Esqueci. Mas acho que sei o que ele quis dizer. Na história, o anão diz para a moça que ela só se safaria se adivinhasse o nome dele. Em outras palavras, se souber meu nome terá o poder. Se eu conseguisse descobrir todos os nomes que ele usou no passado, eu perceberia que havia um padrão uniforme nas iniciais e saberia quem ele era.

— Mas você chegou lá de trás para a frente, não foi? Primeiro ficou sabendo quem ele era e depois descobriu o que significava a pista. Que bela pista.

— Acho que a intenção não era me dar uma pista.

— Por que acha que ele deu, então?

— Para se sentir poderoso. O homem no controle, distribuindo pistas como se fossem esmolas, sentindo-se superior aos pedintes de mão estendida a sua volta.

— Pode ser. O que acha que ele vai fazer?

— Não sei. Matar-se, suponho. Quanto tempo alguém agüenta ficar ali daquele jeito até enfiar a cabeça no laço e pular?

— Parece tão cruel.

— Eu sei, e se houvesse qualquer alternativa mais humana eu teria defendido a idéia. A corda foi idéia minha, a corda e a cápsula de cianureto. Se você vai trancar um homem num lugar para o resto da vida, me parece que ele pelo menos pode ter a opção de encurtar essa vida. Nunca consegui entender por que eles põem vigias para impedir os suicídios no corredor da morte. Por que impedir que um homem condenado à morte se mate? Então ele não tem o direito?

— Acho que tem.

— Gruliow é completamente contrário à pena de morte. Não posso dizer que concorde com ele. O que não significa que eu vá sair por aí marchando a favor.

— É como minha posição sobre o aborto. Decididamente intermediária. Não acredito que deva ser decretado ilegal, mas também não acho que deva ser obrigatório.

— Você é uma moderada.

— Pode apostar. — Ela me deu aquilo que chamam, creio eu, olhar de soslaio. Não sei como os franceses dizem, mas tenho certeza de que têm uma palavra para isso. — Toda essa conversa sobre morte — ela disse. — Que tal voltarmos ao hotel para uma afirmação da vida?

Mais tarde ela me disse:

— Uau. Você dessa vez realmente, hã, me fez ver *les étoiles*. Isso quer dizer estrelas.

— Não me diga.

— Seu urso velho. Nossa, o que você fez comigo...

— Bom, quando na França...

— Isso mesmo, eles é que inventaram essa atividade, não foi? Ou pelo menos ficaram com os créditos. Quer ouvir uma coisa ridícula?

— Não seria a primeira vez.

— Eu estava com medo de que não fosse ser tão bom depois que nos casássemos.

— E cá estamos, agindo como dois recém-casados.

— Recém-casados, na nossa idade. Quem diria? — Seus dedos moveram-se para mexer nos pêlos de meu peito. E ela disse: — Eu gosto de estar casada.

— Eu também.

— Mas é só um pedaço de papel. Não tem que mudar nada.

— Como assim?

— Estou falando que a nossa vida funciona. Não precisamos estragá-la só porque estamos de aliança. Elas estão no nosso dedo, não no nosso nariz. Podemos continuar tendo o mesmo espaço que tínhamos antes. Acho que você devia continuar com o quarto do hotel.

— Você acha?

— Sem dúvida. Mesmo que você só apareça por lá quando estiver com vontade de ver um jogo ou ficar espiando pela janela. Não precisa mudar isso. — Ela achou minha mão, apertou-a. — Nada precisa mudar. Ainda podemos ir ao Marilyn's Chamber de vez em quando. Eu ainda posso usar roupa de couro e parecer perigosa.

— E eu posso usar minha *guayabera* e parecer ridículo.

— Nada precisa mudar. Está me ouvindo?

— Acho que sim.

— Sua vida privada é problema seu. Só não deixe de me amar.

— Eu nunca deixei. E nunca vou deixar.

— Você é meu urso e eu te amo. E nada precisa mudar.

No começo de dezembro almocei com Lewis Hildebrand no Addison Club. Nossa conversa girou em torno de uma infinidade de coisas, durante a refeição, e, quando veio o café, ele disse:

— Tenho uma coisa a lhe propor mas não sei muito bem por onde começar. Como você sabe, nosso clube tem um sócio que se acha impossibilitado de comparecer a nossas reuniões. Na verdade, ele renunciou há muitos anos mas nós fomos levados a pensar que tivesse morrido. Será que continua sendo sócio? Será que deveríamos voltar a ler seu nome quando ele realmente tiver falecido?

— São questões interessantes, essas.

— E não há necessidade de responder a elas agora. Mas além de termos esse sócio que não é sócio, também temos, pela primeira vez em nossa história, um não-sócio com conhecimento íntimo do clube. Você teve contato com a maioria dos sócios, conhece nossa história. Na verdade, você é parte de nossa história. Alguns de nós conversamos a respeito do seu status muito especial e alguém sugeriu que talvez você devesse se tornar sócio.

Eu não sabia o que dizer.

— Até hoje nós nunca aceitamos novos sócios e nunca substituímos os sócios mortos porque isso seria contrário ao objetivo todo. Mas nesse caso estaríamos substituindo um sócio que *não* morreu e isso parece estranhamente apropriado. Naturalmente um passo dessa natureza exigiria o endosso unânime de todos os sócios.

— É o que eu imagino.

— E obteve. Matt, fui autorizado a convidá-lo para se tornar sócio do clube dos trinta e um.

Respirei fundo.

— Sinto-me honrado — eu disse.

— E?

— E eu aceito.

Neste ano a primeira quinta-feira de maio caiu no dia 5. Eu estava lá, no salão de banquetes do andar superior do Keens, junto com os treze sócios sobreviventes. Ouvi quando Raymond Gruliow, o sócio mais velho de nosso grupo, leu os nomes dos sócios falecidos, começando com Philip Kalish e terminando com Gerard Billings. Ele não leu o nome de James Severance, mas a omissão não exigiu nenhuma decisão formal. Severance continua vivo, ainda acorrentado ao chão daquele chalé da ilha Red Hawk.

Talvez viva mais tempo que todos nós.

Três semanas e um dia depois de nosso jantar anual, Ray Gruliow me ligou.

— Achei que você saberia me informar — ele disse. — Eles ainda fazem reuniões do AA na rua Perry?

— Fazem, sim. Seis ou sete vezes por dia.

— Nas vezes em que eu fui, a sala estava tão enfumaçada que não dava para enxergar o que tinha do outro lado.

— Agora é proibido fumar.

— Bom, já é alguma coisa. Estava pensando em dar uma olhada, ver como andam as coisas por lá no momento. Gostaria de me fazer companhia?

Fui encontrá-lo em sua casa e dali seguimos a pé. Gruliow disse:

— Eu me sinto meio gozado com isso. Sou um sujeito meio polêmico. E não é dizer que eu tenha vivido escondido, esses anos todos. Estou na mídia o tempo inteiro.

— Tem até um sanduíche com seu nome.

— Eu lhe contei sobre isso, é?

— Olha, se o dono de alguma *deli* inventasse um sanduíche e batizasse de Matt Scudder, eu contaria para o mundo inteiro. Mas qual é seu maior receio, Ray? Que as pessoas da rua Perry o reconheçam? Ou que não o reconheçam?

Ele parou de supetão, me olhou e soltou um rosnado de risada.

— Nossa, no fundo é ego puro, não é?

— Praticamente.

— Minha mulher foi embora. O que perfaz três casamentos privada abaixo. Na semana passada eu estava de ressaca durante uma seleção de júri e fiz uma escolha péssima. Meu fígado está inchado, e anteontem eu acordei e não consegui lembrar como tinha chegado em casa. Para completar, pouco antes de ligar para você, estava pensando em Severance e me ocorreu que não seria tão má idéia assim enfiar meu pescoço num laço e chutar a cadeira fora. Sabe de uma coisa? Eu não estou nem aí se alguém me reconhecer ou não me reconhecer. Alguma coisa tem que mudar enquanto *eu* ainda consigo me reconhecer.

— Está me parecendo que você está pronto.

— Deus meu, tomara que você esteja certo.

— Eu também. Da última vez que levei alguém a uma reunião, não funcionou lá muito bem.

ESTA OBRA FOI COMPOSTA PELA HELVÉTICA EDITORIAL EM GARAMOND LIGHT E IMPRESSA PELA GEOGRÁFICA EM OFF-SET SOBRE PAPEL CHAMBRIL BOOK DA CHAMPION PARA A EDITORA SCHWARCZ EM JANEIRO DE 1997.